華城
화성

이화영 新무협 판타지 소설
FANTASTIC ORIENTAL HEROES

화성 3

이화영 新무협 판타지 소설

초판 1쇄 찍은 날 § 2007년 12월 14일
초판 1쇄 펴낸 날 § 2007년 12월 24일

지은이 § 이화영
펴낸이 § 서경석

편집장 § 문혜영
편집 § 이재권 · 조수희

펴낸곳 § 도서출판 청어람
등록번호 § 제1081-1-89호
등록일자 § 1999. 5. 31
어람번호 § 제2-1367호

주소 § 경기도 부천시 원미구 심곡1동 350-1 남성B/D 3F (우) 420-011
전화 § 032-656-4452 팩스 § 032-656-4453
http://www.chungeoram.com
E-mail § eoram99@chollian.net

ⓒ 이화영, 2007

ISBN 978-89-251-1075-2 04810
ISBN 978-89-251-0989-3 (세트)

뿔 화성 城

3

이화영 新무협 판타지 소설
FANTASTIC ORIENTAL HEROES

[2부] 삼부선경(參符仙經)

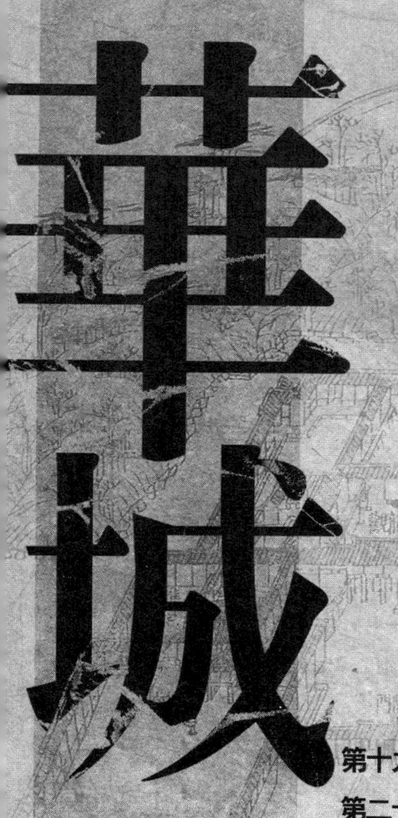

目次

第十九章
사라진 삼부선경

華城

1

새벽빛이 채 닿지도 못한 암천을 가로지르며 불기둥이 높이 솟아올랐다. 불이야 하는 소리가 사방에서 들려왔다. 이내 좌우에서 우르르 사람들이 몰려나왔다. 물동이를 진 사람들이 부리나케 드나들며 불길을 잡으려 했지만, 때마침 불어 닥친 북풍에 불길은 더욱 거세어져 전각의 반이 소실된 후에야 비로소 기세를 수그려 뜨렸다.

"으드드드득!"

어디선가 이빨이 부러지는 듯한 소리가 들려왔다. 진국대가(震國大家)의 가주인 대무진(大武進)의 입술을 비집고 흘러나온 소리였다.

"놈은 잡았느냐?"

진국대가의 우효위(右驍衛) 장군인 섭발계(聶勃計)의 미간에 내천 자의 깊은 주름이 새겨졌다.

"속하들이 뒤를 쫓았으나 이미 강을 건너 도주했습니다."

섭발계는 입술을 깨물었다. 도적의 무공이 상상을 초월하여 얼어붙은 강을 밟지도 않고 날아갔다는 말은 차마 할 수가 없었다.

"대체 어떤 간 큰 놈이 이곳까지 숨어들었단 말이냐?"

길림성(吉林省) 돈화현(敦化縣)의 육정산(六貞山)!

육정산의 세 번째 봉우리에 자리한 진국대가는 천 년 전 이 땅을 다스린 해동성국 발해 왕족의 후예였다. 대무진의 걸걸한 음성이 아침 햇살을 뚫고 다시금 터져 나왔다.

"그래, 놈이 훔쳐 간 것이 무엇이냐?"

소실된 전각은 다름 아닌 진국대가의 보고였다. 보고 안에는 천 년이 넘게 전해져 내려오는 것들도 적지 않았다. 그런 곳에서 무엇을 집어간다 한들 보물 아닌 것이 없을 터였다.

평소 대무진의 성격을 누구보다 잘 알고 있는 섭발계였다. 입을 여는 섭발계의 얼굴이 더욱 침통해졌다.

"다른 것은 아무것도 건드리지 않았사옵고, 십대 성왕(聖王) 선왕(宣王)께서 직접 쓰신 해동성국사(海東盛國史)와 대장경(大藏經) 두 권이 없어졌나이다."

아뿔싸!

대무진의 두툼한 손이 이마를 짚었다. 무릎에서 기운이 쭉 빠져나가는 듯 휘청거렸다. 등줄기를 타고 식은땀이 흘러내렸

다. 보고에 도적이 들었다는 말을 들을 때부터 치밀던 불안감
은 바로 이것이었다. 지난 몇백 년간 진국대가에 도적이 든 일
은 한번도 없었다. 어째서 자신의 대에 이런 일이 벌어진단 말
인가!

 대무진은 두터운 입술을 꽉 깨물었다. 도적놈은 누군지 알
수 없지만 삼부선경(參符仙經)의 존재를 아는 놈이 틀림없었다.

 "놈이 어느 쪽으로 도주하였느냐?"

 대무진은 황급히 도주로를 물었다. 지금이라도 자신이 직접
나서서 놈을 추적한다면 잡을 수 있을지도 모른다는 생각에서
였다.

 "척후를 붙였으니 잡지는 못하여도 곧 행적은 알 수 있을 것
입니다."

 섭발계가 머리를 조아리며 말했다. 소용없다는 뜻이었다.
섭발계는 대무진의 생각을 읽었지만 이미 늦었다고 판단한 것
이다 도적의 행동은 민첩하고 영활했으며 진국대가의 곳곳을
잘 알고 있는 듯 몸을 숨기는 것이 능숙했다. 사전에 충분한
계획을 세우지 않고서는 불가능한 일이었다.

 진국대가가 자리한 육정산의 삼봉은 천혜의 절지로 세인이
쉽게 드나들지 못하는 곳이었다. 이곳을 제집 드나들 듯 한 것
을 보면 공범이 있거나 다른 배후가 있는 것이 확실했다. 그때,
남은 불씨를 끄고 있던 수하들 중 하나가 황급히 달려왔다.

 "타다 남은 재 속에서 이런 것을 발견했습니다."

 시커멓게 그을린 부절(符節) 반쪽이었다. 위아래가 볼록하

고 가운데는 잘록한 호리병 모양의 청동 부절은 세찬 불길 속
에서도 제 형태를 온전히 유지하고 있었다. 대무진은 섭발계
가 들고 있던 횃불을 빼앗아 부절을 비추었다. 표면에 묻은 검
은 재를 닦아내자 음각된 글씨가 드러났다.

"흑전(黑주)?"

대무진과 섭발계의 눈이 허공에서 부딪쳤다.

"들은 적이 있는가?"

섭발계가 고개를 가로저었다.

"어떤 놈들이기에……."

대무진은 또다시 이를 갈며 부절을 뒤집어 안쪽을 보았다.

"흑전삼전주(黑주三殿主) 이화성… 놈의 이름이 분명하군."

대무진의 눈에 붉은 핏발이 섰다.

"우장군, 이화성이라는 이놈을 잡아 내 눈앞에 무릎을 꿇려
라. 내가 그놈의 껍질을 산 채로 벗기고 말리라."

"예!"

화재 진압을 꼼꼼하게 명한 뒤 대무진은 진국대가의 가장
깊은 안전으로 들어섰다. 한바탕 소동에 장녀인 대소녀(大小
女)와 차남 대소웅(大小熊), 처제인 미호랑(美好娘)이 근심스러
운 얼굴로 모여 있었다.

"무슨 일인가요?"

미호랑이 조심스레 물었다. 시비들로부터 도적이 들었다는
말을 들었을 텐데 그에게서 직접 정황을 듣고 싶은 모양이었
다.

“도적이 들었소.”

“정체는 밝혀졌나요?”

“흑전의 삼회주인 이화성이라는 놈이오.”

“흑전? 처음 듣는군요.”

미호랑이 아미를 찡그렸다. 담홍색 치마에 황색 저고리를 입고 긴 소매로 손을 가린 미호랑은 죽은 아내와 쌍둥이처럼 닮아 있었다. 삼 년 전에 병고로 세상을 등진 미부인에 대한 상심은 지금까지도 대무진의 마음에 슬픈 그림자를 던져 놓았다. 미호랑이 두른 청회색의 운견(云肩) 역시 언니인 미부인이 즐겨 착용하던 것이 아닌가. 그때 그 일만 아니었어도…… 그의 마음속에 숨겨져 있던 깊은 그늘이 잠깐 그 모습을 드러냈다가 사라졌다.

“도대체 무엇을 훔치려고 했던 건가요?”

“그것이……”

대무진은 잠깐 망설였다. 삼부선경에 대한 것은 친혈육이라 하더라도 알려줄 수 없는 가문의 비서였다.

“선왕께서 쓰신 해동성국사와 대장경을 훔쳐갔소.”

“겨우 해동성국사요? 그 퀴퀴하고 냄새나는 역사책을 뭐하려요?”

대소녀가 목소리를 높였다. 동그란 눈에는 의구심을 가득 담고 있었다.

“이유는 나도 모르겠구나.”

대소녀의 말대로 해동성국사는 발해의 역사를 적어놓은 역사서에 불과했다. 해동성국사 안에 삼부선경이 감추어져 있다는 것은 진국대가에서도 오직 가주인 자신만이 알고 있는 사실이었다. 그런데 이화성이라는 놈은 어떻게 그것을 알았단 말인가? 해동성국사를 훔쳐 간 것이 삼부선경이 아니라 다른 이유일 것이라고는 도저히 생각할 수 없었다. 대장경을 함께 훔쳐 간 것은 아마 두 권 중 한 권에 삼부선경이 들어 있음을 알았기 때문이리라.

"섭발계가 사람을 풀었으니 곧 놈의 행적을 찾을 수 있을 것이다. 그보다도 곧 열릴 십종가의 가주련에는 소녀와 소웅이 너희가 이모를 모시고 먼저 가야겠다."

대무진은 화제를 다른 곳으로 돌렸다. 미호랑과 대소녀는 이미 예상했던 바라는 듯 고개를 끄덕였다.

"아버지께서는 참석지 않으십니까?"

삼 남매 중 막내인 대소웅이 물었다. 짙은 눈썹과 강인한 턱이 젊은 시절의 자신을 보는 듯했다. 장자인 대소호(大小虎)와 대소녀가 미부인을 닮아 하관이 빠르고 선이 고운 얼굴을 지녔다면 대소웅은 두툼한 입술에 사내다운 얼굴로 늘 웃음이 머물러 있어 보기만 해도 기분이 좋아졌다. 가끔씩 매사에 완벽하고 철저한 대소호보다 대소웅이 장자였다면 하는 생각도 해보는 대무진이었다. 가문을 이끄는데 완벽함도 중요하지만 후덕함 역시 가주가 갖추어야 할 덕목이 아니던가. 그런 점에서 대소호는 미진한 부분이 있었다. 어려서부터 가주로서의 대업을 위해 학문과 무공 연마에만 치중한 대소호는 부친인 자신도 가끔 대하기 어렵다는 생각이 들었다. 그에 비해 늘 가까이에서 대하는 대소웅에게 마음이 가는 것은 어쩔 수 없는 일이었다.

"이 바보야! 오라버니께서 곧 폐관 수련을 끝내시잖아."

대소녀가 대소웅을 향해 입술을 비죽 내밀며 말했다.

"가주련도 중요하지만 그보다 더 중요한 일이 있다."

대무진이 가벼운 미소를 띤 채 말했다.

"소녀 말대로 이제 곧 소호가 삼 년의 폐관 수련을 마칠 것이다. 아무래도 내가 있어야 할 것 같구나. 소호의 천골(天骨)은 천 년 만에 나타난 것이다. 이대 성왕이신 무왕(武王)께서도 천골을 타고나시어 어려서부터 창검을 수족처럼 다루셨다고 하지 않느냐. 장문휴를 시켜 당(唐)의 등주(登州)를 공격하고 자사 위준(韋俊)을 죽인 것도 모두 천골의 품에서 나온 지략이셨다. 우리 진국대가의 비전무예인 사자공(獅子功)은 그 성취가 적어 오성을 넘는 이가 없었다. 소호가 약관에 이미 오성을 넘기고 사자공을 연마하기 위해 폐관에 든 지 삼 년, 지금이 가장 중요한 시기이니 혹여 주화입마에라도 들까 봐 걱정이구나. 만일 그런 일이 있다면 내가 아니고서는 그 기운을 달랠 수 없을 것이니 먼저 출발하거라. 나는 소호가 나오는 대로 뒤따르겠다."

"그럼 사흘 뒤, 소녀와 웅을 데리고 조선으로 떠나겠어요."

미호랑의 단아한 목소리가 조용히 울려 퍼졌다.

하나의 술병과 두 개의 잔이 놓여 있다. 연화(蓮花)는 언제나 술을 마실 때 두 개의 잔을 준비했다. 술잔에 찰랑찰랑하게 술을 따르고 오동나무 경대(鏡臺)를 열었다. 경대 안에는 옥으로 만든 한 쌍의 주사위가 들어 있었다.

한 쌍의 주사위는 손에서 떨어져 담홍색 치마 위를 몇 번 구르다 멈추었다. 백옥 같은 이마에 살짝 주름이 잡혔다. 이마를 찡그리는 모습이 마치 꽃잎이 파르르 떨리듯 한다.

"처음부터 양잔즉방(兩盞則放)이라니 오늘은 취할 모양이네요."

그녀는 두 잔의 앵무배(鸚鵡杯)에 담긴 투명한 술을 말릴 사이도 없이 홀짝홀짝 마셔 버렸다.

"내 술까지 다 마시다니 욕심이 많구나."

어디선가 길고 매끄러운 손이 하나 나오더니 치마 위를 더듬거렸다.

"아이 참, 간지러워요."

교태로운 웃음소리가 여인의 입에서 흘러나왔다. 주사위는 또다시 굴러 멀리 방문 앞까지 가서야 멈춘다. 그는 가볍게 한숨을 쉬며 말했다.

"이런… 일어나기도 귀찮구나. 네가 가서 보고 오너라."

그의 목소리는 나른하면서도 여심(女心)을 애타게 하는 구석이 있었다. 짙은 눈썹과 서늘한 별빛 같은 다갈색 눈동자가 가늘게 웃고 있었다. 연화는 방긋 미소를 띠며 말했다.

"서방님께서 무릎을 베고 있으면서 저더러 어찌 일어나라는 거예요?"

"참 그런가?"

이화성은 혀를 찼으나 몸을 일으키지는 않았다. 대신 주사위를 향해 손바닥을 쫙 펼치자 두 알의 주사위는 마치 누가 끌어당기기라도 한 듯 데구루루 굴러왔다.

"이미 한번 나온 주사위를 또다시 굴렸으니 벌주(罰酒)를 받아야 해요."

"벌주 그거 좋지."

연화는 다시 한 잔의 술을 따랐다. 그러나 이번에도 이화성의 입으로는 들어가지 않았다. 주향을 맡은 청호가 어느새 품 속에서 뛰어나와서는 술잔에 코를 박았다.

"청호도 주인을 닮아 술이라면 사족을 못 쓰는군요."

연화가 허리를 잡고 웃었다.

"오늘은 내가 술 마실 운이 없군."

그도 눈꼬리 옆에 우아한 두 줄의 주름을 잡으며 미소를 띠었다. 수려한 미간과 곧은 콧날 아래 두툼한 입술이 오늘따라 더욱 도드라져 보였다.

"열흘이나 햇볕을 쏘이지 않았으니 몸살이 날 만도 하실 텐데 어찌 꼼짝도 안 하세요?"

그녀가 살짝 자세를 바꾸자 치마 아래로 연꽃잎 같은 다리가 드러났다. 버선도 신지 않은 맨발이었다. 복숭아 뼈 뒤쪽에 작은 노랑나비가 한 마리 새겨져 있었다.

"몸살은 네가 나는 모양이로구나."

그는 천천히 몸을 일으켰다.

"벌써 이틀 동안이나 무릎만 베고 계셨으니 몸살이 나는 거야 당연하지요."

연화는 입술을 삐죽거리며 말했다. 지난 열흘 동안 이화성이 그녀의 몸에 손도 대지 않은 것이 은근히 서운한 모양이었다.

"내 보화림에서 나가지 않겠다고 말한 지 이제 겨우 열흘이 지났는데 벌써부터 내쫓으려는 것이냐?"

이화성이 서운하다는 듯이 말했다.

"한성에서도 보름이나 계셨잖아요. 그러다 몸이라도 상하실까 근심이 되어 그러지요."

연화는 걱정스럽게 말했다.

"그러고 보니 정말 몸이 천근처럼 무겁군. 사람이 햇빛을 쏘여야 장수할 수 있다는 건 사실인가 보다."

이화성이 웃으면서 기지개를 켰다.

"서방님은 사람이 아니라 귀신이니 괜찮을걸요."

연화가 눈을 동그랗게 뜨고 말했다.

"그건 아무도 모르는 비밀인데, 요 앙큼한 것아, 그걸 어찌 알았느냐?"

이화성은 눈을 까뒤집고 혀를 빼어 물었다.

"꺄악, 무서워요. 그렇지 않아도 화성 전체가 그 귀신 이야기로 뒤숭숭하다구요.”

연화는 까르륵 웃으며 이화성의 품으로 파고들었다.

“귀신?”

이화성이 무슨 소리냐는 듯이 물었다.

“십전동자(十錢童子) 말이에요. 아직도 그 소문을 듣지 못했어요?”

연화는 이화성이 되묻는 게 오히려 신기하다는 투였다.

“아아, 그 십전동자라면 지난해부터 있던 소문이 아니냐.”

이화성이 별거 아니라는 듯 말했다.

“이번에는 그게 아니라니까요. 이 사흘 내에 벌써 두 사람이나 손목이 잘렸대요.”

연화는 고개를 들어 이화성의 얼굴을 올려다보았다. 그녀의 눈동자에 불안의 그림자가 스쳤다.

십전동자는 화성 축성이 시작된 이후 끊임없이 나돌던 소문이었다. 작은 아이가 나타나 십 전만 달라고 해서 주지 않으면 대신에 손목을 잘라 가져간다는 것이다. 그럼 십 전을 주면 되지 않느냐고 사람들은 말했지만 십 전을 주더라도 손목을 잘라 가는 건 마찬가지라고 했다. 그러나 소문만 무성할 뿐 당한 사람은 말이 없으니 그 진실은 누구도 몰랐다.

“그게 누구라더냐?”

이화성은 시큰둥하게 물었다.

“한 명은 팔부자 거리에 사는 손 부자 나리이고…….”

연화의 말이 끝나기도 전에 이화성이 벌떡 몸을 일으켰다.

"네가 말하는 손 부자가 역관(譯官)으로 큰돈을 벌었다는 만취당(滿醉堂) 손유명(孫儒命)이란 말이냐?"

그는 자신이 잘못 듣기라도 했다는 듯한 표정이었다.

"그 손유명 말고 손 부자 나리가 또 있어요?"

연화가 앵 토라져서는 말했다. 자신을 못 믿느냐는 투다.

"그럼 다른 한 사람은?"

이화성이 재차 물었다.

"김사운이라고 하더이다."

연화가 재빨리 말했다.

"검치(劍痴) 김사운(金思運)? 설마 그 김사운은 아니겠지?"

이화성이 콧등에 주름을 잡으며 말했다.

"그것까지 내가 어찌 알아요. 그저 손님들이 하는 얘기를 들었을 뿐인걸요."

연화는 이화성이 처음에는 관심이 없는 척하다가 놀라는 것이 더 이상하다는 표정이었다.

"금부에서는 조사 중이라더냐?"

그의 머릿속에 홍세영의 얼굴이 스쳐 갔다.

"그것이……."

연화의 목소리는 더욱 잦아들었다.

"무엇 때문인지 다들 쉬쉬하는 눈치예요. 손님들 말로는 화성에서는 어떤 사건이 생겨도 한성까지는 알려지지 않는다더군요."

이화성은 고개를 끄덕거렸다.

"그거야 화성 축성이 지연될까 봐 그러는 것이지. 그러면 이번 일도 장용영에서 조사해야겠구나."

그의 입가가 슬쩍 벌어지다가 이내 굳게 다물어졌다. 가금천의 일 이후로는 홍세영을 생각하지 않겠다고 다짐하지 않았던가? 절대로 관의 일에 끼어들지 않겠다고 선언하고 대지성의 만물상회에 틀어박혀 있다가 화성으로 온 지 열흘밖에 되지 않은 터였다.

"검치 김사운이라면 장용영 능기군 중에서도 가장 검을 잘 쓴다는 자인데 그런 자가 아이한테 손목을 잘렸다니 말도 안 되는 소리지. 암."

이화성은 혼자서 중얼거렸다.

"김사운은 지금은 능기군에 있지 않다네."

갑자기 들려온 소리에 이화성의 눈이 더욱 커졌다. 이 목소리의 주인공이 누군지 알고 있기 때문이었다.

방문이 소리없이 열리며 한 사람이 안으로 들어왔다. 청철릭을 입은 군관으로 얼굴은 근엄했으나 두 눈에는 장난기가 가득한 중년인이었다. 이화성이 눈을 찡긋하자 연화가 배시시 웃으며 방을 나갔다.

"김사운은 금오상단(金烏商團)의 대행수로 있었지."

군관이 방으로 들어와 털썩 주저앉았다.

"송상의 금오상단 말이냐?"

이화성이 들어오는 사람을 보고 웃었다. 그는 이 사람을 아주 잘 알았다.

"금오상단이 거기 말고 또 있다더냐?"

군관은 들어오자마자 연거푸 석 잔의 술을 따라 마신 뒤에 말했다.

"이제는 술까지 도둑질할 모양이군."

이화성이 얼굴을 찡그렸다.

"설마, 벗이 술 한잔 주지도 않으려고."

군관이 천연덕스럽게 말했다.

"여기까지는 웬일이냐?"

이화성은 한숨을 내쉬었다. 이자와 엮이면 좋을 일이 하나도 없다는 생각에서였다.

"찾는 사람이 기방에서 나올 생각을 안 하니 내가 올 수밖에 없지."

군관은 히죽거리더니 술병을 통째로 들고 벌컥거리며 마셔 버렸다.

"내 술을 다 마셨으니 술값은 네가 내거라."

"내 주머니는 지금 거지의 쪽박보다도 더 텅텅 비었다. 술값은커녕 먹고 죽을 돈도 없다."

군관이 한숨을 쉬며 말했다.

"천하의 아래적이 돈이 없다는 게 말이 되느냐? 네가 돈이 없다는 건 나랏님 내탕고에 황금이 없다는 소리나 마찬가지야."

이자는 바로 아래적이었다. 그가 아니면 누가 감히 변복을 하고 기방에 들어와 그를 찾을 수 있겠는가? 사실 그와 아래적

은 오래전부터 친분이 있는 사이였다. 그것도 친하다면 아주
친한 사이였다.

"지난번 반촌의 일도 그렇고 이번에도 그렇고, 내가 요새 하
는 일마다 재수가 없어."

아래적은 입맛이 쓴 듯 다시 술을 들이켰다. 반촌에서 그가
훔쳐 간 건천도와 곤지도는 가짜였으니 돈이 되지 않았을 것
이다.

"너는 반무재에 대해서 어떻게 그렇게 잘 알고 있었지?"

이화성은 그때 궁금했던 것을 물어보았다.

"그거야 지통문 덕이지."

"돈을 내고 정보를 산다는 말인가?"

이화성이 의외라는 듯이 말했다. 아래적이 얼마나 짠돌이인
지는 그가 더 잘 알고 있었다.

"설마 그럴 리가, 나는 일하기 전에 반드시 지통문의 박 행
수에게 술을 사거든."

아래적이 쓸데없는 소리 하지 말라는 듯 손을 내저었다.

"하하하, 무슨 소리인지 알겠다."

"요즘에는 돈이 될 만한 건 모두 화성으로 모여들고 있단다.
그중에는 만취당의 황금반가상(黃金半跏像)도 있고, 금오상단
의 십만 냥 재물도 있지."

"음… 그게 없어진 물건인가 보군."

이화성이 말했다.

"그게 없어졌다는 걸 어떻게 알았지?"

아래적이 의심스러운 듯 물었다.

"내가 몰라야 할 이유라도 있나?"

이화성이 도리어 물었다.

"나 참, 그건 내가 일찍부터 눈독을 들이고 있던 것인데 눈앞에서 도둑을 맞았으니 내가 어찌 답답하지 않겠나? 십전동자인지 구전동자인지 남의 물건을 슬쩍하다니 어찌 그리 도도(盜道)를 모르는 놈이 있을 수 있나 말이야."

아래적은 분통을 터뜨렸다.

"하하하, 정말이지, 지나가는 개가 다 웃겠군. 도둑이 도둑을 탓하며 도둑의 도를 논하다니 뻔뻔한 도둑이로다."

이화성은 허리를 구부리며 웃음을 터뜨렸다.

"얼마든지 웃으라고. 나는 그 십전동자를 반드시 잡고야 말 테니까."

아래적이 씩씩거리며 말했다.

"아이고, 내 배꼽 좀 누가 주워주시오. 도둑이 갑자기 포졸 흉내를 내니 이보다 더 웃긴 일은 내 보지를 못했다."

이화성은 이불 위를 구르면 배를 잡고 웃었다.

"네가 아무리 나를 비웃어도 나는 단단히 결심을 했으니 말리지 마라."

"누가 말려? 그럼 십전동자나 잡으러 갈 것이지 기방에는 왜 왔어?"

이화성이 간신히 웃음을 멈추고 말했다.

"나 혼자 잡으라는 건가?"

아래적이 뜬금없이 물었다.

"그럼 너 말고 누가 또 있어서?"

이화성은 영문을 모르겠다는 듯이 말했다.

"너!"

아래적의 손가락 끝이 이화성의 코끝을 향했다.

"나? 내가 왜 너 같은 도둑을 돕는단 말이냐?"

이화성은 별 해괴한 소리를 다 듣는다는 듯이 말했다.

"너는 내게 빚이 있잖아."

아래적은 태연하게 말했다.

"내가 언제 너한테 돈을 꾸었는데?"

이화성은 기가 막혀 할 말을 잃었다.

"반촌의 일을 벌써 잊었군."

아래적이 말했다.

"반촌에서 무얼?"

이화성이 양 손바닥을 보이며 어깨를 으쓱했다.

"그때 내가 우화주를 대접했으니 너는 술값으로 십만 냥을 내놓거라."

아래적이 그 손바닥을 철썩 치며 말했다.

"네가 방금 전에 마신 연화주도 십만 냥의 값어치는 되니 이걸로 다 갚은 셈이다."

이화성은 손바닥이 얼얼하여 후우 하고 입김을 불었다. 아래적이 뭐라 하든 꿈쩍하지 않을 생각이었다.

"네가 그렇게 나온다면 나도 다 생각이 있지."

아래적이 몸을 일으키자 이화성은 불안해졌다.

"무슨 생각인지 물어도 되냐?"

"지금 이대로 장용영에 들어가서 홍세영에게 네놈이 십 년 전에 도성 일대를 떠들썩하게 만들었던 야래향(夜來香)이라고 다 불고 말 테다."

아래적이 의기양양하게 말했다.

"그럼 나는 너를 아래적이라고 고변할 테니 우리는 사이좋은 한 쌍의 도적놈이 되겠구나."

이화성이 웃으면서 말했다.

"좋다. 그럼 우리 둘이 함께 가자."

"누가 못 갈 줄 알고."

두 사람이 몸을 일으켜 방문을 나서려 할 때였다. 밖에서 인기척이 나며 또 다른 두 사람의 목소리가 들려왔다.

"홍 초관께서는 어째서 이번 일을 이 형에게 의논하지 않습니까?"

금지성의 목소리였다.

"그는 행동이 너무 경박합니다."

홍세영의 차가운 목소리였다.

"저 군관은 보는 눈이 과연 훌륭하구나."

아래적이 입을 벌려 말했으나 소리는 나지 않았다.

"그러나 이 형만큼 이런 일을 잘 해결할 사람도 없다고 생각합니다. 가장 이상적인 사람이지요."

금지성이 찬찬히 말했다.

"자문을 구하는 일은 제가 판단합니다. 지통문의 지혜가 어떻게 보화림의 한낱 조방군보다 못하겠습니까?"

홍세영이 비웃듯이 말했다.

"이 형이라면 저보다 훨씬 빨리 십전동자의 흔적을 찾을 수 있을 것입니다."

금지성이 말했다.

"저는 금 문주님이라면 그보다 더 빨리 찾을 수 있다고 생각합니다. 내기를 해도 좋습니다."

홍세영은 고집을 부렸다.

이화성은 화가 치밀었다. 자신이 무엇 때문에 보화림에서 열흘이나 죽치고 있었는지도 잊어버리고 말았다.

"그렇다면 나랑 내기를 합시다!"

방문을 벌컥 열며 소리쳤다. 금지성과 홍세영은 깜짝 놀란 듯 이화성을 쳐다보았다. 특히 홍세영의 표정이 볼 만했다. 금지성은 홍세영이 자신을 쏘아보자 얼른 헛기침을 했다.

"거기 있었군."

금지성이 웃으며 말했다.

"여기 없으면 내가 어디 다른 곳에 있어야 한다는 말인가?"

이화성이 열흘이나 만물상회에 붙어 있다 보니 자연스레 금지성과 호형호제하게 된 것이다. 금지성이 나이는 어렸으나 소호금가의 가주이자 지통문의 문주였고, 이화성은 나이가 그보다 많으니 나이와 위엄을 바꾸기로 하고 서로 친구가 되기로 했다.

"거기 있었으면서 기척도 안 하다니 이 형은 여전히 음흉하
군."

홍세영이 싸늘하게 말했다.

"뒤에 있으면서 다른 사람 흉을 보다니 홍 형도 마찬가지
요."

이화성도 찬바람을 풀풀 날렸다. 급격하게 주위의 공기가
얼어붙었다.

"이분은 누구신가?"

금지성이 옆에 있는 아래적을 보며 말했다.

"의금부 도사지."

이화성이 태연자약하게 말했다.

"의금부 도사라면 내가 다 아는데……."

홍세영이 미심쩍은 듯이 아래적의 위아래를 훑어보았다.

"이 도사는 특별한 밀명으로 이번 일을 조사하러 화성에 내
려오신 분이니 홍 형은 모를 거요."

이화성이 기세 좋게 말하자 홍세영은 고개를 끄덕거렸다.
자신도 장용영의 밀명을 받고 있지 않은가? 의금부라고 해서
그런 밀명을 내리지 말라는 법도 없었다.

"의금부에서도 이번 일을 주시하고 있는 줄은 몰랐습니다.
화성의 일은 장용영에 다 맡기신 줄 알았습니다."

홍세영이 깍듯하게 예를·갖추었다.

"그래서 더 조심스럽습니다. 행여 제가 조사한다는 말이 밖
으로 나지 않도록 해주십시오."

아래적이 히죽 웃으며 말했다.

"이제 누군지 알았을 터이니 나와 내기를 합시다. 우리 두 사람 중에서 누가 더 빨리 범인을 잡는지……."

이화성이 딱딱하게 말했다.

"내가 왜 이 형과 그런 내기를 해야 하오?"

홍세영이 관심 없다는 투로 말했다.

"반드시 해야겠소. 나는 원래 내기라면 밥 먹는 것보다도 좋아하는 사람이니까."

"그럼 내기거리로 무엇을 걸 생각이오?"

"만일 내가 지면 홍 형을 우형으로… 아니, 상관으로 모시겠소."

이화성은 얼른 말을 바꿨다. 홍세영과 형제가 될 수는 없는 노릇이었다.

"이 형 같은 부하가 있다간 내 명대로 살 수 없을 것 같은데 굳이 내가 이 내기를 받아들여야 하오?"

"반드시! 오늘 중으로 내가 십전동자의 정체를 밝혀내지 못하면 내일 당장 장용영의 군졸로 들어가겠소."

이화성은 부채로 자신의 가슴을 탕탕 치더니 아래적과 함께 연화루를 나갔다. 아래적이 머리를 긁는 척하며 뒤를 향해 손짓을 해 보였다는 걸 이화성은 결코 알 수 없으리라.

"굳이 이럴 필요까지는 없었는데요."

홍세영이 한숨을 쉬며 말했다. 이제야 금지성이 한사코 보화림에 오자고 한 이유를 알았다. 그녀는 정말로 이화성과 엮

이고 싶지 않았다. 한 번으로 족했다. 두 사람이 똑같은 마음
이니 그간 서로 볼 수 없었던 것이 당연했다.

"저는 십종가 연회 준비로 틈이 나질 않을 거 같습니다."

홍세영은 보화림의 뒤편 광교산에 들어선 소호금가의 장원
을 멀리 바라보았다. 한 달 사이에 금지성은 화성에 커다란 장
원을 짓고 십종가를 맞을 준비를 했다.

"이번 일은 이 형보다 더 적임자가 없다는 걸 홍 초관님도
아시지 않습니까?"

며칠 전, 홍세영이 찾아가 도움을 요청하자 금지성은 그렇
게 말했었다.

"두 번 다시 관의 일에 손대지 않겠다고 말한 사람을 굳이
찾아가고 싶지 않습니다."

홍세영은 이화성의 말이 아직도 귓전에서 맴돌아 기분이 나
빠졌다.

"그게 이 형 본심은 아닐 것입니다. 이 형이 먼저 나서겠다
고 말하면 되지 않습니까? 제게 맡겨두십시오."

금지성은 웃으며 말했고 그 결과가 이것이다. 저 의금부 도사
는 어떤 식으로든 금지성과 연관이 되어 있겠지……. 이화성은
그것도 모르고 미끼를 덥석 문 셈이다. 정말 단순한 자라니까.

홍세영은 고개를 절레절레 저었다.

3

하루 종일 비가 내렸다. 비는 하늘에서 땅을 향해 쏜 수만 개의 화살 같았다. 땅에 꽂힌 화살은 산산이 부서져 꽃가루처럼 흩어졌다. 꽃가루는 다시 모여서 빗방울이 되었다. 한 방울의 비는 한 방울의 눈물처럼 보였다.

설규(薛赳)는 하영의 볼에 묻어나는 것이 빗물일 거라고 생각했다. 그녀는 자신 앞에서 한 번도 눈물을 보인 적이 없었다. 늘 빗물이 들어갔다고 했다. 반면 자신은 자주 울었다. 지금도 울고 있는 것은 아마 그 자신일 것이다. 울고 있는 자신의 눈으로 보았기 때문에 그녀도 우는 듯이 보이는 것이리라. 그가 우는 것은 비바람에 떨어지는 홍매화가 불쌍했기 때문이다.

용연의 얼음이 풀리기 시작하면서 화성의 남쪽 끝자락에 자리한 매화선옥(梅花船屋) 주변에는 홍매화가 만개하여 마치 연분홍의 구름이 피어오르는 듯이 보였다.

그런데 올해에는 홍매화가 만개하기도 전에 이른 비바람이 몰아쳐 꽃잎은 모두 떨어졌고 매화선옥은 파도에 휩쓸리는 한 척의 작은 배처럼 이리저리 흔들렸다. 뱃전 같은 마루에 섰던 그녀가 흩날리는 꽃잎의 바다 속으로 걸어 들어갔다. 마지 부서지는 분홍빛의 거품을 뚫고 날아가는 듯 보였다. 그렇게 하영은 하루 종일 비에 젖은 후원을 서성거렸다.

"그만 들어오는 것이 좋겠소. 어제까지는 바람이 온후하더니 오늘은 비가 와서인지 제법 차오."

설규는 들고 있던 우산을 그녀의 움직임에 맞추어 이리저리 움직였다.

"오시겠지요?"

하영이 혼잣말처럼 중얼거렸다.

"오시겠지요?"

그녀는 조금 더 큰 소리로 말하며 뒤를 돌아보았다. 설규를 올려다보는 작고 하얀 그녀의 볼에는 옅은 분홍빛의 매화 꽃잎이 몇 개 붙어 있다. 손으로 하나씩 떼어주던 설규는 그녀의 눈에 가득 고인 빗물이 행여 떨어질세라 얼른 소매를 들어 꼼꼼히 닦아준다.

"이러다 병이라도 나면 아버님께서 걱정하실 것이오."

"병은 이미 들었잖아요."

닦아도 닦아도 그녀의 눈에는 빗물이 들어가는 모양이다. 설규는 그녀의 어깨를 안아 억지로 안으로 들어갔다.

"그렇게 비를 맞고 있다가는 오시기도 전에 쓰러지고 말겠소. 십자로에 도착하셨다는 연통을 받았으니 너무 조급해하지 마시구려."

"그런데 왜 아직 안 오실까요?"

설규의 당부에도 불구하고 그녀의 목소리에는 초조함이 가득했다. 기다리고 기다리다 끝내 지쳐 잠이 든 후에야 그녀가 기다리던 사람은 도착했다.

검은 칠을 한 가마 한 채가 누가 볼세라 조심스럽게 후원으로 들어섰다. 가마에서 중년인이 내리고 평복을 입은 사내 하나가 사각 등을 들고 뒤를 따르고 있었다. 주름이 늘어진 턱은 매끈하니 한 올의 수염도 없는 자였다. 설규는 그자가 종3품의 상전(尙傳)인 내시 한채수(韓彩數)라는 것을 알 수 있었다.

비는 그쳤지만 붉은 홍매화를 흠뻑 적시는 달빛은 설규의 마음처럼 시리게 보였다. 설규와 마주 선 중년인의 흰 도포 자락도 똑같이 시린 달빛에 흠뻑 물들어 푸르스름한 빛을 띠고 있었다.

"종일 기다리다 이제 막 잠이 들었습니다. 깨울까요?"

기품과 위엄이 남다른 중년인은 고개를 살짝 숙이려다가 이내 좌우로 흔들었다.

"놔두어라."

행여나 잠을 깨울까 부드럽고도 나직한 음성이었다.

"서운해할 것입니다."

설규는 하영이 깨어 그를 원망할 것이 걱정스러웠다.

"숙영(淑英)이 보면 더 서러워할 것이다."

중년인이 말한 숙영이란 그녀가 버린 이름이었다. 오직 그녀의 아버지만이 부를 수 있는 이름이었다. 세상이 모르는, 그래서 세상에는 없는 이름이었다.

"건강은 어떠하냐?"

설규를 향해 물었지만 진의는 다른 곳에 있을 터였다.

"이곳으로 온 뒤 한결 좋아졌습니다."

"다행이다. 참으로 다행이야. 제 어미보다 더 살 수 있으리라고는 생각지도 않았는데 벌써 올해로 열일곱이 되었구나. 모두 네 공이다."

설규는 아무 말도 하지 않았다. 무슨 말을 할 수 있으랴? 그녀의 어머니는 열여섯의 나이에 아무도 모르게 그녀를 낳다가 끝내 운명을 달리했다. 칠 개월 반 만에 태어난 그녀는 죽은 것이라 여겨졌으나 근처에 숨어 있던 한 기인의 도움으로 열 달을 채우고 기적적으로 살아났다. 그러나 십 세를 넘기지 못할 것이라는 기인의 말과 달리 숙영은 아직도 살아 있었다.

"오다가 장 부장에게 들었다. 이곳에 불미스러운 일이 있었다고?"

중년인은 여전히 하영이 잠들어 있는 방문을 보고 있었지만 이번에는 날카로운 음성이었다. 장제조란 장용영의 장수민을 일컫는 말이었다.

"저는 모르는 일이옵니다."

"장 부장에게 듣지 못했더냐?"

중년인이 의아한 듯이 물었다.

"들었으나 알지 못하는 일이 많았나이다."

"그렇겠지. 앞으로 차차 알게 될 것이다. 한데 이참에 검계들을 모두 잡아들이는 것이 어떠냐?"

설규는 잠시 여유를 두었다가 입을 열었다.

"아직은 쓸모가 있으니 그대로 두시지요. 밖의 이목을 속이기에 그들보다 더 효과적인 무리가 없습니다."

"네 말이 옳도다. 장 부장과는 잘 지내고 있느냐? 이번 일도 그렇고, 꽤 유능한 자이니 친해두도록 하거라."

“예.”

잠시 동안의 침묵이 흐르는 동안 빗소리는 더욱 거세어졌다.

“규야!”

다정한 목소리에 설규는 온몸이 노곤해지는 듯한 편안함을 느꼈다. 마치 얼굴도 보지 못한 부친을 대하는 듯 안온함이 그를 에워쌌다.

“예.”

“규야, 너는 나를… 원망하느냐?”

어렵게 꺼낸 듯 묵직한 어조에 설규는 방금 전의 안온함이 얼음처럼 식는 것을 느꼈다. 중년인의 얼굴에는 복잡한 표정이 서려 있었다. 설규는 서둘러 말했다.

“망극한 말씀은 거두어주시옵소서. 소신이 어찌… 절대로 원망하지 않습니다.”

설규의 단호함에 중년인은 탄식하듯 말했다.

“십삼 세에 사마시(司馬試)에 합격한 네가 출사할 뜻이 없었을 리 없다. 그런데도 나를 원망하지 않느냐?”

모든 것을 꿰뚫어 보고 있다는 듯 날카로운 눈빛이 설규의 전신에 머물렀다. 그 위압감이 어찌나 대단한지 설규는 저도 모르게 목덜미가 뻣뻣해지는 것을 느꼈다.

“선비의 도는 입신양명에만 있는 것이 아니라 알고 있습니다. 논어에 선비의 책임은 중하고 갈 길은 멀다고 하였습니다. 옳고 바른 것을 행하고 실천하는 것이 선비의 도이며 책임이니 그 소임이 입신양명보다 경(輕)하지 않을 것입니다. 또한, 신하가 임금의 명을 받드는 것은 성정(聖政)을 베풀도록 보필하는 것이니 어찌 책임이 막중하지 않다 할 수 있겠습니까."

침착하게 입을 여는 설규의 표정은 어느 때보다 담담했다. 다섯 살에 이미 시문을 짓고 열 살에 세상 이치를 논하던 그였다. 미련이 남지 않을 리 없었다. 그러나 하늘의 뜻을 누가 거스를 수 있으랴.

"무관(懋官:이덕무)과 다산(茶山:정약용)을 볼 때마다 네 생각이 나더구나. 네 심중을 어찌 모르겠느냐? 내 다 알고 있다."

설규는 마음이 격동됨을 느꼈다. 몇 해 전에 죽은 무관까지 언급하는 이유는 그를 위로하려는 것이다. 중년인 말고 세상에 그 누가 있어 자신을 알아주겠는가. 하나 선조 중에 역적의 수괴가 있었음을 몰랐던 것이 한이었다. 또한 적자가 아니라 서얼 출신이니 관직에 나간들 현감 이상 될 수 있을 리 없다. 그러느니 차라리 접는 것이 편했다.

"한세상 사는데 필요한 것은 이미 부족하지 않으니 펼칠 수 없는 뜻에 미련은 두어 무엇 하겠습니까?"

어렵사리 꺼낸 한마디에 설규의 모든 뜻이 담겨져 있었다.

"그렇지. 내가 원하는 것도 숙영이 그리 평범한 삶을 사는 것이었다. 너라면 그리해 줄 줄 알았지. 너라면 내 뜻을 알리라 여겼다. 숙영의 존재를 알면 벌 떼처럼 들고일어날 저들의 손에서 너라면 그 애를 상처 입히지 않고 보호해 줄 것이라 믿었다. 믿었기에 서운할 것이라 알면서도 부탁하였고 너는 내 기대를 저버리지 않았다. 아버지로서 네게 어떻게 감사를 전해야 하느냐?"

중년인의 목소리는 점차로 격앙되어 떨림을 감추지 못하였다. 딸의 존재를 숨겨야 하는 아비의 심경이 오죽할까마는 죽은 듯이 지내야 하는 사내의 웅심이 꺾여진 것 또한 그에 못지않았다.

두 사람은 서로의 뜻을 너무도 잘 알고 있었기에 더 이상 아무런 말도 나눌 수 없었다. 그렇게 오래도록 한참을 앉아 있던 중년인의 뒤에 시립해 있던 한채수가 처음으로 입을 열었다.

"날이 곧 밝아올 것입니다."

하늘은 아직도 먹물 같은 어둠이 드리워져 있었으나 두 사람 모두 시간이 흘렀음을 알고 있었다.

"이대로 돌아가면 서운해하겠구나. 아마 다시 올 수는 없을 것이다."

딸이 서운해할 것을 염려하는 아버지는 차마 발걸음을 떼지 못하였다. 중년인은 딸의 방문 앞에 멈추어 서서 한동안 눈시울을 붉혔다.

"미안하구나. 미안하구나."

그 말밖에는 할 수 없었다. 태어나는 것조차 허락되지 않았던 딸이다. 일 년에 얼굴 한 번 마주 대하는 것도, 목소리 한 번 듣는 것도 조심스러워 두 번, 세 번 생각하고, 생각한 후에야 만날 결심을 하였다.

그렇게 지켜온 딸이었다. 지킬 힘이 없어 목마름에 애원하다 돌아가신 선친처럼 보낼 수는 없었기에, 하루하루 병들어 가는 어린 아내처럼 보낼 수는 없었기에 세상에 없는 존재로, 태어나지도 않은 생명으로 두어야 했다.

그러나 천륜을, 부정을 어찌 막을 수 있을까?

설규는 그들 부녀 사이에 유일하게 놓인 다리였다. 볕 좋은 양지보다는 서늘한 그늘을 택한 자였다. 그늘을 만든 것은 중년인이었으나 그곳으로 걸어 들어간 것은 설규 자신의 의지였다.

마지막으로 매화선옥을 한 바퀴 둘러본 후 대문을 나서던 중년인이 다시 뒤를 돌아보았다.

"홍문(洪門)의 문주 자리는 아직도 그대로다. 정녕 생각이 없느냐?"

"시생은 홍씨가 아니거늘 어찌 홍문을 맡으라 하십니까?"

"홍문은 덕로(德老)가 나와 원빈(元嬪)을 지키려 한다기에 그대로 둔 것이다. 그렇지 않았다면 벌 떼 같은 반대를 무릅쓰면서까지 홍문을 존속시키지 않았을 것이다. 네가 원한다면 홍문을 주겠다. 힘을 실어줄 테니 나와 저 아이, 그리고 이곳을 지켜다오."

"하오면 지금의 문주인 무달 홍무운은 어찌하시렵니까?"

설규의 눈빛은 여전히 담담했다.

"이미 고희를 지났으니 쉴 때도 되었지. 네가 홍문을 맡겠다면 이번 행차 중에 있을 사미식에서 내 그에게 직접 구두궤

장(鳩頭几杖)을 주어 물러나게 할 것이다."

"무달 스스로 물러나는 것이 아니면 홍문의 식솔들이 인정하지 않을 것입니다. 좀 더 두고 보심이 마땅한 줄 아옵니다. 곧 적당한 시기가 올 것입니다."

"요즘 들어 마음이 초조한 생각이 자꾸 드는 것이 나도 예년만 못하구나. 어서 이리 내려와 어머님과 너희들과 함께 살고 싶다. 어머님께서 얼마나 좋아하시겠느냐?"

"곧 그리될 것입니다. 곧!"

설규의 강한 어조에 중년인의 얼굴이 환해졌다.

"곧 그리될 터라……. 하하하, 네 말이 정녕 옳도다. 그리될 것이다. 아니, 그리되도록 만들고 말겠다."

중년인의 호탕한 웃음소리가 매화선옥에 울려 퍼졌다.

"네 계획은 차질없이 진행되고 있겠지? 정말 그 가문들의 힘을 화성으로 끌어들일 수 있겠느냐?"

"지금이야 욱일승천의 기세로 의기양양하지만 곧 그 기운이 꺾일 것입니다. 십종가가 조선에 머리를 조아릴 수 있게 한다면 그들이 터를 잡고 있는 저 광활한 대륙의 고토(故土)로 진출하는 것도 꿈만은 아닐 것입니다."

설규와 중년인의 눈빛이 허공에서 강하게 교차했다. 두 사람이 오래전부터 바라던 일들이 성큼 다가온 듯 느껴졌다.

"선대로부터의 오랜 숙원이었지. 북벌……. 네 말만 들어도 가슴이 격탕되는구나. 그래, 내가 도와줄 것은 없겠느냐?"

"성곽 공사가 마무리되기 전까지 이곳에서 알 수 없는 사건들이 벌어질 것입니다. 최대한 밖으로 새어나가지 않도록 할 것이나 더러는 저들의 이목에 걸리기도 할 것입니다."

"걱정 말거라. 이번 팔괘보도의 일도 잘 처리하였다. 내게 그만한 힘이 없겠느냐. 그리고 화성에서 너를 도와줄 만한 인물들 말인데… 장 부장에게 들으니 이번 일에 공이 큰 자들이 이화성과 홍세영이라고 하더구나."

"곧 만나보겠습니다."

"어련히 네가 잘 알아서 하겠느냐. 나를 실망시키지 말거라."

"각골명심하겠나이다."

중년인은 가마에 오르려다가 대문 옆의 홍매화 가지 하나를 손수 꺾어 그에게 내밀었다.

"전해주거라."

중년인이 돌아가고도 한참이나 지난 후에야 잠에서 깨어난 하영은 설규에게 아무것도 묻지 않았다. 어쩌면 그녀는 잠들어 있던 것이 아닐지도 몰랐다. 태어나서 한번도 제대로 마주한 적 없는 부친이다. 그녀의 머리맡에 놓인 홍매화가 모든 것을 말해주고 있었다.

"비단옷에 휘감기는 꿈을 꿨는데 그게 매화 향이었나 봐요."

비가 그치고 서늘한 바람에 나부끼는 맑은 향기가 매화선옥에 가득 들어찼다.

"이건 아마도 당신에게 주고 싶었을 거예요. 눈 속에서 피어

나는 매화처럼, 그윽한 향기를 풍기며 절개를 지킬 줄 아는 사
람이라는 뜻이겠지요.”
　하영은 꽃이 막 벌어지려 하는 매화 가지를 설규에게 건네
주었다. 하루 동안 매화선옥을 비웠던 유모가 돌아왔다. 간밤
에 비를 맞은 하영이 열이 오르자 설규는 호된 서리를 맞았다.

第二十章
화성에 온 십종가

華城

1

을묘년(乙卯年) 윤 이월 십일 오후.

이틀 전 창경궁(昌慶宮)을 떠난 정조와 혜경궁 홍씨(惠慶宮 洪氏)를 모신 가마가 화성에 도착했다. 이 해는 혜경궁 홍씨가 회갑을 맞는 해여서 정조는 어머니를 모시고 부친의 묘소인 현륭원(顯隆園)까지 가는 원행을 계획했다.

매화선옥에 중년인이 다녀간 다음날 낙남헌(洛南軒)에서는 문, 무과 향시가 치러졌다. 문과 오 인, 무과 오십육 인을 선발해 이름을 게시하였다. 다음날은 현륭원 전배가 이루어졌으며, 저녁에는 서장대(西將臺)에서 야조식(夜操式:야간 군사 훈련)이 행해졌다. 정조가 친히 관람한 야조식은 서장대에서 대포를 쏘고 큰 나팔을 부는 것으로 시작했다. 청룡기가 휘날리면 동문에서 대포를 쏘는 동시에 나팔이 울렸고, 주작기가 휘날리면 남문, 백호기가 나오면 서문, 현무기에는 북문이 각각 응포하였는데 그 기세가 장관이었다.

행차 오 일째 되던 날, 행궁의 봉수당(奉壽堂)에서 벌어진 혜경궁 홍씨의 회갑연에는 종친과 대신은 물론이고 왕실의 일가까지 모두 모여 날이 저물 때까지 잔치가 계속되었다. 육 일째에는 신풍루(新風樓)에서 백성들에게 쌀을 내려주는 사미 의식이 치러졌고, 남낙헌에서는 양로연이 베풀어졌다. 그날은 유독 화성 전체가 잔치 분위기였다. 밤에는 득중정(得中停)에서 매화포(埋火砲)를 쏘며 화려한 불꽃놀이가 벌어졌다.

행차가 화성을 떠나는 날은 장안문(長安門)으로 오는 행렬 뒤로 어깨춤을 추는 백성들이 줄을 이었다. 행차 기간 동안은 야금도 해제되어 있던 터라 밤이 대낮처럼 밝았다. 그 여파가 남은 탓인지 원행 행차가 떠난 날에도 밤늦도록 거리가 소란스러웠다.

"꽤나 요란하군요."

행차의 뒷모습을 보고 있던 쌍갈래 머리 소녀가 입을 뾰족하게 내밀며 말했다. 머리에는 갖가지 패옥으로 화려한 장식을 하고 복숭아빛의 발그레한 볼을 가진 굉장한 미소녀로 지나는 사람들이 모두 쳐다볼 정도였다. 그녀가 움직일 때마다 곡옥으로 만든 귀고리와 목걸이가 딸랑거리며 청아한 소리를 냈다. 소녀의 곁에는 그녀의 언니인 듯한 여자 한 명과 무릎 언저리를 덮는 흰색의 비단옷을 입고 백건을 두른 청년 둘이 함께 있었다. 허리까지 늘어뜨린 머리카락은 중간쯤에서 흰 비단 끈으로 질끈 묶어 흐트러지지 않도록 한 모양새였다.

이들의 복장은 매우 화려하여 사람들의 눈에 띄었으나 근래 들어 화성을 드나드는 장사치 중에는 종종 이 같은 복색을 한 자들이 적지 않았다.

"흥! 명색이 조선의 왕이 아니냐? 저 정도 행차야 홍력(弘曆:건륭제의 이름)의 위세에 비하면 델 것도 아니지."

누군가 들었다면 끔찍한 역적의 죄를 멸하기 어려운 발언이었다. 그러나 곁에 있던 또 다른 소녀는 그런 걱정 따위는 꿈에도 생각지 않는 듯 손뼉을 치며 웃음을 터뜨렸다.

"호호호, 수로(秀嚧) 언니의 말이 맞아요. 작년에 숙부를 따라 열하(熱河)에 갔다가 청 황제의 피서 행차를 구경한 일이 있는데 그 화려함이나 웅장함이 가히 인세에 보기 드물더군요. 호호호, 마치 한 무리의 광대들이 벌이는 방탕한 놀이판 같았어요. 어찌나 시끄럽고 정신 없던지… 그에 비하면 조선 왕의 행차는 소박하고 담백한 것이 오히려 마음에 드는군요. 호호호호."

소녀의 맑은 웃음소리에 나머지 세 사람도 동시에 웃음을 터뜨리고 말았다.

"타로랑(妵嚧朗)은 이름처럼 정말 잘 웃는군요."

두 명의 청년 중 키가 큰 청년이 정이 담뿍 담긴 눈으로 석타로(昔妵嚧)를 보며 말했다. 청년의 붉은 입술 사이로 보이는 이빨이 모두 검은 것이 이채로웠다.

"호호호, 성문(成文) 오라버니는 아까부터 같은 말만 되풀이 하고 있는 거 아세요?"

"그건… 그건……."

흑치성문(黑齒成文)이 대답할 말을 찾지 못하고 우물쭈물 거리는 사이 옆에 있던 흑치성지(黑齒成智)가 재빨리 말을 이었다.

"그건 타로랑이 너무 아름다워서 그런 거예요. 과연 원화(源花)의 명성은 천 년을 흘러서도 변함이 없군요. 성문은 이곳까지 오는 동안 내내 그 말만 하더군요."

"형… 형님께서는 못하는 말이 없으시오."

얼굴이 벌게진 흑치성문이 말을 더듬자 석타로는 또다시 배를 잡고 웃기 시작했다.

이들 네 사람은 모두가 금지성의 초대로 화성에 온 십종가의 젊은이들이었다. 두 명의 소녀는 산동석가(山東昔家)의 금지옥엽들이었으며, 청년들은 진펑흑치(晋平黑齒)가의 형제들이었다. 두 가문은 우연히 같은 배를 타고 바다를 건너오며 친해지게 되어 화성에 도착할 무렵에는 친남매처럼 스스럼이 없어졌다.

"바다를 건너오는 동안에는 정말이지 죽는 줄 알았어요. 세상에 그렇게 오랫동안 배를 타고 있는 사람들은 어찌 살 수 있었대요?"

석타로가 배 안에서 겪었던 풍랑과 멀미를 떠올리며 몸서리를 쳤다. 그녀의 뛰어난 미색을 얼굴을 찡그려도 퇴색되기는

커녕, 더욱더 빛을 발해 흑치성문은 그야말로 넋이 나간 표정이었다.

"산동석가는 물질에 능하다 들었는데 타로랑은 처음 배를 타보았다니 놀랐습니다."

동생을 도우려는 듯 흑치성지가 얼른 말을 받았다.

"그건 수로 언니죠. 난 태어나서 한번도 물에 들어가 본 일이 없는 걸요."

석타로가 혀를 날름 내밀며 말했다.

"그건 네가 물을 무서워하기 때문에 그런 거야."

석수로는 키가 크고 늘씬한 타입의 미녀로 석타로와는 또 다른 매력을 풍겼다.

"그게 뭐 내 탓인가? 어릴 적에 물에 빠져 죽을 뻔한 기억이 있으면 누구나 물을 무서워한다고."

석수로는 어린 시절, 자신의 실수로 동생을 바다에 빠뜨린 일이 떠올라 입을 다물었다. 싫다는 석타로를 억지로 장원 뒤의 절벽으로 끌고 올라가 토끼를 보여주려다 그만 석타로가 절벽에서 떨어지는 화를 당했던 것이다. 어른들이 달려와 구하긴 했지만 그 일은 오랫동안 석수로의 가슴에 상처로 남았다. 어린 동생을 위험에 처하게 했다는 자책감에 그녀는 더욱 자신을 단련했고, 산동의 해빙화(海氷花)라는 별칭마저 얻게 되었다. 산동 사람들은 석가에는 두 개의 꽃이 있는데 하나는 웃음 꽃이요, 하나는 얼음 꽃이라고 말했다.

선남선녀들이 어울려 즐겁게 얘기를 하고 있다 보면 꼭 방해하는 무리가 있기 마련이다. 더욱이 이들의 행색이 기괴하니 화성의 왈자패들 눈에 띄지 않았을 리가 없다.

"아니, 이게 어디서 온 괴물들이지?"

갑자기 들려온 거친 목소리에 네 사람의 안색은 급속도로 차가와졌다.

"오호라. 요새 부쩍 만인(蠻人)들의 출입이 늘었다더니 너희도 그 틈에 흘러들어 온 오랑캐들이 분명하렷다?"

말총으로 된 갓을 삐뚜름하게 쓴 자가 무리의 우두머리인 듯 거들먹거리며 말했다.

"조선 말을 알아듣기는 하냐? 응? 이것들이 백주에 쌍쌍이 붙어서 시시덕거리다니……."

다른 자가 나서며 빈정거리자 이때를 놓칠세라 너도나도 한마디씩 했다.

"헤헤, 형님. 오랑캐 것들이 남녀칠세부동석이 뭔지나 알랑가요?"

"오랑캐들은 원래 그런다지 않소? 소문 못 들었소? 호랑말코 같은 연놈들은 대낮에도 개새끼들 맹키로 마구 붙어먹고…지 마누라도 마구 돌려대싸코……."

"우히히… 워메 남사스러븐거……."

저마다 입에 올리기도 험한 말을 주거니 받거니 하며 박장대소를 터뜨렸다. 석가의 두 자매와 흑치가의 두 젊은이는 태어나서 이 같은 모욕을 받아본 적이 없는지라 금방이라도 폭발할 것처럼 얼굴이 붉게 달아올랐다.

"이런 말을 듣고도 참는다면 흑치가의 사내라 할 수 없소."

흑치성문은 당장에라도 칼을 뽑아 들 것처럼 노성을 발했다. 그 모습을 보던 석타로는 무엇이 그리 재밌는지 금방 웃는 얼굴을 되찾았다. 석수로도 자신과는 상관없다는 듯 한발 물러서 이들을 관망했다. 그녀는 속으로 흑치가의 무예를 견식할 좋은 기회라고 생각했다. 오랜 시간 같이 지냈지만 아직 흑치가의 무예를 볼 기회가 없었던 것이다. 표면적으로야 십종가의 친목을 다지기 위해서라지만 을년의 가주련은 각 가문의 무예 실력을 겨루는 자리이기도 했다.

석수로의 가장 큰 목적은 십종가의 을년비무대회에서 우승하여 산동석가의 이름을 십종가 위에 우뚝 세우는 것이었다. 석가의 수장인 석관총(昔款總)은 어릴 때부터 입버릇처럼 슬하에 아들이 없는 것을 평생의 한이라고 말해왔다. 부친의 말을 들을 때마다 장녀인 석수로는 자신이 열 아들 몫을 해내겠노라 굳게 다짐했다.

"당신들은 대체 누구길래 처음 본 사람을 이처럼 모욕하는 것이오?"

그래도 가장 연장자인 흑치성지는 동생과 달리 일단 대화로 문제를 해결해 보려 했다.

"어쭈? 뚫린 입이라고 조선 말 몇 마디는 배워온 모양이네?"

"그래도 혀가 꼬이긴 하는 모양이오."

또다시 모인 자들이 왁자지껄 웃음을 터뜨렸다. 흑치성지의 얼굴마저 분노로 인해 붉게 물들었다. 십종가는 고대로부터 내려오는 가림토(可臨土) 문자와 한자(漢字)를 모두 사용하고 있었다. 가림토 문자는 조선의 한글과 유사하여 중원에서나 조선에서나 말하고 읽고 쓰는 것에 막힘이 없었다. 그러나 말투까지 완벽할 수는 없었기에 모인 자들은 이를 비웃고 있었다.

이들은 모두 며칠 전의 무과 시험에 합격한 자들이었다. 무과에 합격하여 곧 장용영에 들어갈 기대에 잔뜩 부풀어 있는 데다 나라에서 내리는 술과 음식을 잔뜩 먹은 터라 무서운 것이 없었다. 그들은 네 명의 젊은 남녀를 보자 성현의 도가 땅에 떨어졌다고 개탄하다가 이를 바로잡기로 결의하고 나선 것이었다. 뜻은 가상했으나 심중에는 석가 자매의 미모에 혹한 사심도 없지 않았다.

"형님, 이 두 놈은 부녀자를 희롱한 나쁜 놈들이니 곤장을 쳐서 관아로 끌고 가는 게 어떨까요?"

한 사내가 여전히 입을 놀리며 들고 있던 기다란 곤봉(棍棒)으로 흑치성문을 찌를 듯이 쿡쿡 위협했다. 그 순간이었다. 흑치성문의 팔이 움찔하는가 싶더니 순식간에 사내가 들고 있던 곤봉이 예닐곱 조각으로 잘라져 바닥으로 후두둑 떨어지는 것이 아닌가. 사내들의 안색이 삽시간에 굳어졌다.

"오랑캐 놈들이 사술을 부리는구나."

"사술?"

흑치성문이 코웃음을 치며 바닥에 떨어진 곤봉 조각들을 주워 들었다. 흑치성문은 팔뚝 정도의 길이로 잘라진 막대를 곧

추세우더니 손날을 펼쳐 곤봉을 잘라가기 시작했다. 사내들이 입을 떡 벌리고 있는 가운데 손날의 속도는 점점 빨라져 눈에 보이지 않을 정도가 되었다. 한순간에 일곱 자 길이의 곤봉은 손가락 한 마디 정도의 떡가래처럼 변하고 말았다. 곤봉의 끝에 달려 있는 작은 창끝은 성문의 손가락에서 마치 공깃돌처럼 다루어지고 있었다.

"다들 뭐 하고 있소? 어서 저 오랑캐 놈을 잡아 관아로 끌고 갑시다!"

곤봉을 뺏긴 자가 악을 쓰며 소리쳤다. 그 소리에 놀란 듯 사내들이 우르르 흑치성지 주위로 몰려들었다.

정조의 명으로 이덕무, 박제가, 백동수 등이 무예도보통지를 펴낸 이래 힘깨나 쓴다는 자들은 장용영이 있는 화성으로 몰려들었다. 동장대와 연무대에서 장용영의 병사들이 연마하는 권법과 창검술을 보고 흉내 내기도 했고, 사사로이 무과를 위한 궁술과 살수를 가르친다는 자들도 나타났다. 화성에는 서당뿐만 아니라 수십 개의 무관(武館)이 들어서 있었다.

흑치성지 앞에 나선 이들은 그런 무관에서 무예를 배운 자들이었다. 졸렬하나 저마다 한두 수의 권법을 익혔으며, 몸에는 활과 창검을 지녔다. 흑치성지는 처음에 손을 쓴 자가 휘두르는 주먹을 보고 너무나 어이가 없이 코웃음을 쳤다.

"이 무예는 도대체 무엇인가? 칠성권(七星拳)도 아니고 복호권(伏虎拳)도 아니로군."

사내들은 죽을힘을 다해 흑치성지를 상대했지만 주먹질은

물론이고 창검도 그의 옷깃조차 스칠 수 없었다. 잠시 동안 이들을 지켜보던 석수로는 한심하다는 듯이 말했다.

"다들 걱정하시겠어요. 이만 돌아가요."

그 말을 듣고 다들 몸을 돌리자 흑치성지가 사내들에게 말했다.

"자, 이건 타구권(打狗拳)이니 잘 보고 배우도록 하여라."

흑치성지가 소매를 한번 떨어내기가 무섭게 펑 하는 소리가 들리더니 사내들이 일제히 바닥에 쓰러졌다. 구경하는 자들이나 돌아서 걷고 있던 석가 자매도 그가 어떤 수법으로 사내들을 혼내주었는지 알 수 없었다.

어느새 자신들 앞에서 몇 장이나 떨어져 걷고 있는 흑치성지를 보며 사내들은 어안이 벙벙해졌다. 모여든 백성들이 손가락질을 하며 놀리는 것이 부끄러운지 저마다 떨어진 갓을 움켜쥐고는 어디론가 사라져 버렸다.

사라진 네 명의 젊은이들 뒤로 또다시 한 명의 중년인과 젊은 남녀가 나타났다. 이들은 모두 짙은 색의 옷을 입었으며 한 명의 여자는 머리에 고운 붉은 빛이 감도는 새의 깃털을 꽂고 몸에는 호피로 된 겉옷을 두르고 있었다. 뒤로는 중처럼 머리를 박박 밀고 덩치가 큰 장한이 버티고 섰는데 마치 산악을 보는 듯 거대한 체구였다.

"흑치성지의 무예가 과연 뛰어나군요. 마지막에 보여준 그 일수는 사홀권(死惚拳)이겠지요? 아버님께서 보시기에는 어떠세요?"

새의 깃털을 꽂은 여자가 곁의 중년인을 향해 말했다.

"나희의 말이 옳다. 그 일수가 과연 매섭구나. 옛말에 려인(麗人)은 호방하고 솔직하며, 나인(羅人)은 온후하고 계책이 많고, 제인(濟人)의 기질은 사납고 성질은 불같아 가장 전쟁을 좋아한다고 하더니 과연 그 말이 옳도다."

여자의 곁에 선 중년인이 고개를 끄덕였다. 전신에 호피를 댄 자줏빛의 겉옷을 입은 중년인은 머리에 작은 관을 썼는데 풍채가 위엄이 있는 것이 매우 부유한 상인과도 같아보였다.

이 중년인이야말로 십종가의 일원인 요동연가(遼東淵家)의 가주 연추림(淵推臨)이었다. 곁의 소녀는 딸인 연나희(淵娜熙)였다. 연추림에게는 모두 다섯 명의 아들과 두 명의 딸이 있었는데 이번에는 그중 장남인 연복충(淵福忠), 셋째 연복신(淵福信), 넷째 연복용(淵福勇)과 장녀인 연나희만을 데리고 왔다.

"그래도 을지가의 태극선배공(太極善琶功)에 비하면 한참 뒤떨어지겠죠?"

연나희가 뒤쪽의 청년을 돌아보며 미소를 지었다. 그녀의 표정은 시종일관 변화가 없었는데 이때만큼은 마치 햇살이 음지를 비추는 듯 주위마저 환해졌다.

"선배공보다도 삼흉검법(三凶劍法)이나 오비도(五飛刀)만 하겠습니까?"

상투를 틀어 고정시킨 머리에 긴 모자를 쓰고, 구레나룻가 턱 밑까지 이어진 청년의 이름은 을지경(乙支敬), 바로 하북에서 온 을지가(乙支家)의 소가주였다.

"이번 가주련은 그 어느 때보다도 십종가의 후손들이 많이 참석했군요. 역시나 다들 지난번 가주 비무대회가 유명무실했던 것이 마음에 걸렸던 모양입니다."

뒤에 서 있던 장한이 입을 열었다. 덩치와 다르게 차분한 목소리였다.

"동명고가에서는 이번에 조의선인(皀衣仙人)인 명림도수(明臨刀手)와 가주의 삼 남매가 모두 올 거라고 들었어요? 부운노(扶雲奴) 대주(大柱)님께서는 혹시 그들을 보았나요? 명림도수와 부대주님이 무예를 겨루면 어떨 것 같나요?"

이번에도 연나희의 질문이었다. 그녀의 얼굴은 흥분으로 인해 약간 상기된 듯 보였다.

"어허, 오늘따라 말이 많구나."

연추림은 딸의 질문이 너무 과하다고 느껴 주의를 주었다. 연나희는 움찔한 표정이었다. 눈앞에서 또래인 흑치성지의 무예를 보자 십종가의 무예와 후손들의 기량이 어느 정도인지 궁금해 참을 수 없었던 것이다.

연나희뿐만 아니라 이번에 조선 땅을 밟은 십종가의 후손들은 모두 처음 보는 것과 마찬가지여서 다들 들뜬 기분이었다.

"조의선인은 보지 못했고 십 년 전 동명고가의 가주련에서 다음 대 가주로 꼽히고 있는 국자랑(國子郎) 고옥(高鈺)을 보았습니다. 십대 후반의 나이임에도 불구하고 후덕해 보이더군요."

부운노가 희미하게 웃으며 말했다. 연나희의 초연한 척하는 표정이 귀여웠다. 호랑이 같은 부친 앞이라 겉으로는 침착한 척하고 있지만 그 속에 가득한 호기심이 손에 잡힐 듯 보였던 것이다.

"동명고가의 기천무(氣天武)는 조의선인의 오상지검(五相之劍)과 더불어 북방 최강의 무예로 꼽히고 있다는데 빨리 보고 싶군요."

연나희의 목소리에 실린 호승심을 느끼며 을지경은 그녀가 정말 귀엽다고 생각했다.

"얼마 지나지 않아 견식을 넓히게 될 것이니 느긋하게 기다리시지요."

을지경이 부드럽게 말했다. 연나희는 자신이 초면인 을지경 앞에서 너무 말이 많았다고 생각하여 살짝 얼굴을 붉혔다. 을지경과는 초면이었으나 을지가와 연가는 윗대로부터 대대로 친분이 있었다. 연가의 남매들은 모두 호승심이 강해 어려서부터 무예 익히는 것을 밥 먹는 것보다 좋아해 이번 가주련을 그 어느 때보다도 기다렸다.

"오라비들이 기다리겠구나. 우리도 이만 가는 것이 좋겠다."

연추림의 말에 연나희는 못내 아쉬운 듯 시야에 잡히는 화성 일대를 한동안이나 훑어본 뒤에야 걸음을 떼어놓았다.

2

화성의 팔부자 거리는 팔 도의 부자들이 모인 거리로 화성에서 가장 부유한 곳이었다. 남문 아래 남지(南池)를 지나면 너른 평야가 눈앞에 쭉 펼쳐지며 수백 채의 고래등 같은 기와집들이 보인다. 기와집들은 저마다 그 위세를 자랑하려는 듯 수십 칸 규모였다. 그 면적이 얼마나 넓었는지 화성 전체를 합친 것보다도 커 보였다.

"처음에 팔부자 거리라고 해서 난 딱 여덟 명만 사는 줄 알았지."

아래적이 말했다.

"농담할 기분 아니야."

이화성이 씩씩거렸다. 이화성은 평소에 즐겨 입던 당세포 중치막이 아니라 군복인 동달이에 전복과 전립을 쓴 차림이었다. 아래적은 삐져 나오는 웃음을 막으려는 듯 소매를 들어 입을 가렸지만 끝내 박장대소하고 말았다.

"크하하하하, 그러게 누가 하루 만에 십전동자를 잡는다는 둥 허튼소리를 하라 그랬나?"

홍세영과의 내기에서 진 벌로 이화성은 장용영 홍기군의 군졸로 들어갔다. 홍기군은 장용영의 살수부대인 능기군과는 별도로 운영되는 조직이었다. 화성에서 벌어지는 해괴한 사건들을 주로 담당하는 것이 임무였고, 그 일이 외부로 발설되는 것을 엄격히 금하고 있었다. 그 때문인지 장용영 내에서도 존재를 아는 이가 드물었다. 홍기군은 표면적으로는 화성의 중앙을 방위하는 신풍위 소속이었다. 신풍위의 위장이 된 장수민의 특별한 배려였다.

"네놈만 아니었어도 내가 홍 형과 그런 약조를 했을 리 없지."

"그게 왜 내 탓인가?"

"누가 모를 줄 알고? 네놈이 금가와 무슨 거래를 했음이 틀림없다. 그렇지 않고서야 백주에 도적놈이 이렇게 활개를 치고 다닐 까닭이 없지 않느냐?"

이화성은 날카로운 눈으로 아래적을 쏘아보았다. 생각해 보면 며칠 동안 아래적이 자신과 함께 다닌 것이 이상했다. 그가 아는 아래적은 돈이 되는 일 아니면 절대로 움직이지 않았다. 그런 자가 무엇 때문에 며칠씩이나 하릴없이 화성에 눌어붙어 있단 말인가? 생각해 보면 이상한 일이 한두 가지가 아니었다. 보화림이라면 질색을 하는 홍세영과 십종가 연회 준비로 눈코 뜰새 없이 바쁘다는 금지성이 하필 그 시간에 보화림 후원에서 그런 대화를 주고받을 까닭이 없었다. 자신은 세 사람이 파놓은 함정에 스스로 걸어 들어간 꼴이 되고 만 것이다.

"네 녀석이 이렇게 비루먹은 망아지처럼 풀이 죽어 있는 것은 홍 초관 때문이지?"

아래적이 히죽 웃었다.

"쓸데없는 말이나 늘어놓을 생각이면 당장에 네 모가지를 비틀어 버릴 테다."

이화성은 꼬리를 물고 일어난 생각에 분을 참지 못하고 말했다.

"세상에 널린 게 계집이고 보화림의 기녀들만 하더라도 자네라면 목을 빼고 덤벼드는데 뭐가 아쉬워 그런 사내 같은 계집인가?"

그러나 느닷없는 아래적의 말에 놀란 것은 오히려 그였다.

"너, 너 이 도적놈아, 그걸 어찌 알았단 말이냐?"

이화성의 눈에 불똥이 튀는 듯했다.

"무얼 말이냐?"

"홍 형이 여자라는 것 말이다."

"너는 몰랐냐?

아래적이 오히려 되물었다.

"아니."

이화성은 뻘쭘하게 말했다.

"설마 다른 사람들이 너보다 못해서 그녀가 아직 여자라는 것을 눈치 채지 못하고 있다고 생각하는 거냐?"

아래적이 핵심을 찔렀다. 이화성은 고개를 끄덕거렸다.

"휴우, 아니겠지. 어지간한 눈썰미만 있어도, 아니, 무예가 어느 정도 경지에만 이르러도 홍 형이 여자라는 것을 전부 눈치 챘을 거야. 지금은 모두 그녀를 생각해서 쉬쉬 비밀에 붙이고 있지만 언젠가는 들통이 날 것이고, 그건 대죄에 속하지 않는가. 전하를 기만한 죄."

이화성은 탄식했다. 자신이 두려운 것은 바로 그것이었다. 홍세영의 비밀이 천하에 공개되어지는 것, 만일 그 비밀이 탄

로나면 홍세영이 어떻게 나올지 너무나 두려웠다.

"쯧쯧, 눈앞에 닥치지 않으면 아무것도 모르는 거야. 세상만사가 다 그렇지 않느냐. 발을 동동 구른다고 올 일이 안 오겠냐? 네놈이 밀어붙이면 이참에 오히려 잘됐구나 하고 여자로 살지 어떻게 아냐? 계집이 사내 노릇 하는 게 좋아서 그러겠냐?"

아래적이 혀를 찼다.

"그게 좋아서 하는 짓이라면?"

이화성이 불쑥 물었다.

"그럼 별수있나? 네놈이 여자가 되는 수밖에 없지."

아래적은 농담조로 한 말이었다.

"정말 그걸 물어봐야겠군."

이화성이 중얼거리자 아래적의 얼굴이 똥 씹은 표정이 되었다. 설마 그가 홍세영에게 가서 자신이 여자가 될 터이니 너는 계속 남자로 살라고 말할 생각이란 말인가? 아래적은 얼굴이 시뻘겋게 되어 침을 튀기며 말했다.

"너너, 이 미친놈아, 무슨 생각을 하고 있는 거냐?"

"김사운 말이다. 능기군에 있던 그가 어째서 금오상단에 들어간 거지?"

이화성의 물음에 아연해진 것은 아래적이었다. 그는 자신이 오해했다는 것을 알고는 헛기침을 했다.

"험험, 너는 김사운의 부친이 금오상단의 행수로 있다는 것도 몰랐냐? 부친의 부탁으로 그는 얼마 전부터 금오상단의 호위무사 총관 직을 맡고 있다. 이번에 금오상단의 창고에 있는 십만 냥을 십전동자가 홀랑 가져가 버린 데다 손목까지 잘렸으니 그는 지금 죽고 싶을 거다. 게다가……."

아래적의 목소리가 줄어들었다. 이화성은 자연히 귀를 그쪽으로 가져갔다.

"이건 진짜 아무도 모르는 일인데 말이지……."

"너는 어떻게 알았는데?"

"나야 아래적이니까. 천하의 보물에 대해 내가 알지 못하는 일이 있다면 내가 아래적이 아니지."

"잔말 말고 하려던 말이나 계속하거라."

"삼부선경이라고 들어본 적 있느냐?"

"삼부선경?"

이화성은 눈을 끔뻑거렸다. 그러고 보니 만물상회의 서고에서 그와 비슷한 이름을 본 것 같았다.

"고대의 무예가 적혀 있다는 무예서 말이냐?"

"옳거니, 아직 네놈의 머리가 쓸 만하구나. 신라의 무오병법(武烏兵法)이나 고려의 김해병서(金海兵書)가 모두 그 삼부선경을 흘깃 본 것만으로 만들어졌다는 것도 알겠지?"

"근데, 그 삼부선경이 왜?"

"바로 그 삼부선경이 조선에 나타났다는 소문이다. 들리는 말에는 진국대가에 있다가 팔만대장경(八萬大藏經)으로 둔갑해서 가야산(伽倻山)으로 갔다고 하더구나."

아래적이 희희낙락하며 말했다.

“어리석은 도적놈 같으니… 너는 그 말을 믿나 보군.”

이화성은 한숨을 내쉬었다. 자고로 세상에 나타났다는 무예 비급서치고 사기 아닌 것이 없다고 생각하는 그였다.

“믿지 못할 것도 없지. 이 세상에는 아직도 사람들이 보지 못하고 듣지 못하는 일들이 많다는 걸 나는 알고 있단 말이지.”

이화성은 품속에서 꿈틀거리는 청호의 움직임을 느끼며 생각했다. 그런 일이라면 아래적보다 이화성 자신이 훨씬 더 잘 안다고 할 수 있을 것이다. 팔괘보도의 사건에서 겪은 일들은 어차피 그 자리에 있던 사람들이 아니고서는 말할 수도 없고, 듣는다 해도 믿을 수 없는 일들이 아니던가.

“그래서 네가 하고 싶은 말이 뭐냐?”

이화성이 다음 말을 재촉했다. 아래적은 잠시 뜸을 들이다 아주 중요한 비밀을 말해준다는 듯이 입을 열었다.

“그러니 전설의 삼부선경이 조선에 나타났다고 한들 이상할 게 없단 말이다. 너는 무예도보통지를 만들 때 참고할 비급이 없다는 말도 듣지 못했냐? 이건 내가 도화서 화원인 허감(許鑑) 노인네한테 직접 전해 들은 얘기다.”

“그래서? 무예도보통지를 보완하기 위해 누가 삼부선경을 조선으로 가져오기라도 했단 말이야?”

“그거야 알 수 없지. 원래 보물이란 건 간절히 바라는 사람들 쪽으로 움직이게 되어 있거든. 너는 내 신조가 뭔지 아냐?”

“뭔데?”

"아니 땐 굴뚝에 연기 날 리 없다."

아래적이 제법 진지하게 말했다.

"도적의 첫 번째 자질은 바로 이것이다. 비록 풍문에 떠도는 단순한 소문일지라도 그 소문의 근원을 따라가다 보면 반드시 큰 재물을 얻게 된다는 것이 내 지론이지. 그러니 소문에 귀를 기울이는 것이야말로 대도의 첫 번째 자질이라 할 수 있다."

듣고 보니 그럴싸한 말이었다.

"다 말했으니 나는 이제 간다."

아래적이 훌쩍 몸을 날려 근처 숲으로 들어갔다.

"도적놈아, 어디를 가는 것이냐?"

이화성은 어이가 없어 물었다. 며칠 동안 그렇게 가라고 해도 가지 않더니 이제 와서 훌쩍 간다는 말을 하는 것이 이상했다.

"말해주지 않았냐? 삼부선경이 조선에 나타났다고."

"그럼 넌 그걸 찾으러 가겠다는 거야? 날 여기 혼자 두고?"

이화성은 자신의 코끝을 가리키며 말했다. 아래적은 발아래 보이는 팔부자 거리를 보며 혀를 찼다.

"이곳에 오니 내 손이 근질근질해서 참을 수가 없어 그런다. 눈앞에 먹이를 두고 돌아가는 맹수의 심정이 이러하겠지. 하지만 소탐대실이라는 말도 있지 않느냐. 이러다 십전동자가 내 손목까지 베어가면 나는 뭘 해먹고 살란 말이냐?"

"그럼 왜 여태 여기 있었지?"

이화성은 궁금한 것을 참지 못하고 물었다.

“흐흐흐, 그거야 금 문주와 거래한 기간이 딱 지금까지이니 그런 것이지. 나는 네놈을 장용영으로 들여보냈고 팔부자 거리로 데려왔으니 약속을 지켰다.”

아래적은 순순히 사실을 인정했다. 이화성의 생각이 들어맞은 것이다.

“이런 친구를 팔아먹는 도적놈 같으니…….”

이화성이 펄펄 뛰었으나 아래적은 여전히 싱글거릴 뿐이었다.

“도둑과 부자는 원래가 양립할 수 없는 법이니 혼자 잘해보라구.”

이화성은 긴 한숨을 내쉬었다. 아래적의 말대로 그의 역할은 이곳까지였다. 그는 처음부터 이 일에 낄 생각이 없었던 것이다.

“너는 만물상회로부터 무엇을 얻었는데?”

문득 아래적이 무엇을 원했는지 궁금했다.

“뭐긴, 삼부선경의 일이지!”

어느새 아래적의 모습은 보이지 않고 목소리만 바람결에 실려 날아왔다.

“젠장…….”

이화성은 입맛이 썼다.

3

손 부자는 기다렸다는 듯이 이화성을 맞이했다. 이미 홍세영으로부터 통보를 받은 뒤였다. 손 부자는 수수한 옷차림에 마른 듯한 신색을 가진 자였다. 얼굴에는 검버섯이 가득했지만 오른팔이 팔꿈치 아래로 잘린 것 빼고는 허리도 꼿꼿하고 카랑카랑해 보이는 노인이었다. 그의 집안은 대대로 역관을 해온 가문이었다. 백 년 전만 하더라도 외국과의 직교는 금지되어 있던 터라 역관들은 양국의 중계무역으로 막대한 부를 축적할 수 있었다. 그러나 청·일 국교가 수립되고 직교역이 이루어지자 상황은 급변했다. 중계무역을 할 수 없어진 역관들은 상인들과 손을 잡았고, 손 부자도 그런 역관들 중 한 사람이었다. 그가 다른 역관들과 다른 점은 새로 떠오르는 사상(私商)을 택했다는 것이었다. 그런 점에서 손 부자와 금오상단은 한 배를 탔다고 할 수 있었다.

손 부자와 함께 있는 사람을 보자 이화성의 안색이 굳어졌다. 설마 설마 했는데 진짜였군.

"김사운……."

그는 낮은 신음성을 흘렸다.

"오랜만이요. 이 형."

김사운도 이화성을 알아보았다. 두 사람은 보화림에서 몇 번 마주친 적이 있었다.

"꼴이 이러니 예가 아니더라도 이해하시오."

이화성은 자신이 무심코 손을 내밀었다는 것을 알고 얼굴이 벌게졌다.

"두 분의 손목을 자른 것이 분명 십전동자였습니까?"

자리에 앉자마자 이화성은 가장 의문이 가는 점부터 물었다. 손 부자라면 그렇다 치더라도 김사운마저 당했다는 것이 믿기지 않아서였다.

"십전동자라… 그자는 어린아이가 아니었소."

김사운이 말했다.

"어린아이가 아니라면?"

"모습은 어리지만 그 솜씨는 결코 어린아이의 솜씨가 아니었다는 뜻이오. 내가 검을 연마한 지 삼십여 년, 검의 이치를 완전히 깨우쳤다고 하기는 어렵지만 아무리 강한 상대를 만나더라도 백 수 안에는 패하지 않을 자신이 있었소. 그런데 이자는 단 일 합으로 손목을 베어냈소. 정말 무서운 자요."

김사운의 얼굴에 두려움이 떠올랐다.

"내 평생 그토록 빠른 쾌검은 처음이었소."

"저는 김 형의 말을 믿을 수가 없습니다. 아이가 태어나면서부터 검을 배웠다고 해도 십여 년이 고작입니다. 더구나 근력과 내력에서 차이가 질 텐데 어떻게 그런 일이……."

이화성은 말을 하다가 멈추었다. 손 부자가 한 장의 그림을 내밀었다.

"바로 이자요. 우리 둘이 기억을 되살려 화공에게 그림을 그리게 했소."

겁에 질린 듯한 눈망울과 귀여운 얼굴이 그대로 남아 있는 미동의 그림이었다. 그 그림을 본 이화성의 눈초리가 급격하게 가늘어졌다.

"우팔⋯⋯."

그림 속의 동자는 그가 아는 얼굴이었던 것이다. 왕부인과 함께 있다가 사라진 우팔, 틀림없는 그 아이였다.

"이자를 아오?"

김사운이 황급히 물었다.

"이 아이를 홍무제의 환생이라고 떠받드는 자들이 있었습니다. 저도 본 적이 있습니다만, 틀림없는 아이입니다."

이화성이 단정하듯 말했다.

"그럼, 이 그림도 보아주시오."

김사운이 한 장의 그림을 내밀었다. 그 그림은 좀 전의 그림보다는 낡았으나 그려져 있는 사람은 같았다. 단지 좀 전의 얼굴이 보기 드문 미동이었다면 이 그림 속의 얼굴은 보기 드문 추물이었다. 진흙 덩이를 마구 주물러 아무렇게나 눈, 코, 입을 만들어놓은 것 같은 괴기한 형상이었다. 얼굴만 뺀다면 체격이나 분위기는 우팔과 매우 흡사했다.

"이 아이가 누구입니까?"

이화성이 두 장의 그림을 비교하며 물었다.

"한 사람은 십전동자이고 한 사람은 십전주(十全主)요."

김사운이 말했다.

"십전주?"

이화성이 되물었다.

"이번에 육의전 선전 도중(都中)의 도령위(都領位)가 된 자

로 스스로를 그렇게 부르오. 한주선전의 대행수인 임치성(任
治成)의 둘째 아들로 임득풍(任得豊)이라는 자요."

도중은 일종의 상인 조합이다. 선전 도중이라 하면 육의전
중에서도 선전들끼리의 모임이고 도령위는 도중을 실질적으
로 이끌어가는 자였다.

"도중에 들어가려면 이십사 세가 지나야 하지 않습니까? 이
자는 아무리 보아도 열 살 이상은 안 되어보이는 데요?"

"보이기는 그렇지만 실제로는 삼십이 넘은 자요."

김사운이 말했다. 이화성은 얼떨떨해졌다.

"삼십이 넘었다구요?"

"어려서 약을 잘못 써 더 이상 자라지 않게 되었다는군."

"음… 그렇군요. 그런데 이자가 이번 일과 무슨 관계가 있습
니까?"

"이 두 장의 그림이 얼굴을 빼면 너무나 똑같다고 생각지 않
소?"

김사운이 동의를 구하듯 물었다.

"그런 듯도 하군요."

이화성이 고개를 끄덕였다. 십전동자라는 우팔과 십전주인
임득풍이 같은 사람일까? 손 부자와 김사운은 그렇게 생각하
고 있는 모양이었다.

"전하께서 화성에 육의전 못지않은 시전을 세우겠다고 하
신 일로 육의전이 난리가 났었던 것을 알 거요."

손 부자가 말했다.

"금난전권이 폐지된 이후라 더 그랬겠지요."

"그때 큰 피해를 본 일반 시전 상인들은 이번 기회를 절호의 기회라고 생각했소. 화성에서 육의전과 대등한 힘을 기를 수 있다고 생각한 거요. 보면 알 테지만, 이 팔부자 거리에는 운종가에서 밀려난 한성의 시전 상인들은 물론이고, 송상과 경강 상인을 비롯한 사상도고들이 몰려와 있소."

"육의전으로서는 이들이 하나의 세력을 이룰까 봐 두려워하고 있겠군요."

"이미 그 일이 추진 중이요. 우리는 화성에 새로운 시전을 만들 생각이고 그 시전은 경쟁이 자유로운 난전 형태가 될 것이오."

"음……."

이화성이 부채로 뒤통수를 긁었다. 육의전을 비록한 도성의 시전들과 지방의 상인들은 오래전부터 별로 사이가 좋지 않았다. 왕실과 결탁하여 여러 가지 혜택을 받고 있는 도성의 상인들이 지방 상인들 눈에 곱게 보일 리 없었다. 그러던 차에 금난전권 철폐로 육의전을 제외한 모든 시전이 타격을 입게 된 것이다. 난전권을 가지고 있던 도성 내의 일반 시전들은 지방 상인들과 똑같은 조건 하에서 경쟁하지 않으면 안 되었다. 그들은 재빨리 다른 시장을 찾아야 했고, 화성으로 몰려들었다.

"별로 좋지 않군요. 그걸 알면 조정에서 가만히 있지 않을 텐데요? 육의전의 배후에 누가 있는지는 아시지 않습니까?"

이화성이 말하는 사람이 누구인지 다들 알고 있었다. 육의전의 대행수들 인척이 대비전과 긴밀하다는 것은 공공연한 사실이 아니던가.

"전하께서도 암중으로 힘을 실어주신 일이오. 이번 전하의 원행 차에 그 일을 상의드릴 생각이었소."

손 부자가 말했다.

"그 일이 잘만 되면 전하께서도 대비전과 맞먹는 힘을 갖게 되시겠군요."

화성이 한성과 어깨를 나란히 하려면 군사력과 자금, 두 마리의 토끼가 모두 필요했다. 장용영처럼 새로운 군영이 창설되면 으레 그 부담은 백성들에게 돌아가기 마련이었다. 하여 정조는 장용영 창설에 드는 비용을 백성들에게 부담시키지 않으려고 화성 인근에 왕실의 내탕금(內帑金)으로 둔전(屯田)을 조성했다. 장용영 군사들이 이를 직접 경작해서 군영의 경비를 조달했지만 넉넉하다고는 할 수 없는 실정이었다. 지난번 팔패보도의 일도 그 때문에 저들 모르게 처리하려 했던 것이 아닌가!

이곳에 사상도고를 중심으로 시전이 생긴다면 화성은 정치적으로나 경제적으로 명실상부한 제이의 도성이 될 것이 분명했다.

"나는 그 일에 서명한 상인들의 연판장을 금동반가상에 숨겨놓았소."

"설마 십전동자가 훔쳐 간 그 금동반가상을 말하는 것입니까?"

이화성이 크게 놀라며 말했다.

"내게는 두 개의 똑같은 금동반가상이 있지만, 그중 하나는 가짜요. 이번에 그들이 훔쳐 간 것은 바로 가짜였소."

손 부자의 말에 이화성이 가슴을 쓸어내렸다.

"그 연판장이 만일 조정에 들어간다면 육의전을 비호하는 조정 대신들이 전부 들고일어나겠군요. 역대로 허락 맡지 않는 도당을 짓는 것을 엄하게 금하고 있으니 사세(邪世)로 몰려 철퇴를 맞을 게 뻔하지요."

이화성이 말했다.

"저들은 심증은 있으나 물증이 없어 발을 동동 구르고 있는데 그 연판장을 알게 된 것이오."

손 부자와 김사운은 동시에 고개를 끄덕였다.

이화성의 말이 끝나기도 전이었다. 담장 위에 검은 옷을 입은 자들이 나타났다.

"누구냐?"

김사운이 소리를 지르며 몸을 일으켰다. 휙휙 하는 소리가 나더니 화살이 비처럼 세 사람을 향해 퍼부어졌다. 김사운은 허리를 숙이고 왼팔로 번개처럼 칼을 빼내어 쏘아진 화살을 쳐냈지만 화살의 수가 너무 많았다. 오른팔이 있었다면 저까짓 화살 공격쯤이 무슨 대수이겠는가? 그러나 왼팔만으로는 무리가 있었다.

그때 눈앞에 흰빛이 번쩍하더니 그림자 하나가 담장을 휙

지나갔다. 팅팅팅팅 하는 소리가 들렸다. 검은 옷의 무리는 어느새 자신들이 들고 있는 화살이 모두 부러져 있다는 것을 깨닫고 사색이 되어 일제히 도망치기 시작했다. 어느새 몸을 날린 이화성이 부채로 화살의 시위를 모두 끊어버린 것이다.

"그러게 수하를 거두어야 한다고 말씀드리지 않았습니까? 이 선비가 없었다면 큰일날 뻔하였습니다."

김사운이 안도의 한숨을 내쉬며 말했다.

"저들이 이처럼 빨리 들이닥칠 줄은 몰랐네. 연판장이 가짜라는 것을 이미 알아차린 모양이네."

손 부자도 바닥에 주저앉으며 식은땀을 훔쳐냈다.

"밖에 고용한 무사들은 대체 무엇을 하고 있었단 말이냐?"

손 부자가 밖을 향하여 소리쳤으나 아무도 대답하는 이가 없었다. 세 사람이 밖으로 나가자 수십 명의 하인들과 무사들이 인사불성이 되어 바닥에 쓰러져 있었다. 그들은 약에 중독되었을 뿐 죽은 것은 아니었다.

"임득풍을 찾아가 봐야겠습니다."

이화성이 북쪽 하늘을 보며 말했다.

第二十一章
진국대가의 출현

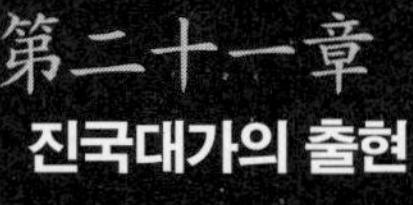

華城

1

　길은 매우 험했다. 곳곳에 튀어나온 돌들이 있었고 길 양편에는 제멋대로 쌓아놓은 물건들로 발 디딜 틈조차 찾기 어려웠다. 만물상회가 있는 골목은 원래가 사람 하나가 지나다니기에도 힘든 곳이었다. 그런 곳을 금지성의 수레는 사람보다 더 능숙하게 지나고 있었다. 그의 무릎 위에는 한 달 사이에 부쩍 덩치가 커진 백일각이 벌렁 누워 배를 드러내고는 한가롭게 낮잠을 자고 있었다.

　"십종가니 뭐니 하며 바쁜 척하더니 손님들은 다 어쩌고 예까지 행차하셨나?"

　이화성이 퉁명스럽게 말했다.

　"연통을 받은 가문은 모두 화성에 들어왔고, 오지 않는 두 가문도 이삼 일 내로 올 걸세. 박 행수가 잘 알아서 하고 있으니 며칠은 틈이 날 거야."

"그거 아주 듣던 중 반가운 소리로군."

"계속 꽁생원처럼 굴 텐가?"

금지성이 피식 웃으며 말했다. 손 부자의 집을 나서자 대문 앞에서 기다리고 있던 금지성과 맞닥뜨렸다. 금지성은 홍세영과의 내기에서 진 일로 이화성의 심기가 불편함을 알고 일부러 그를 만나러 온 것이었다. 십종가의 사람들이 연일 들락거리는 와중에 시간을 내어 그를 보러 온 것이 고마우면서도 이화성은 쉽사리 마음을 풀지 않았다.

"누가 꽁생원이야?"

이화성이 울컥해서 말했다.

"누구겠어. 자네 말이지. 내기에 져서 기분이 나쁘다는 건 핑계고 사실은 나와 홍 초관이 친한 게 마음에 들지 않는 게지?"

정곡을 찌르는 금지성의 말에 이화성의 얼굴이 벌게졌다. 실제로 홍세영이 그와 금지성을 대하는 태도가 많이 차이가 있었다. 보화림에서만 해도 그렇지 않았던가?

남자란 종종 큰일에는 대범하고 작은 일에는 이렇게 옹졸해질 수 있는 동물이었다.

"흥, 누가 홍 형 때문에 그러나. 친구한테 연타로 뒤통수를 맞아서 그런 걸세. 난 자네와 도적놈이 친구일 거라고는 꿈에도 몰랐단 말이지."

이화성이 부채로 뒤통수를 긁으며 먼 하늘을 보았다.

"하하하, 상인은 언제나 고객을 왕처럼 모시는 법이거든."

금지성은 여전히 빙글거렸다.

"이번 기회에 아주 확실히 알았네."

이화성은 빠르게 앞으로 걸어갔다.

"임득풍은 원래는 아주 총명한 자였다네."

금지성은 이화성의 말을 못 들은 체했다.

"장사치들이 원래 잔머리를 잘 굴리지."

이화성이 심드렁하게 말했다.

"그의 성격은 어릴 때랑 많이 다르다더군."

금지성의 수레는 여전히 일정한 거리를 두고 그를 따랐다. 이화성이 걸음을 빨리 하든 느리게 하든 두 사람의 간격은 벌어지지도, 그렇다고 좁혀지지도 않았다.

"총명한 성격이 아둔하게 변했다는 말이야? 그거 잘되었군. 아둔해지면 손님을 속일 일도 없겠지."

"아둔할 뿐만 아니라 매우 포악해졌다는 말이야."

금지성은 더 이상 이화성의 빈정거림에 신경 쓰지 않기로 한 모양이었다.

"포악해졌다고? 왜 갑자기 변했을까?"

이화성은 관심이 생긴 듯 말했다. 사실 이 일은 그로서도 매우 궁금한 점이 있었다. 우팔과 십전동자의 관계도 그렇고 십전동자와 십전주의 관계도 그랬다. 손 부자 말대로 임득풍이 십전동자라면 그가 우팔일 수도 있다는 말일까? 아니면 단순히 닮은 것뿐일까?

"그건 그 아비가 미쳐서 그 어미를 살해하는 것을 직접 봤기 때문이지."

금지성이 무덤덤하게 말했다.

"정말이야?"

이화성은 눈살을 찌푸렸다.

"시전 사람들이 쉬쉬하는 얘기라네. 임득풍의 부친이 어느 날 갑자기 미쳐서 그 어미를 칼로 죽이고 임득풍까지 죽이려 했는데 실수로 자신이 죽고 말았다는 거야. 그때부터 성격이 잔인하게 변했다네."

"그게 몇 살 때 얘기지?"

"임득풍이 열다섯 살 때인가 그럴 거야."

"그런 자가 어떻게 선전 도중이 되었을까?"

"장사 수완이 아주 뛰어나서 선전 중에서 그자의 입김을 빌지 않는 곳이 없을 정도라네. 영향력도 아주 막강하지."

"머리도 좋고 잔혹한 자라는 거군."

이화성이 조용히 말했다.

선전 도중에 갔으나 임득풍이 며칠째 보이지 않는다는 대답만 들었을 뿐이다. 두 사람은 다시 임득풍의 집으로 갔다. 대문은 굳게 잠겨 있었고 소리쳐 불러도 나오는 사람이 없었다.

"이게 어떻게 된 일이지?"

금지성이 의아한 듯 말했다.

"무덤처럼 조용하군."

이화성도 눈살을 찌푸렸다. 집 안쪽에서 풍겨 나오는 짙은 피비린내와 살기로 골치가 다 지끈거릴 지경이었다. 이화성뿐만 아니라 청호와 백일각도 잔뜩 긴장한 듯 계속해서 목을 울려댔다. 이 정도의 살기라면 집 안 전체가 피로 물들었다 해도 놀라지 않을 정도였다. 물론 보통 사람은 느끼지 못하는 살기였다.

"아무래도 들어가 봐야겠어."

금지성의 수레가 부웅 떠올라 담을 넘었다. 이화성의 몸도 그에 맞춰 가볍게 담을 넘어갔다.

슈우우우욱—

두 사람의 발이 땅에 닿기도 전에 어디선가 날카로운 한줄기 암풍이 불어왔다.

"누구냐?"

이화성이 벼락같이 소리를 지르며 암풍이 불어오는 쪽으로 부채를 뿌렸다. 휘리리리릭 소리를 내며 둥글게 날아간 부채는 갑자기 허공에서 딱 멈추더니 순식간에 갈가리 찢겨져 땅으로 떨어졌다. 마치 보이지 않는 거대한 손이 부채를 잡아 그대로 찢어버린 것 같았다.

"헛!"

이화성은 헛바람을 집어삼켰다. 그의 부채는 반촌에서 한 번 망가졌었다. 화성으로 돌아온 뒤, 대장장이인 바우에게 직접 부탁하여 만든 부채였다.

"괴이한 일이로군."

이화성이 머리를 긁적이며 한 발 앞으로 내디디려고 할 때였다. 하나의 커다란 공이 집 안으로부터 굴러오다 두 사람 앞에 이르자 딱 멈췄다.

공이라고 생각한 것은 바로 사람이었다. 키가 너무 작고 뚱뚱하여 그렇게 보였던 것이다. 나타난 사람은 금빛 장포를 입고 더 이상 뚱뚱할 수 없을 정도로 뚱뚱해진 임득풍이었다. 대지성은 그를 알아보고 소리쳤다.

"도중 어른?"

임득풍의 못생긴 눈은 이때야말로 더욱 찢어져 마치 눈꼬리 끝에서 피를 뚝뚝 흘리고 있는 것 같았다.

"큭큭큭큭, 이게… 누군가……. 소호금가의 도령… 아닌가……."

그 소리는 마치 지옥에서 들려오는 것처럼 끈끈하고 음산했다.

"뭐야, 저 끔찍한 몰골은……?"

이화성이 혀를 찼다. 청호가 갸르릉거리며 온몸의 털을 바싹 곤두세웠다. 이화성은 청호가 가금천을 먹은 뒤로는 아무것도 먹지 않았다는 것에 생각이 미쳤다. 보화림의 기녀들이 온갖 음식을 먹이려 해봤지만 입도 대지 않았던 것이다.

"음… 아무래도 귀신에 씌인 것 같군."

금지성의 무릎 위에 앉은 백일각도 당장에 달려들 기세로 몸을 일으키고 있었다. 그런데 금지성은 백일각에게 무슨 먹이를 주고 있는 것일까? 문득 궁금해졌다.

"내 참, 또 이런 귀신과 엮어지다니… 가금천의 못생긴 얼굴을 본 게 한 달도 채 지나지 않았는데."

이화성이 한숨을 쉬며 말했다.

"크크크… 네놈들은… 누구냐? 어떻게 날 알아보는 거지……?"

아마도 보통 사람들의 눈에는 그 모습이 보이지 않는 모양이었다. 귀신 임득풍은 두 사람의 품에 있는 청호와 백일각을 번갈아 보더니 이내 눈을 크게 부릅떴다.

"옳지… 사령이로구나. 크크크, 사령이 출몰했어."

임득풍이 입술을 열었으나 말을 한 것은 다른 존재였다.

"사령이든 뭐든 너는 있어야 할 곳으로 돌아가는 것이 좋겠군. 그런 몰골로 돌아다니면 사람들이 놀랄 게 뻔하니까."

이화성이 냉랭하게 말했다.

"집 안의 사람들은 모두 어떻게 했지?"

금지성은 눈살을 찌푸렸다.

"크크크… 나는 오래전에 이자와 거래를 했다. 원래는 이놈 아비한테 붙어 있었거든. 자신을 살려주면 먹이 걱정은 하지 않아도 될 거라고 했지. 이놈 아비는 꽤 짜서 그렇게 해주지 않았기에 아들놈에게 옮겨왔지. 크크크."

임득풍의 입이 길게 찢어졌다.

"쯧쯧, 미친 사람이 그냥 미치는 게 아니었군. 이제 보니 사람의 미친 병증 뒤에는 바로 너 같은 요괴가 숨어 있었구나."

이화성이 혀를 찼다.

"원래는 그렇지… 큭큭… 하지만 이미… 흑전(黑殿)이 세상에 나왔는데… 내가 두려워할 것이 뭐가 있겠느냐……."

임득풍이 또다시 기분 나쁜 웃음소리를 냈다.

"흑전?"

이화성과 금지성은 동시에 서로를 마주 보았다.

"흑전이라면 그 만마전(萬魔殿)."

대지성이 중얼거렸다.

"사람들의 손목을 자른 것도 네 짓이렷다?"

이화성이 날카롭게 물었다.

"손목? 큭큭큭… 무슨 소리인지 모르겠군… 나는 허락을 받았다. 이 집에 있는 것은 전부 다 먹어도 좋다고… 큭큭큭……."

임득풍의 옷이 부득부득 찢어지기 시작하며 산처럼 부풀어 올랐다. 갈기갈기 찢어진 금빛 장포 안에서 원숭이처럼 생긴 커다란 요괴가 나타났다.

"정말 예고도 없이 등장하는군."

이화성이 투덜거렸다.

"십전동자와는 아무런 상관도 없는 모양인데?"

금지성은 슬쩍 수레를 뒤로 밀며 말했다. 백일각이 뛰어들려 하자 쉿 소리를 내며 만류했다.

"이런 거친 일은 저 둘에게 맡겨두자꾸나."

백일각이 알아들었다는 듯이 목을 울리며 벌렁 누워 배를 드러냈다.

"주인이나 동물이나 정말 맘에 안 들어."

이화성이 뒤를 돌아보며 눈을 흘겼다.

크르르르……

임득풍에게 붙어 있던 요괴는 이마가 높고 코에는 잔뜩 주름이 잡혀 흘러내렸다. 머리 꼭대기는 하얗고 얼굴은 붉었으며 몸은 검었다. 목 둘레로 희고 긴 갈기가 자라 있었고, 붉은 이빨과 누렇고 긴 발톱을 가진 이상한 모양이었다.

"널 보니 차라리 가금천이 백배는 잘생겼다는 것을 알겠구나."

이화성이 그 괴이한 모습에 진저리를 치며 말했다. 돌연 요괴의 목이 죽 늘어나더니 이화성의 얼굴 앞까지 바짝 들이밀어졌다. 코와 이에서 더러운 침이 뚝뚝 흘러나와 털을 적셨다.

"이게 어디다 얼굴을 들이밀어?"

이화성이 화를 내며 손을 뒤집어 요괴의 몸통을 때렸다.

"큭큭큭… 이 집에 들어온 건 다 내 것이다."

요괴의 입이 벌어졌다. 가시 같은 것이 잔뜩 돋아난 검은 혀가 채찍처럼 뻗어 나왔다. 이화성은 그 혀에 몸이 닿을까 봐 잔뜩 움츠렸다 튕기듯이 허공으로 날아 올랐다. 요괴의 혀도 그 뒤를 따라 주르륵 늘어났다. 하지만 두 번 다시 그 입속으로 돌아가지는 못했다.

이화성은 오만상을 찡그리며 요괴의 혀를 쭈욱 잡아 뽑았다. 그리고는 요괴의 몸을 그 혀로 칭칭 감은 뒤 적멸심공을 펼쳐 단숨에 태워 버렸다.

"윽, 더러워⋯⋯."

손에 묻은 끈끈한 침을 옷자락에 문질러 닦으며 이화성이 투덜거렸다. 뒤처리는 청호가 깔끔하게 해줄 것이다.

"저 요괴가 진짜 임득풍일까?"

금지성의 수레가 천천히 다가왔다.

"그건 모르지. 임득풍인지 임득풍 행세를 하는 놈인지⋯⋯."

"집 안을 좀 더 살펴봐야겠어."

그의 수레는 마치 이 집 안을 잘 안다는 듯이 몇 개의 문을 지나 임득풍의 거처로 향했다.

"여기가 네 집이냐? 어찌 그리 잘 아냐?"

이화성이 뒤에서 따라오며 시비를 걸었다.

"전에 한 번 와본 적이 있어. 저곳이 임득풍의 거처야."

금지성은 목소리를 높였다.

"도중 어른, 안에 계십니까?"

안에는 사람의 기척이 있는 듯했으나, 대답은 들리지 않았다.

"제가 급한 일이 있어 잠시 들어가려 합니다."

금지성이 또 한 번 목소리를 높였다.

"들어오시게."

그제야 굵은 목소리가 들렸다.

2

임득풍의 방에는 커다란 탁자가 있고 네 개의 의자가 놓여 있었다. 진짜 임득풍이 그중 한 의자에 앉아 있었다. 그가 입고 있는 옷은 매우 커서 몸 전체를 다 가렸으며 신발조차도 보이지 않았다. 마치 아이가 어른의 옷을 입은 것처럼 어색했다. 몸에도 맞지 않는 커다란 금빛 장포를 두르고 소매를 몇 번이나 걷어 올린 임득풍의 모습은 괴이하면서도 우스웠다.

그러나 이화성은 웃을 수가 없었다. 방 안에서는 짙은 피 냄새가 풍겨왔고 임득풍의 얼굴은 창백하게 질려 있었다.

임득풍 뒤에는 두 명의 까마귀 같은 노인네가 서 있었는데 수하처럼 보이지는 않았다. 이화성이 대지성에게 작은 소리로 말했다.

"지통문의 강호인명록이 틀리지 않다면 저 두 명의 시커먼 노인네는 오추방(烏追房)의 흑오쌍로(黑烏雙老) 같은데?"

"제대로 봤어."

금지성은 속으로 매우 놀랐다. 이화성이 만물상회에 있었던 것은 단 열흘뿐이었다. 그동안 그는 금지성의 서가에 틀어박혀 이 책 저 책 끄집어내어 보다가는 팽개치는 것을 소일로 삼았다. 마치 서가를 어지르기로 작정한 사람 같았다. 그 때문에 서가를 정리하는 것이 일이 되어버린 박 행수의 잔소리가 나날이 늘어 금지성의 귀에 딱지가 앉을 지경이었다.

“저 기생오라비 같은 놈을 당장 내쫓지 않으면 내가 나가겠습니다.”

박 행수는 매일같이 금지성을 찾아와 엄포를 놓았다. 이화성이 가장 관심있어 했던 주제는 인명록이었는데 그중에서도 강호인명록을 손에서 떼지 못했다. 그걸 본 것만으로 흑오쌍로를 알아보다니 대단한 안목이고 기억력이었다.

하지만 자신의 가문이 긴 세월에 걸쳐 수집한 척들이 단 열흘 만에 이화성의 머릿속에 고스란히 들어갔을 거라고는 금지성도 생각조차 하지 못했다.

“오추방을 한성 한복판에서 보다니 내가 지금 꿈을 꾸고 있는 것인가?”

이화성이 중얼거렸다. 오추방은 흑룡강 연안의 작은 수채였다. 흑룡파가 백두문에 의해 궤멸된 후에야 오추방은 세간에 그 명성이 알려지게 되었다. 흑오쌍로는 바로 그 오추방의 방주였다. 흑오쌍로는 각기 임득풍의 어깨에 손을 올려놓고 있다가 두 사람이 들어서자 한 발 뒤로 물러섰다.

“금 문주께서 이곳까지 웬일이시오?”

임득풍은 조금 딱딱한 목소리로 말했다. 금지성이 비록 육의전의 일원은 아니지만 만물상회라는 이름은 시전에서도 결코 작은 것이 아니었다. 또한 시전 사람치고 지통문의 도움을 받지 않은 자가 없었다. 때문에 비록 나이는 금지성이 어렸으나 언제나 예로써 대하는 사이였다. 하지만 지금 그는 자리에서 일어나지도 않았다. 금지성의 안색이 살짝 변했다.

"이해하시게. 사정이 이런지라……."

임득풍이 자신의 옷자락을 슬쩍 들쳐 보였다. 금지성의 눈이 크게 떠졌다. 다리가 있어야 할 자리가 텅텅 비어 있었던 것이다.

"어찌 된 일이오?"

이화성이 먼저 물었다.

"어쩌다 보니 이리 되었네."

임득풍이 처참하게 웃었다. 하지만 그의 눈에 서린 원독은 뒤쪽에 있는 흑오쌍로를 향하고 있었다.

"누가 당신을 이렇게 만들었소?"

이화성이 재차 물었다. 돌연 한 사람이 차갑게 말하는 소리가 들렸다.

"누가 그를 그렇게 만들었던지 간에 너는 알 필요가 없다. 이곳에 온 용건이나 말하고 돌아가거라. 이자에게 돈을 꾸었다면 우리에게 주면 될 것이다."

그렇게 말한 사람은 흑오쌍로 중에서 왼편에 서 있던 사람이었다. 그자의 왼쪽 뺨에 엽전만 한 검은 점이 있었다. 흑오쌍로의 특징이 일로는 오른뺨에, 이로는 왼뺨에 점이 있다고 쓰여진 것이 떠올랐다. 그렇다면 이자는 이로일 것이다. 오른쪽에 서 있던 일로는 여전히 벽 쪽만 볼 뿐 고개조차 돌리지 않았다.

이화성은 씨익 웃으며 말했다.

"내게는 묘한 버릇이 몇 가지 있는데 알 필요 없는 일을 꼭 알고자 하는 것도 그중 하나요.”

금지성은 이화성이 능숙한 한어를 구사하자 통역을 하려다 깜짝 놀랐다. 도대체 이화성의 능력은 어디까지일까? 그의 어눌함은 오직 홍세영에게만 통하는 것인지도 모른다.

“세상에는 말로 해도 알아듣지 못하는 놈들이 꼭 있지.”

이로가 냉랭하게 말했다.

“당신들은 누구요?”

이화성은 두렵다는 듯 말했다.

“우리는 이자의 목숨을 산 사람들이다.”

이로가 오만하게 말했다.

“나는 이자에게 받을 것이 있는데 그렇다면 그것도 당신들이 줘야겠군.”

이화성이 임득풍의 몸을 가리며 이로와 마주 섰다. 흑오쌍로는 암암리에 임득풍의 요혈을 사기로서 제압하고 있는 중이었다. 그러나 이화성이 중간에 끼어들자 그 고리가 그만 흩어지고 말았다.

“크아악!”

돌연 임득풍이 기침을 하며 커다란 핏덩이를 토해냈다. 그는 사실 어제저녁부터 흑오쌍로의 압박을 받고 있던 중이었다. 흑오쌍로는 사흘 전에 그의 한쪽 다리를 잘랐으며 다음날엔 나머지 다리마저 잘랐다. 오늘까지 그가 원하는 대답을 안 하면 팔 하나를 잘릴 터였다.

“도중 어른!”

금지성이 놀라며 얼른 그를 부축했다.

"사기가 골수에 뻗친 모양이야. 그를 데리고 한쪽으로 피해 있게."

이화성이 뒤도 돌아보지 않고 말했다.

"네놈이 간이 부었구나."

이로의 눈이 칼날처럼 변했다.

"나는 이자에게 받을 것이 있는데 죽어버리면 낭패가 아니오? 당신들이 주겠다면 얘기는 다르지만……."

이화성이 능글능글 웃었다.

"네놈은 우리를 모르니 그렇게 까부는 것일 테지. 어디 지옥에 가서도 그렇게 웃고 있나 봐야겠다."

이로의 손가락 끝에서 순식간에 다섯 개의 새 발톱 같은 손톱이 길게 자라났다. 그가 손톱으로 벽을 한 번 후려치자 다섯 개의 긴 고랑이 벽에 깊게 패였다.

"손톱을 깎을 때가 되었군."

이화성이 중얼거렸다. 이로는 흥 하고 코웃음을 치더니 새끼손톱으로 자신의 손바닥을 그어 피를 내었다. 그 피 한 방울을 손톱으로 찍어 허공 중에 뿌리며 소리쳤다.

"삼세(三世) 삼천(三天), 흑암의 족속들은 속히 나와 흑전의 명을 받들라!"

또다시 흑전이다. 이화성은 섬뜩한 느낌이 들었다. 흑전은 만마전이다. 강호인명록에는 흑전에 대한 설명이 딱 그 한 줄 뿐이었다. 하지만 좀 전의 요괴나 흑오쌍로 모두 흑전을 언급하고 있지 않은가?

갑자기 방 안의 기물들이 제멋대로 움직이기 시작했다. 사방의 벽이 드드드드 떨리는가 싶더니 병풍과 서책들이 자리를 이탈하여 와르르 쏟아졌고 탁자가 펑 소리를 내며 위로 솟구쳐 산산조각이 났다.

탁자가 있던 자리는 뻥 뚫려 검은 구멍이 입을 벌렸는데 그리로부터 검은 연기가 새어 나와 이로의 몸을 감싸고 돌더니 콧구멍으로 들어가는 것이 아닌가. 돌연 이로의 몸이 크게 부푸는 것처럼 보이더니 깡말랐던 몸이 삽시간에 구 척 거한으로 변했다.

"몸을 돼지 오줌통처럼 부풀리는 게 유행이라도 된 건가?"

이화성은 지겹다는 듯이 혀를 찼다.

"조심하게. 그렇게 만만히 볼 상대가 아닌 것 같네."

금지성이 살짝 얼굴을 굳히며 말했다. 이로의 몸은 구릿빛으로 번들거렸고 자라난 손톱은 이미 거대한 무기로 변해 있었다.

"흑전과 거래를 하셨습니까?"

금지성은 창백한 표정으로 이를 악물고 있는 임득풍에게 물었다.

"나는 흑전의 십전주였네. 기억도 나지 않는 오래전의 일이지. 너무 오래되어 핏값을 치러야 한다는 것도 잊었을 만큼. 지난 이십 년간 그들이 나타난 적이 없었으니까……."

임득풍이 천천히 입을 열었다.

"자네라면 들은 적이 있을 걸세. 이백 년 전, 천지를 발칵 뒤집었던 만마전이라는 이름을……."

그건 오랫동안 내려오는 전설 같은 이야기였다. 이백 년 전, 갑자기 나타난 만마전은 이유없는 살육을 자행하다 돌연 흔적도 없이 사라져 버렸다. 임득풍은 지금 그 일이 사실이라고 말하는 것이었다.

"흑전이 바로 그 만마전이라는 말씀입니까? 그게 실제로 벌어진 일이라면 어째서 한 줄의 기록도 찾아볼 수 없습니까?"

"기록을 맹신하면 안 되네. 기록이라는 것은 언제나 승자들의 것이니까. 그 안에서 얼마나 많은 것들이 사라지고 묻혀지는지 아무도 모르지."

"저는 믿기 어렵군요……."

"후후, 있다고 믿으면 바로 그 앞에 나타나는 것이 마귀란 것들이지. 나도 그렇게 처음 흑전에 발을 들였네. 원한과 복수심으로 가득 찬 내 앞에 그들이 나타나 거래를 요구하던군. 세상 모든 악귀가 모여 있는 곳, 모든 귀신을 다스리는 곳. 그곳이 만마전, 바로 흑전일세."

임득풍이 치를 떨며 말했다.

"저들이 요구하는 대로 내어주시면 되지 않습니까?"

금지성은 혀를 찼다. 재물이야 다시 모으면 그만인 것을 어째서 육신을 상하면서까지 버텼는지 이해할 수 없었다.

"저들이 원하는 건 재물이 아닐세."

"재물이 아니라면?"

"공포… 서서히 목을 죄어오는 두려움. 그걸 즐기는 거지."

"단지 그 이유 때문에?"

"그것만은 아닐 거야. 단순히 그것만은. 하지만 정확한 것은 나도 모르네. 내가 아는 것은 흑전이 이 화성을 주시하고 있다는 것. 악한 것들이 이리 몰려들 것이라는 것 정도일세."

"이곳? 화성으로?"

"화성이 완성되면 이곳은 천하의 중심이 될 걸세. 하늘과 땅의 중심이지. 천자가 있는 저 연경(燕京)이 아니라 바로 여기 화성이 천하의 중심이 된단 말일세. 흑전은 그걸 원하고 있네. 이곳을 장악한다는 것은 바로 천하의 기운을 움켜쥔다는 것과 다르지 않기 때문이지. 그래서 이곳으로 요괴들을 불러들이고 있는 것일세. 마치 달콤한 꿀에 벌이 모여드는 것과 같은 이치일세."

"어째서 그렇습니까? 화성은 아직 완성되지도 않았습니다."

금지성은 이해할 수 없다는 듯이 물었다. 화성은 이제 막 생긴 조선의 작은 고을일 뿐이었다. 임득풍의 창백한 얼굴에 은은한 홍조가 드리워졌다.

"그건 나도 모르네. 하지만 이곳은 우리가 살고 있는 이 땅 전체를 합친 것보다 더 커다란 우주를 담고 있다는 얘길 얼핏 들었네. 나는 지난날 흑전의 일원이었어. 그때 알았지. 이곳을 통하면 가지 못할 곳이 없다는 것을…… 말하자면 이곳은 현실과 삼라(森羅)의 경계 같은 곳이라네. 거대한 우주의 역참(驛站) 같은 곳이야. 하늘과 땅이 통하고 사람과 귀신이 통하고 모든 자연 만물이 스스럼없이 어울릴 수 있는 곳… 그런 곳을 탐내지 않을 존재가 있을까?"

금지성은 문득 백두산 아래 있었던 현포를 떠올렸다. 그 일이 있은 뒤, 현포의 문이 스스로 사라져 버렸다고 백두문으로부터 전갈을 받았다. 설마 그 현포의 문이 화성으로 옮겨온 것일까?

"화성의 기운이 범상치 않다는 것은 저도 어렴풋이 느끼고 있었습니다만."

"범인은 자신의 시야로만 세상을 보지만 현인은 마음의 눈으로 세상을 보지. 자네라면 내 말을 이해해 줄 줄 알았네. 나는 흑전을 배신했고 저들은 그걸 따지기 위해 왔다네. 흑전은 한번 들어가면 영원히 빠져나올 수 없는 곳이야."

임득풍은 자신의 손등에 있는 검은 점을 보여주었다. 엽전처럼 둥글기도 하고 어찌 보면 똬리를 튼 뱀처럼 보이기도 하는 점이었다.

"이게 바로 흑전이라는 표식일세. 누구나 흑전에 들어가는 순간 이런 검은 점이 몸에 생기게 되지. 이 점은 형체도 일정하지 않고 몸 어디에 있는지도 일정하지 않지만 흑전을 배신하게 되면 이 흑점이 온몸을 덮어 죽게 되고 말지. 온몸이 검게 변해서 죽게 되고 만단 말일세. 큭큭큭."

금지성은 평온해 보이던 임득풍의 눈동자가 뒤로 넘어가며

흰자위가 드러나는 것을 보고 깜짝 놀랐다.

"도중 어른!"

황급히 그의 웃옷을 벗기니 이미 목 아래까지 몸 전체가 시커먼 점으로 뒤덮여 있는 것이 아닌가? 더구나 그 점은 빠르게 임득풍의 얼굴을 향해서 번져 가고 있었다.

"큭큭큭… 이 땅은… 큰 혼란에 빠져들게… 크허헉… 자네들의 어깨에는… 무거운 짐이… 조선을… 지켜……."

금지성은 임득풍의 전신이 숯에 그을린 나무토막처럼 변해 가는 끔찍한 모습을 보면서 이를 악물었다. 자신이 오늘처럼 무력하게 느껴졌던 적은 한 번도 없었다. 임득풍을 살리기 위한 그 어떤 방법도 떠오르지 않았던 것이다.

펑!

우레 같은 소리가 들리더니 문짝이 부서지면서 이로의 몸이 바람 빠진 돼지 오줌통처럼 변해 밖으로 날아가는 것이 보였다. 동생이 허무하게 당하는 모습을 본 일로의 얼굴이 분노로 인해 새빨개졌다.

"보면 꼭 별것도 아닌 것들이 덩치만 키운단 말이야."

이화성이 양손을 툭툭 털며 말했다. 오른뺨을 실룩거리며 일로가 말했다.

"네놈은 대체 누구냐? 포청에서 나온 놈이냐?"

일로는 이화성의 복장을 보고 그가 조선의 포청에서 파견한 인물이라 생각한 모양이었다.

"이제야 내가 궁금한 모양이지? 하지만 이미 늦었다."

이화성의 말이 끝나기도 전에 그의 손에서 벼락 치는 소리가 울려 퍼졌다. 일로는 이화성의 주먹이 길게 눈앞으로 다가드는 듯한 환상을 보았다. 가슴에 묵직한 통증을 느꼈지만 대수롭지 않게 생각했다.

동생인 이로가 방심하여 당했다고 생각한 것처럼 그 역시 이화성의 무예를 우습게보았다. 이십여 년 전, 흑룡파가 사라진 후, 흑오쌍로는 단 한 번도 져본 적이 없었다. 이 늙은 노인은 조선이라는 작은 땅에서 그들을 대적할 수 있는 상대가 있으리라고는 상상도 해본 적이 없었다. 하물며 이제 갓 약관을 넘긴 것 같은 애송이 따위가 어떻게 칠십 년 공력을 넘어설 수 있단 말인가?

그는 석 자나 길게 자라난 자신의 손톱을 휘둘러 이화성의 몸을 갈기갈기 찢으려 했다. 그러나 손이 들리지를 않았다. 아래를 내려다보니 가슴의 중앙 부분이 검붉은 빛으로 물들어 있는 것이 보였다.

"흑, 흑점!"

일로는 무엇인가를 깨달은 듯 소리쳤다. 이로가 어째서 그렇게 쉽게 무너졌는지 그제야 이유를 알게 되었던 것이다. 흑전의 표식인 흑점은 약한 자에게는 치명적인 독이었다. 흑점을 몸에 지닌 자는 언제나 흑점의 독에 무너지지 않기 위해서 자신을 연마해야 했다. 그렇다고 해서 안전한 것은 아니었다. 지금처럼 단 한 번의 공격으로 치명상을 입을 경우, 흑점은 주인의 몸을 사정없이 포식하고 그 생명마저 갉아먹었다.

"으아아아아아아악!"

일로의 처참한 비명 소리와 함께 그의 몸이 단숨에 검게 변하며 무너져 내렸다. 좀 전에 본 임득풍과 똑같은 모습이었다. 검은 숯덩이처럼 변한 일로의 몸은 부서진 문을 통해 들어온 작은 바람에도 힘없이 스러져 이윽고 흔적도 없이 사라졌다.

"사람이 죽는다는 것이 참으로 허망하구나!"

금지성이 침울하게 이어서 말했다.

"나는 자네의 무예가 이처럼 무섭다는 것을 처음 알았네."

금지성은 그의 무예를 제대로 견식한 적이 없었다. 백두문에서도 그는 항상 일행에게서 한발 떨어져 있었으므로 이화성과 반무재가 취옹과 겨루는 모습을 보지 못했다.

"저자가 약한 것이지."

이화성은 어깨를 으쓱하며 말했다. 원래 이화성의 무예가 단숨에 상대를 무너뜨릴 만큼 위력적이지 못했다. 양계삼불로부터 전수받은 선조공은 자신의 생명을 구하기 위해 상대를 제압하는 것에 목적을 두고 있기에 살상의 위력은 없었다.

흑오쌍로를 상대로 이화성이 펼친 일수는 구산선문의 노승들에게 전수받은 십지품의 무공이었다. 십지품은 악을 멸하는 빛의 성질을 지녔고, 이화성이 펼친 유심게장(唯心偈掌)은 그 중에서도 악을 정화시키고 소멸하는 힘이 가장 컸다. 흑오쌍로의 흑점은 바로 악의 기운이 뭉쳐진 것이었고 유심게장에 적중되자 흑점의 기운이 크게 반발하여 일로의 몸을 잠식해 들어갔던 것이다.

구산선문의 십지품과 도문사령의 기운은 그런 점에서 일맥
상통한다고 볼 수 있었다.

3

두 사람이 몸을 돌려 임득풍의 집을 빠져나오려고 할 때였
다. 돌연, 세찬 바람이 휘몰아치더니 사방의 벽이 마치 누가 끌
어당기기라도 한 것처럼 일시에 뒤로 물러났다. 동시에 하늘
로 높이 솟아오르더니 쩍 소리를 내며 산산조각이 나고 말았
다. 머리 위로 두 마리의 매가 공중을 선회하고 있었다.

"누군가 사냥이라도 나선 것인가?"

이화성이 하늘을 보며 중얼거렸다. 다음 순간, 하늘로부터
십여 명의 사내가 떨어져 내렸다. 사내들은 모두 푸른빛이 도
는 가벼운 복장을 했으며 머리에는 푸른 두건을 두르고 허리
춤에는 검을 차고 있었다. 그 뒤로 한 명의 중년인과 미모의
부인, 두 명의 젊은 남녀가 서 있었다. 나타난 네 사람은 모두
보라색이 도는 담비의 털을 걸쳤는데 천금의 가치가 있는 것
이었다.

이화성은 그중 젊은 남자 쪽을 주시했다. 청년은 끝이 뾰족
한 고깔 형태의 관모(官帽)를 썼으며 끝에는 매의 꼬리를 달아
장식한 모습이었다. 청년이 입술을 오므려 삐이이익 하고 높
은 소리를 내자 하늘을 날고 있던 매 한 마리가 푸드덕거리며
날아 내려와 청년의 팔에 앉았다. 다른 한 마리는 여전히 제자

리를 돌았다.

청년과 조금 떨어져 선 젊은 여인은 폭이 좁은 저고리와 바지를 입고 자주색의 짧은 치마를 그 위에 입었는데 연화의 옷차림을 보는 듯했다. 속바지가 드러나도록 짧은 치마를 입는 것이 그녀의 습관이었기 때문이다. 동그란 얼굴과 눈망울이 초롱한 것이 귀엽게 보였다. 이화성은 자신도 모르게 그녀를 향해 미소를 띠어 보였다. 그녀는 이화성이 자신을 희롱하는 줄 알고 오히려 두 눈을 사납게 치켜떴다. 아름다운 여인만 보면 저절로 미소가 지어지는 것, 이것은 그가 죽어서도 고치지 못할 일종의 불치병이었다.

젊은 여인의 곁에 선 중년의 부인은 구름처럼 틀어 올린 궁장 머리에 색색깔의 머리 장식을 꽂아 화려하기 그지없었다.

가장 앞서 있던 중년인의 복색이 가장 평범했는데, 청색의 경장 위에 담비 털을 댄 피풍의를 걸쳤을 뿐이다. 비취를 박은 푸른 두건을 두른 반백의 머리카락이 단정했다. 표정 또한 엄숙한 것이 한 치의 흐트러짐도 없어 보였다.

모두 조선 사람이 아니었으며 그렇다고 장사치처럼 보이지도 않았다.

이들은 육정산에서부터 삼부선경의 행방을 추적해 온 섭발계와 화성의 가주련에 참석하기 위해 온 진국대가 사람들이었다.섭발계는 척후병으로부터 흑전의 삼회주 이화성이라는 자가 가주련이 열리는 화성에 머무르고 있다는 사실을 알아내고 황급히 대소웅 일행을 쫓아온 참이었다.

챙챙 소리가 들리더니 십여 명의 청의사내들이 일제히 칼을 뽑아 들어 두 사람을 겨누었다. 이화성과 금지성은 서로를 마주 보았다. 영문을 몰랐기 때문이다.

"두 분 중 어느 분께서 이화성이시오?"

섭발계는 일단 예의를 갖춰 물었다. 그러나 그는 한시도 이화성에게서 시선을 떼지 않았다. 이미 이화성이 누군지 알고 있다는 뜻이었다.

"묻기 전에 본인의 신분을 먼저 밝히는 것이 예인 줄 압니다. 어디서 오신 분들이신지요?"

"간악한 놈 같으니… 네놈이 그리 나올 줄 알고 있었다."

이화성의 말이 끝나기도 전에 검이 뽑혔다. 검광(劍光)이 폭포수처럼 쏟아져 나오며 은빛 광채가 번쩍하고 사람들의 눈을 비추었다. 섭발계의 검은 찰나간에 일곱 번의 변화를 뿜어냈다. 검이 일으키는 바람은 태산을 쪼갤 듯했으면 날카로운 검광은 눈이 부실 지경이었다. 하늘 가득히 검영이 무지개처럼 뻗쳤다.

"좋은 검이군."

그러나 이화성은 섭발계의 검을 막으려 하지도 않았고 피하려 하지도 않았다. 조용히 그 자리에 서서 기다렸다. 그는 섭발계의 검술이 펼쳐지는 순간, 자신이 어느 쪽으로 움직이든 간에 모두 그의 검 아래 고혼이 되리라는 것을 알았다. 섭발계는 이화성이 꼼짝도 안 하자 뽑었던 검을 즉시 회수했다, 그 순간 이화성은 번개같이 섭발계의 등 뒤로 돌아갔다. 그가 어떻게 섭발계의 뒤로 돌아갔는지는 아무도 보지 못했다. 이화성은 단 한순간에 섭발계의 허점을 간파했고, 그것이 그의 등 뒤라는 것을 알아차렸다.

"숙부님!"

대소웅과 대소녀가 뛰어들려는 것을 미호랑이 저지했다.

이화성은 시종일관 섭발계의 등에 그림자처럼 붙어 떨어지지 않았다. 섭발계는 현재 진국대가에서 가주인 대무진 다음으로 무예가 고강했다. 그런 섭발계와 겨루어 한 치의 물러섬도 없다는 것은 도적의 무예가 그만큼 고강하다는 뜻이었다. 한낱 도적을 상대로 진국대가 최고의 무사와 소주인 대소웅이 함께 무예를 겨루었다는 것은 진국대가의 수치가 될 수 있었다.

"이러는 곡절이라도 먼저 알려주셔야 하지 않겠습니까?"

마치 매미처럼 등에 들러붙은 이화성 때문에 섭발계는 화가 머리끝까지 치밀었다. 육정산에서 그가 언제 이같은 치욕을 당해본 일이 있었겠는가? 머나먼 만리 타향에 와서 그것도 주인의 식솔들과 수하들 앞에서 이처럼 망신을 당하자 앞뒤 생각할 겨를이 없었다.

섭발계는 들고 있던 장검을 들어 그대로 자신의 배를 향해 내리꽂았다. 이화성과 함께 동귀어진하려는 생각에서였다.

"이크, 성질도 급하시군."

그러나 그조차 뜻대로 되지 않았다. 어느 틈에 섭발계의 몸을 돌아서 앞으로 온 이화성이 장검의 끝을 앙상한 부채로 막아 자신에게 끌어당겼던 것이다. 섭발계가 노린 것은 바로 이 한 수였다. 그는 자신을 향해 검을 날림으로써 이화성의 성품을 시험해 보려 했고, 동시에 그를 제압할 수 있다고 생각했다. 섭발계의 장검 끝이 파르를 떨리며 삽시간에 이화성의 부채를 떨쳐 냈다. 이화성의 전신이 순식간에 수백 개의 검광으로 된 그물에 휩싸인 듯 보이지 않았다.

"그만! 그만 하십시오, 섭 장군님!"

때맞춰 소리를 지른 것은 금지성이었다. 사람들은 그제야 이화성 외에도 그곳에 한 사람이 더 있다는 것을 알게 되었다. 섭발계가 검을 거두는 것과 동시에 진국대가의 용맹한 수하 십여 명의 장검이 이화성의 목을 빽빽하게 겨냥했다. 그가 조금이라도 움직였다간 단숨에 목에 십여 개의 구멍이 뚫린 판이었다.

"아하… 조심, 조심하시오. 젠장, 나는 왜 매번 이런 꼴을 당하는지 모르겠단 말이야. 그런데 섭 장군이라니 자네는 이자들을 이미 알고 있었단 말인가?"

이화성이 목청을 높였다.

"진국대가의 우효위 장군이신 섭발계 장군의 해동검 아래 감히 어떤 자가 목숨을 보전할 생각을 하겠습니까?"

금지성이 또렷한 어조로 말했다.

"섭발계라니? 그럼 육정산 세 번째 봉우리에 산다는 진국대가의 발해삼룡(渤海三龍) 섭발계를 말하는 건가?"

이화성이 칼끝을 조심조심 피해가며 말했다.

“무슨 오해인지는 모르겠습니다만, 먼저 인사를 올리겠습니다. 이 사람은 이번 가주련의 개최를 맡은 소호금가의 가주 금지성입니다. 이분들은 모두 진국대가에서 오신 분들이 아니십니까?”

금지성은 이화성의 말에 대답하지 않고 수레를 조금 앞으로 밀며 말했다. 진국대가 사람들은 두 명의 젊은이가 자신들의 내력을 간파하자 놀라움을 금치 못했다.

“저자는 이미 진국대가를 다녀갔으니 우리를 아는 것이 당연하지요.”

대소녀가 별것 아니라는 듯이 냉랭히 말했다.

“이런, 그렇다면 우리는 이미 구면이라는 얘기인가요?”

이화성이 만면에 웃음을 띠며 그녀를 향해 부드러운 목소리로 말했다.

“흥! 누가 네놈더러 날 아는 척하라고 했더냐?”

대소녀는 이화성의 뻔뻔한 태도에 화가 나서 소리쳤다.

“방금 전에 당신이 우리가 이미 만난 사이라고 하지 않았소?”

이화성이 더욱 다정한 태도를 보였다.

“내, 내가 언제 그런 말을 했다는 것이냐?”

대소녀는 기가 막혀 펄쩍 뛰었다. 모르는 사람이 들으면 자신과 이화성이 내통하여 도적질을 했다고 의심할 것이 아닌가? 벌써 대소옹과 미호랑이 자신을 뚫어져라 쳐다보고 있었다. ‘설마 이화성의 말이 사실이냐?’ 라고 묻는 듯한 표정이었다.

"그러고 보니 나 역시 낭자를 처음 보는 것 같지 않으니 낭자의 말대로 우리는 구면이 맞겠구려. 이미 아는 사이에 이처럼 빡빡하게 사람을 핍박하다니 어서 이 사람들에게 이 흉악한 무기를 좀 치워달라고 말해주시오."

이화성은 천연덕스럽게 주워 삼켰다.

"네 이놈, 어디서 막말을 지어내는 것이냐? 사실대로 말하지 못하겠느냐?"

대소녀는 당장이라도 이화성의 목을 도려내려는 듯 뛰어갈 태세였다.

"그만 하거라. 어른들 앞에서 이 무슨 추태냐?"

미호랑의 만류가 아니었다면 이화성은 대소녀의 칼 아래 벌써 고혼이 되어버렸을 것이다. 대소녀는 이모의 말에 어쩌지도 못하고 입술을 앙다문 채 억울해서 발을 동동 굴렀다. 그녀는 맘 같아서는 이화성의 몸을 갈기갈기 찢어 해동청의 먹이로 준다 해도 시원치 않을 것 같았다.

"아직 나이가 어리니 이해하십시오."

"괘념치 마십시오."

"그런데……."

미호랑은 이제 막 관례를 치렀을 듯 보이는 금지성이 소호금가의 가주라는 말을 듣자 미심쩍은 표정으로 앞으로 나섰다.

"소호금가의 가주님께서 이처럼 젊으신 줄 몰랐군요. 제가

이십 년 전에 대가주님과 가주 부인을 따라 우연히 금가의 가
주님을 뵌 적이 있었습니다만……."

미호랑은 금지성의 부친을 본 적이 있는 것이다. 금지성의
안색이 살짝 어두워졌다. 가주련을 열게 되면 얼마나 더 많이
부친을 기억하는 자들과 마주쳐야 할지 모를 일이었다. 십 년
전, 자신은 어린 나이였고 부친은 이미 병이 들어 가주련에 때
맞춰 참석하지 못했었다. 많은 사람을 보지 못했으니 그가 소
호금가의 가주인 것을 알지 못하는 것도 당연했다.

"선친께옵서 십 년 전 지병으로 돌아가신 뒤로는 미력하나
마 제가 금가의 가주로 있습니다."

미호랑은 대대로 소호금가의 혈통이 단명하다는 것이 떠올
랐다. 황급히 예를 갖추어 금지성을 대했다.

"금가의 가주시로군요. 저희는 육정산에서 온 진국대가 사
람들입니다. 일이 급하여 미리 연통을 넣지 못하고 이렇게 화
성 땅을 밟게 되었습니다."

대무진이 없는 진국대가의 통솔권은 미호랑에게 있었다. 미
호랑은 섭발계에 눈짓을 해 이화성에게서 물러나도록 했다.
만일 이화성이 도주한다면 그 책임을 소호금가에서 물을 것이
다.

"저 역시 이렇게 누추한 곳에서 귀한 분들을 맞이하게 되어
송구하기 그지없습니다. 이곳을 떠나 저희 집으로 가시지요."

금지성의 수레가 서서히 움직이기 시작했다. 그러나 수레는
더 이상 앞으로 나갈 수 없었다. 대소녀가 수레를 막아섰던 것

이다.

"저 도적놈을 치도곤 내기 전에는 이곳에서 한 발자국도 움직일 수 없어요."

대소녀는 이화성을 잡아먹을 듯이 노려보았다.

"물러서거라. 이 무슨 무례한 언동이냐?"

미호랑이 엄한 말로 꾸짖었지만 대소녀는 아랑곳하지 않았다. 그녀는 나이 어린 대지성이 가주라는 것을 가소롭게 생각하고 있었다. 그녀는 검을 빼 들어 검끝으로 이화성을 가리켰다.

"저자는 진국대가에서 도적질을 한 자입니다. 지난 수백 년간 진국대가의 담을 넘은 자는 한 사람도 없었습니다. 저는 이곳에서 저자에게 죄를 물을 것을 청합니다. 이곳을 나갔다가 저자가 도망이라도 친다면 또 어느 하늘에서 저자를 도로 잡겠습니까?"

대소녀가 눈꼬리가 매섭게 하늘로 치켜 올라갔다. 사실 그녀가 이처럼 화가 난 것에는 이화성의 계속된 눈짓이 있었다. 그는 칼끝에 목이 달아날 상황임에도 불구하고 끊임없이 대소녀와 눈을 마주쳐 가뜩이나 약이 올라 있던 그녀를 분기탱천하게 만들고 말았던 것이다.

"정말 생사람을 잡아도 유분수가 아니오?"

"생사람? 네놈이 죄가 없단 말이냐?"

"내가 도대체 무엇을 훔쳤는지 좀 알기나 합시다."

이화성이 천연덕스럽게 말했다. 그는 속으로 아래적이 자신의 이름을 팔아 무엇인가 도적질한 것이 아닌가 생각하고 있었다.

"네놈이 아직도 거짓말을 하는구나! 하늘이 알고 땅이 알고 있다! 어서 네 죄를 자복하고 마땅히 벌을 받아야 할 것이다!"

대소녀가 냉랭하게 소리쳤다. 그녀의 입술을 파르르 떨리고 말을 할 때마다 목소리마저도 부들부들 떨리는 것이 여간 화가 난 것이 아니었다.

"자복해야 할 죄가 무엇인지 낭자가 일러준다면 자복할 마음도 생길 것 같소만……."

이화성은 말끝을 흐리며 대소녀를 향해 눈을 찡긋했다. 입술을 꽉 깨물고 있던 대소녀는 마침내 참지 못하고 검집에서 날래고 얇은 검을 꺼내 들려 했다. 하지만 이 역시 미호랑의 손에 가로막혀 뜻을 이루지 못했다.

대지성은 이화성의 행동을 보며 고개를 절레절레 젓고는 말했다.

"결례가 있었다면 용서해 주십시오. 저 친구는 이 사람과 막역한 친구입니다. 천성이 유쾌하여 장난치기를 좋아하나 악의가 있지는 않습니다. 귀 가문과 어떤 오해가 있는지는 모르겠습니다. 그렇지만 비겁하지는 않으니 절대로 도망가지 않을 것입니다. 만일 그런 일이 벌어진다면 저와 소호금가가 그 책임을 지겠습니다."

미호랑은 자신이 생각했던 바를 금지성이 입 밖으로 내자 그만하면 되었다고 생각했다. 하지만 이화성이 죄가 있다는 것은 분명히 밝히고 넘어가야 할 것 같았다. 그녀는 품에서 작은 상자를 꺼내고 그 안에서 청동으로 된 부절을 꺼냈다.

"우리가 저자를 의심하는 이유는 바로 이것 때문입니다."

"앗!"

이화성과 금지성은 동시에 경악에 찬 소리를 질렀다.

"흑전!"

"말도 안 되는군. 내가 흑전의 삼전주라니 이런 말도 안 되는 얘기는 듣다 듣다 첨 들어본다구."

이화성이 도리질을 치며 그 부절을 집어 들려 하자 미호랑의 손이 움직이며 딸각 하고 상자가 닫혀 버렸다.

"한 달 전쯤, 저희 진국대가의 보고에 도적이 들어 선조들이 남겨주신 몇 권의 경전을 훔쳐 간 일이 있었습니다. 도적은 그것뿐만이 아니라 전각에도 불을 질러 수많은 귀중품이 화를 입게 되었지요. 이 부절은 그곳에서 나온 것으로 저희 진국대가에서는 한 번도 본 적이 없는 물건입니다."

미호랑의 말에 이화성의 머리에는 번개같이 떠오르는 것이 있었다.

"잃어버린 경전이 혹시 대장경과 삼부선경입니까?"

그의 말이 끝나기가 무섭게 미호랑과 섭발계, 대소웅과 대소녀, 네 사람의 검이 일시에 뽑혀 들려졌다.

"네놈이 과연 범인이 틀림없구나!"

섭발계의 벼락같은 목소리가 울려 퍼지는가 싶더니, 돌연 하늘에서 천둥치는 소리가 들려왔다.

"모두들 꼼짝 말고 멈추시오!"

낭랑한 음성과 함께 사방팔방에서 한 떼의 군사 수백여 명이 동시에 몸을 일으켰다. 조총을 든 백여 명의 군사가 일제히 이쪽을 향해 총부리를 겨누었고, 그 뒤로는 금방이라도 화살을 쏠 듯한 궁수 삼백여 명이 빙 둘러 그곳을 포위하고 있었다.

진국대가의 사람들은 저마다 분노에 차서 금지성과 이화성을 노려보았다. 두 사람 역시 영문을 모르긴 마찬가지였다. 군사들을 뚫고 젊은 무관 한 사람이 앞으로 걸어나왔다.

"이 형은 도무지 조용하게 일을 처리하는 법이 없군."

"홍, 홍 형!"

홍세영을 보는 순간, 이화성은 갑자기 가슴이 뜨거워지며 눈은 아득해지고 귀에서는 왱왱 모기 날아다니는 소리가 들렸다.

第二十二章
억울한 누명

華城

1

금지성은 진국대가의 사람들을 설득해 간신히 금가장으로 돌아왔다. 진국대가 사람들은 이화성이 절대로 도망치지 않는다는 약조를 한 뒤에야 그를 풀어주었다.

그날 저녁, 금가장에서는 큰 연회가 벌어졌다. 십종가 사람들이 드디어 모두 모인 것이다. 이화성은 처음 보는 금가장의 규모에 놀라고 말았다. 화성에서 행궁 다음으로 크다는 보화림에 비해서도 뒤처지지 않을 만큼 훌륭했다. 만물상회의 모든 힘을 쏟아 부어 만든 것이니만큼 곳곳에 기기묘묘한 장치들이 가득했고, 천하에서 수집한 기암괴석과 기화요초들이 떼 지어 후원을 노닐고 있었다.

가주의 처소인 금로당(金老閣)은 일시에 수백여 명이 자리

할 만큼 커다란 내실로 십종가 사람들이 모두 들어서고도 넉넉했다. 길게 원형으로 자리한 탁자에 각 가문의 경패가 놓여져 있었다.

상석에 금지성과 이화성을 비롯해, 홍세영과 함께 온 장용영의 장관이 앉았다. 장수민의 오른팔인 파총(把摠) 설규라는 자라고 했다. 장수민을 대신히 이 자리에 참석한 자였다.

소호금가의 오른쪽에는 다음번 을년의 가주련을 열 차례인 진국대가가, 왼쪽에는 지난번 가주련을 치른 동명고가의 자리가 마련되었지만 그 자리는 비어 있었다. 십종가 중 유일하게 동명고가만이 아직 도착하지 않았다.

동명고가 옆으로 부여가(夫餘家)와 연가, 을지가가 함께 자리했다. 부여가에서는 소가주인 부여룡(夫餘龍)이 그 부인과 함께 참석했다. 연가에서는 가주 연추림과 네 명의 아들딸이 함께 와 떠들썩했다. 진국대가의 옆으로는 흑치가와 산동석가, 금성왕가(金城王家)와 태봉궁가(泰封弓家) 사람들이 앉아 있었다. 서로 친밀해 보이는 흑치가와 산동석가와 달리 왕가와 궁가는 서로 등을 돌리고 한마디도 하지 않았다. 역사 속의 견원지간이 후대에 이르러서도 영향을 미치고 있음이었다.

십 년 만의 만남이니 서로 인사를 주고받느라 한동안 좌중이 시끄러웠다. 젊은 남녀들은 들뜬 얼굴을 감추지 못했고, 노회한 노인들조차 얼굴을 물들이며 그간의 안부를 물었다.

"이번 가주련을 빛내주시기 위해 먼 곳에서 화성까지 찾아주신 귀인 여러분께 소호금가의 가주 금지성이 다시 한 번 감사의 말씀을 드립니다."

금지성의 수레가 한 단 높아지자 그의 키는 보통 사람보다도 훨씬 솟아올랐다. 그가 조선의 부흥을 위해 설규와 잔을 나눈 뒤, 십종가의 번영과 기원하는 축언을 한 후에 잔을 높이 들었다.

"모쪼록 즐거운 시간 되시고 각 가문의 기량을 마음껏 펼치시기 바랍니다."

마지막 말은 가주련의 비무대회를 염두에 두고 한 말이라선지 젊은 남녀들의 분위기가 심상치 않았다. 즐거운 연회는 밤이 새도록 계속되었고, 금지성과 이화성을 비롯한 몇 사람은 틈을 보아 금지성의 처소로 물러 나왔다. 연회보다 중요한 일을 아직 해결하지 못한 것이다.

"파총 어른께서 미리 병방께 말씀드리지 않았다간 큰일이 날 뻔했습니다."

방에 들어서자마자 홍세영이 가볍게 설규를 향해 머리를 숙였다. 설규는 푸른빛이 도는 도포를 입고 있어 전혀 무관처럼 보이지 않는 인물이었다.

"임득풍이 그렇게 된 것은 안타까운 일이군."

"좀 더 서두르지 못한 제 불찰이 큽니다."

"그 말도 일리가 있네. 들은 대로라면 화성에 이미 불측한 무리가 나타나고 있는 모양인데 전하께서 행궁을 다녀가신 뒤라 그나마 다행일세."

설규가 안도의 한숨을 내쉬었다.

"흑전이라는 무리가 만일 화성에서 난동이라도 부렸다면 어쩔 뻔했는가?"

홍세영은 등에 식은땀이 나는 듯했다. 생각만 해도 아찔한 일이었다. 설규는 다시 금지성을 향해 말했다.

"열 개의 가문이 십 년마다 한 번씩 모여 이처럼 성대한 잔치를 연다는 것을 저는 물론이고 조선 사람들도 처음 알았을 것입니다. 더구나 그 가문들이 하나같이 이 땅에 뿌리박고 사는 조선의 백성들이 아니라 저 대륙 깊숙한 곳에 터를 잡고 사는 고대의 가문이라는 것도 놀라운 일입니다. 하나 이처럼 대낮에 공공연하게 흉기를 들고 대로를 활보한다면 백성들의 민심이 크게 동요될 것이니 가주의 연회나 비무대회 등이 밖으로 알려지지 않도록 각별히 신경 써주시기 바랍니다. 큰 불상사만 없다면 어지간한 일들은 묵인하도록 화성유수께서도 허락을 하셨습니다."

말은 화성유수라고 했지만 이미 정조의 묵인이 이루어졌다는 뜻이었다.

"조심, 또 조심하겠습니다."

이번만큼은 금지성도 할 말이 없었다. 십종가의 행색이 워낙에 눈에 띄는 데다 오늘 같은 일이 벌어졌으니 나라에서 십종가를 모두 잡아들이겠다고 해도 할 말이 없을 터였다. 만일 이 같은 일을 조정에서 알기라도 하는 날엔 역적의 도당이라고 하여 군대를 동원할지도 모를 일이었다. 물론 그렇게 되도록 가만히 있을 십종가의 사람들도 아니었다. 이들은 모두 조선에 귀속되지 않은 고대 왕국의 후예들인만큼 자존심 또한 드높았다. 조선의 군대와 십종가 간에 대대적인 싸움이 벌어질 것은 불을 보듯 자명한 일이었다. 또한 십종가 사람들은 대개 청나라 조정은 물론이요, 대륙의 각 민족과도 밀접한 연관이 있으니 나아가 국가 간의 전쟁이 발발하게 될 수도 있었다.

금지성 역시 등골에 식은땀이 쭉 흘러내렸다.

"뭐가 조심할 것이 그리 많단 말이오?"

퉁명스럽게 말을 내뱉은 것은 이화성이었다. 그는 아까부터 설규가 마음에 들지 않았다. 나이도 그와 비슷한 연배로 보이는데 홍세영에게 이래라저래라 하는 것이 거슬렸던 것이다. 그의 말에 진국대가 사람들이 또다시 발끈했다.

"우리는 조선의 일에는 관심이 없습니다. 잃어버린 경전만 찾는다면 가주련에도 참석지 않고 곧 육정산으로 돌아갈 것입니다."

미호랑이 차가운 표정으로 말했다.

"내가 훔친 것이 아니라니까 그러시는군요. 저도 소문을 들은 것에 불과합니다."

이화성이 억울하다는 듯이 말했다.

"그 소문을 누구에게서 전해 들었소?"

홍세영이 물었다.

"아… 그러니까 일전에 보았던 금부도사가 아니라 시전에 떠도는 소문으로……."

이화성은 난처한 표정을 지었다. 사방이 관원이니 아래적을 들먹일 수 없었던 것이다.

"믿을 수 없습니다. 진국대가 내에서도 사라진 경전이 대장경이라는 아는 이가 극히 드뭅니다. 하물며 삼부선경이라니……."

이번에는 미호랑이 말끝을 흐렸다. 그녀는 오기 전 대무진으로부터 사라진 경전 중에 삼부선경이 포함되어 있음을 들었던 것이다.

"저는 육정산이 어디 붙어 있는지도 모르고 대장경이니 삼부선경 따위는 본 적조차 없는데 어떻게 제가 그것을 훔쳐 낼 수 있었겠습니까?"

이화성이 볼멘소리로 말했다.

"섭 장군의 말에 의하면 범인의 무예가 매우 뛰어나고 체격 또한 저자와 비슷하답니다. 그리고 무엇보다 범인이 떨어뜨리고 간 이 부절이 그 증거입니다."

미화랑이 탁자 위에 상자를 꺼내놓았다. 임득풍의 집에서 보았던 호리병 모양의 청동 부절이었다.

"이건 내 것이 아니라니까요."

"자네 것이 아니라는 걸 증명하기 위해서라도 이번 일을 해결해야 하겠군."

설규가 청동 부절을 들어 살펴본 연후에 말했다. 이화성은 고개를 저으며 말했다.

"내가 무슨 포도대장이라도 된단 말입니까? 십전동자도 찾

아야 하고 흑전의 이화성인지 뭔지 하는 도적놈도 나보고 찾
으라니 몸이 열 개가 있어도 부족하겠습니다."
　"다행히 도움이 될 만한 소식이 있습니다."
　홍세영이 말했다.
　"말해보게."
　"십전동자가 흑전의 십전주라는 정보가 있습니다."
　"임득풍이 죽고 나서 그가 새 십전주가 된 모양이군요."
　금지성이 말했다.
　"어쩌면 원래부터 그가 진짜 십전주였는지도 모르오."
　홍세영이 말했다.
　"어쨌든 모든 사건이 흑전과 연결되어 있다는 뜻이로군."
　설규의 눈이 가늘어졌다. 그는 홍세영의 깔끔한 태도와 일
처리 방식을 퍽이나 마음에 들어하는 눈치였다. 반면, 퉁명스
럽게 고집을 부리는 이화성은 장수민에게 들은 것에 비해 그
다지 명석해 보이지 않았다.
　"흑전이라는 이름은 저희도 처음 들어보았습니다."
　미호랑이 좀 더 정보를 공유하자는 듯 입을 열었다.
　"그곳에 관해서는 알려진 바가 없습니다."
　홍세영이 미호랑을 똑바로 쳐다보며 말했다.
　"저자에게 물어보면 될 것이 아닙니까?"
　미호랑이 이화성을 보며 말했다.
　"이 형은 흑전과는 아무 상관이 없습니다."
　미호랑은 그 말을 못 믿는 눈치였다.

"저희는 아직까지도 저자에 대한 의심을 완전히 푼 것이 아닙니다."

미호랑은 홍세영도 이 일에 연루되어 일부러 감추는 것일지도 모른다고 생각하여 이화성을 보며 힘주어 말했다.

"흑전은 만마전이라고 불리기도 하고, 중원에서는 마교라고 불리기도 하는 곳입니다."

금지성이 비로소 입을 열자 좌중이 크게 놀랐다.

"마교!"

특히 섭발계의 외침은 그곳에 모인 어떤 사람보다도 컸다.

"들은 바가 있습니까?"

미호랑이 섭발계에게 물었다.

"모든 나라의 전쟁과 무림의 역사에 깊이 관련되어 있는 곳이 마교라는 것 정도입니다. 악신을 숭배하고 이 세상을 마귀의 소굴로 만들려는 것이 목적이라고 알려졌을 정도로 사악한 집단입니다. 사람 목숨을 파리 목숨처럼 여기고, 뛰어난 술사들은 저승의 마귀들을 불러내어 수족처럼 부리기도 한다는군요. 단지 떠도는 소문이니 믿을 수는 없습니다."

"그건 사실입니다."

금지성은 좀 전에 이화성과 함께 임득풍의 집에서 겪은 일을 말해주었다.

"흑오쌍로라면 이십 년 전에 출몰한 흑룡강의 수적이 아닙니까? 그들이 나타났다 은거한 일은 이미 이십여 년이나 지난

일이거늘 어찌 금가주님과 같은 젊은이들이 그자들을 알고 있는지요?"

미호랑이 말했다.

"저희도 직접 보기 전까지는 그자들을 알지 못했습니다. 그자들이 스스로를 흑오쌍로라고 인정했고, 또한 흑전의 수하임을 말해서 아는 것뿐입니다."

"만일 삼부선경을 흑전에서 가져간 것이 사실이라면 참으로 큰일이 아닌가?"

설규가 근심스럽게 말했다.

그때 밖에서 소란스러운 소리가 들려왔다.

"그곳은 가주님의 처소이니 마음대로 드나드시면 안 됩니다……."

"그런 마두들조차 흑전의 수하라니 참으로 놀랄 일이로군요."

갑자기 문이 열리며 들려온 소리에 일행은 모두 문 쪽을 보았다. 그곳에는 머리에는 한 올의 털도 없는데 눈처럼 흰 수염이 가슴까지 늘어진 노인 한 명과 아름다운 중년의 부인 한 명, 그리고 세 명의 남녀가 서 있었다. 그 뒤로 박 행수가 쩔쩔매며 따라오고 있었다.

"북해에서 서둘러 오긴 했는데 저희가 가장 늦은 것 같군요. 동명고가에서 선친을 대신해 온 국자랑 고옥입니다."

검은 비단옷에 양쪽 소매에 붉은빛의 삼족오 문양이 화려한 도포를 입은 장년인의 말이었다.

국자랑 고옥!

십종가 중에서도 가장 큰 세력을 갖고 있다는 동명고가의 다음 대 가주인 고옥의 등장이었다. 고구려의 후예인 이들은 아직도 북해 일대의 패주로 군림하고 있는 거대 가문이었다. 청나라조차도 이들의 비위를 거슬리지 않기 위해 해마다 가주의 생신에 사절을 보낸다고 알려질 정도였다.

"섭 장군님, 미부인님, 오랜만에 뵙습니다."

고옥은 진국대가 사람들을 보며 아는 체를 했다.

"미부인은 그녀의 언니란다. 그녀는 동생인 미호랑이지."

뒤에서 아름다운 목소리가 들려왔다.

"후(珝) 언니도 오셨군요."

미호랑이 몸을 일으켰다. 고옥보다 나이가 몇 살쯤 많아 보이는 그녀는 바로 동명고가의 가주 고단궁(高檀穹)의 두 번째 부인인 부여후였다. 부여후 뒤에 선 십대의 소년과 소녀 두 사람이 그녀의 태생인 고진(高遷)과 고유리(高琉璃)였으며, 흰 수염의 노인은 바로 동명고가에서 가장 무공이 뛰어나다는 조의선인 명림도수였다.

"십 년 만에 보긴 하지만 호랑 너도 많이 늙었구나. 밖에서 보았더라면 알아보지 못하고 그냥 지나칠 뻔하였다."

부여후가 갖가지 깃털로 장식된 부채를 들어 얼굴을 가리며 말했다.

"그래도 나보다 언니가 다섯 살이나 많으니 먼저 늙겠지요."

　미호랑도 지지 않겠다는 듯 높은 목소리를 냈다. 갑작스런 여인들의 미묘한 대화에 어색해진 것은 사내들이었다. 이런 곳에서 가장 커다란 장기를 발휘하는 사람이 있다면 그것은 바로 이화성이었다.

　그는 즉시 두 명의 부인 사이로 끼어들었다.

　"하늘도 놀라고 땅도 놀랄 지경이로군요. 제가 살아 있는 것이 오늘처럼 행운이라는 생각을 한 적이 없었습니다. 두 분의 아름다움에 두 눈이 먼다 한들 억울하다 하겠습니까? 물고기와 매는 침어낙응(沈魚落鷹)할 것이요. 저 하늘의 달과 이 땅의 꽃들조차 폐월수화(閉月羞花)할 터입니다."

　두 명의 부인은 이화성의 교묘한 언변에 사내를 일시에 녹일 듯한 미소를 머금었다. 그러나 곧 미호랑의 얼굴에 살짝 굳은 기색이 감돌았다. 이화성이 말한 것은 춘추전국시대의 미녀인 서시와 한나라의 왕소군을 빗댄 것으로 침어낙안이라고 해야 마땅했다. 그러나 그는 교묘하게 한 글자를 '매 응' 이라는 글자로 바꾸었던 것이다. 진국대가에서 이들을 따라온 해동청 보라매 두 마리가 각기 대소응과 대소녀의 새장에 들어가 있는 것을 보았음이 분명했다.

　반면에 부여후를 칭송할 때는 삼국시대의 초선과 당의 양귀비를 칭송한 폐월수화를 부연 설명까지 하며 치켜세웠으니 두 사람의 미모를 은근히 차이를 두어 말한 것이다.

　이는 물론 진국대가와 미호랑이 이화성을 핍박한 것과 연관이 있었다.

“조선에도 이처럼 예의가 바르고 안력이 뛰어난 젊은이가 있다는 것은 이 나라의 법도와 예의가 과연 바르다는 것을 말해주고 있는 것이군요.”

부여후가 흡족한 듯이 말했다.

“그가 바른 젊은이인지 뻔뻔한 한 명의 도적놈인지는 아직 아무도 모른답니다.”

미호랑이 질세라 말을 받았다. 이때에 미호랑과 부여후 사이에는 미묘한 기운이 형성되어 있어 결코 이 둘이 친한 사이가 아님을 보여주고 있었다.

“흠흠… 오늘은 밤이 깊었으니 이만 다들 잠자리에 드는 것이 좋겠습니다.”

금지성이 가주의 권위를 내세우지 않았다면 아마 밤이 새도록 두 부인의 미모 대결을 보아야 했을 것이다.

2

“누가 십전동자를 찾으라 했지 진국대가의 보고를 털라고 했소?”

홍세영이 힐난하듯 말했다. 금가장에서 나와 보화림으로 돌아온 두 사람이었다.

“홍 형마저도 나를 믿지 못하는군.”

이화성은 더 이상 할 말 없다는 듯 입을 꾹 다물었다.

“이 형을 믿지 못하겠다는 것이 아니라……”

"그럼 좀 전에 한 말은 내가 아니라 금가에게 한 말인가 보
군."

"금 문주가 그럴 사람이 아니라는 건 내가 더 잘고 있소."

"그럼 나는 그럴 사람이란 말이오?"

"누가 그렇다고 했소?"

홍세영이 소리를 버럭 질렀다. 그녀는 머리가 아팠다. 이화
성을 보자 더욱 그랬다. 그를 보면 이상하게 아무것도 생각할
수 없었다.

"며칠 동안 십전동자에게 팔을 잘린 사람은 거의 일곱 명이
나 된단 말이오."

홍세영은 생각을 정리했다. 팔을 잘린 사람 중에는 김사운
같은 무공의 고수도 있었고 손유명 같은 장사치도 있었지만,
대개는 화성 축성을 하는 데 동원되어 온 장인들이었다.

정조의 행차가 화성을 떠나던 날, 가쟁이골의 커다란 느티
나무 아래에서 십전동자를 만난 것은 대장장이인 박새놈이란
자였다. 앞의 사람들과 마찬가지로 어린아이가 대장간에 불쑥
나타나 십 전을 달라고 하여 비키라고 밀쳤더니 눈 깜짝할 사
이에 박새놈의 팔을 단숨에 잘라 버렸다고 했다. 며칠 뒤에는
물방아골의 물방아 옆에 나타났는데 이날은 미장이 천씨가 당
했다.

그리고 어제는 매향교에서 화성 축성의 정현 편수인 정개동
의 손목을 잘랐던 것이다. 편수는 장인들의 우두머리를 뜻했
는데 특히 정현 편수는 지붕의 처마 곡선을 만들어내는 일을

했다. 이는 재주가 많고 경험이 많은 목수가 아니면 할 수 없는 분야로 정개동은 화성에서 가장 유명한 세 명의 정현 편수 중 한 명이었다.

소문은 일파만파로 퍼져 나갔다. 화성 축성 공사가 다시 시작되었지만 인부들이 두려움에 휩싸여 공사에 진척이 없었다. 관에서는 십전동자 체포령이 떨어졌고, 장용영까지 동원해 대대적인 수색을 벌였다. 그러던 참에 화성으로 기이한 복색의 사람들이 대거 출몰했다는 소문이 돌았다. 그들을 따라 임득풍의 집까지 오게 된 것이었다.

홍세영은 그들이 금가장의 초대로 온 십종가 사람이라는 것을 알고 있었지만 일단 조사가 필요했다.

"파총 어른이 아니었으면 진국대가 사람들도, 금 문주와 이형도 꼼짝없이 전옥서 행이었소. 시전 한복판에서 그 소동을 피우다니 그래, 정신이 어찌 된 것이 아니오?"

"쳇, 정신이 어찌 된 건 홍 형이겠지. 말끝마다 파총 어른 파총 어른, 그자가 홍 형의 부친이라도 되는 것처럼 쫓아다니더군."

"연배도 나보다 위고 직급도 나보다 위이니 그러는 것이 당연하지 않소. 그는 내 직속상관이오."

"내 직속상관은 누구요?"

이화성이 눈을 반짝거리며 물었다. 홍세영은 이자가 또 무슨 헛소리를 하려나 싶어 눈매를 가늘게 했다.

"나요."

　"나도 앞으로는 홍 형만 쫓아다녀야겠소. 아니지, 홍 초관님만 쫓아다니겠습니다."

　이화성이 일어나 허리를 굽히며 익살스럽게 웃으며 말했다. 홍세영은 갑자기 당황한 표정으로 말했다.

　"이 형이 장용영에 들어오도록 한 것이야말로 가장 잘못된 일이오."

　"그건 어째서……?"

　이화성은 홍세영이 장난을 받아주지 않자 다시 자리에 앉아 퉁명스럽게 말했다,

　"이 형은 보화림을 제집 드나들 듯하고, 보화림의 팔기녀들을 제 마누라 대하듯 하니 장용영의 무풍이 어지러워질까 근심스럽단 말이오."

　홍세영의 단정한 얼굴이 살짝 일그러졌다. 사실 이화성 때문에 어지러운 것은 오직 그녀뿐이었다. 일부러 보지 않으려고 피하던 때와는 달리 이제는 매일같이 얼굴을 마주 대해야만 하는 것이다. 그 생각만 해도 심장이 두근거렸다. 이화성 때문에 심장에 단단히 병이 든 모양이었다.

　"남들은 내가 보화림의 팔기녀를 전부 다 안다고 생각하지만 그건 사실이 아니오."

　"사실이 아니라고?"

　"보화림에는 수많은 기녀가 있지만 가장 널리 알려진 것은 팔기녀요."

　"누가 그걸 모르오?"

"기녀에도 차등이 있다오. 바로 송도연리 매란국죽(松挑蓮梨 梅蘭菊竹)이오."

홍세영은 보화림의 기녀에 차등이 있다는 소리를 처음 들었기에 호기심 어린 표정을 지었다.

"보화림은 원래 황금갑이 궁궐의 내수사(內需司) 소속 장인들을 동원해 지은 것이오."

"내수사 장인들? 그게 가능하오?"

"몰랐소? 황금갑은 궐 내시 출신이오."

이화성이 정말 몰랐냐는 듯이 물었다. 홍세영은 처음에 화성에 와 보화림 같은 기방이 어떻게 존속할 수 있는지 궁금해했었다. 보통 기방은 포교나 궁의 별감이 기부가 되어 기생 몇을 데리고 장사를 하는 것이 일반적이었다. 보화림처럼 화려하고 사치스러운 기방은 그 예를 찾기 어려웠다. 또한 위에서 이를 단속하지 않는 것도 이해할 수 없었는데, 이제 이화성의 말을 들으니 이해가 갔다.

"보화림에 처음 온 자들은 주로 바깥채인 자죽헌(紫竹軒)에 머물게 되지. 그다음이 바로 매란국죽의 전각이고, 더 안쪽에는 이화루, 연화루가 있소. 가장 안쪽의 도화루(桃花樓)와 송화원(松花院)은 지명 손님만 들어갈 수 있소."

"지명 손님? 기녀가 손님을 지명한단 말이오?"

"나도 연화루까지밖에 가본 적이 없고, 황금 영감조차도 도화루와 송화원에는 사사로이 드나들지 않는다고 하오."

"그게 가당키나 한 일이오? 한낱 기녀 주제에 손님을 고르다니."

홍세영이 화를 내며 말했다.

"이건 보화림에서만 나도는 소문인데……."

이화성은 홍세영에게만 특별히 알려준다는 듯이 말했다.

"도화루의 주인인 이도화(李挑花)가 몇 년 전에 병에 걸려 죽었다고 알려진 숙원(淑媛) 이씨(李氏)라고 하오. 그녀의 뛰어난 미색을 시기한 내명부의 눈 밖에 나 부득이하게 죽은 것으로 위장하고 화성에 내려와 있다는 것이오. 왕이 아버지의 능을 이곳으로 이장하고 화성을 축성하는 것 등이 모두 그녀를 비밀리에 찾아오기 위해서라는구려."

"대체 누가 그런 망측한 소문을 퍼뜨렸단 말이오?"

홍세영이 버럭 소리를 질렀다.

"소문이란 말이오. 없는 곳에서야 나랏님 흉도 보는데 무얼 그리 흥분하오."

이화성이 느긋하게 말했다.

"아무리 소문이라도 그렇지, 화성을 짓는 이유가 다른 고을에 그렇게 퍼져 있다는 것은 임금의 권위가 땅에 떨어진 것이 아니고 뭐요?"

"화성으로서는 오히려 잘된 일이 아니오?"

이화성의 말에 홍세영은 갑자기 머리가 환해지는 듯했다. 단지 소문이라고는 해도 화성으로 쏠리는 관심을 분산할 수 있다는 생각이 든 것이다. 화성을 축성하는 이유에 대해서는 갖가지 소문이 만연하던 참이었다. 그중에서도 화성이 완성되면 정조가 노론을 모두 배척할 것이라는 소문이 쉬쉬하면서도 번져 가고 있었다. 그러나 이화성이 말한 대로라면 노론 측에서도 알면서도 넘어갈 수밖에 없는 임금의 개인적인 일이 아닌가.

"그럼 도화와 함께 보화림의 쌍화폐월(雙花廢月)이라는 송화의 내력은 어떻소?"

"그건 나도 모르오."

이화성이 심드렁하니 말했다. 그 또한 보화림에 몇 년이나 있었지만 송화나 도화의 얼굴은 본 일이 없었기 때문이다.

"천하의 이화성도 모르는 일이 있구려?"

홍세영이 빈정거렸다. 그녀는 이화성이 보화림 얘기를 할 때마다 기분이 극도로 나빴었다.

"이 형도 이제 보화림에 기거하지 말고 금가장으로 가는 것이 어떻소? 그게 싫다면 내 파총 어른께 말씀을 드려 동장대 근처에 초가 한 칸을 마련해 주리다."

"그 말이 정말이오?"

이화성이 반색을 했다.

"그럼 내가 허튼소리를 하겠소?"

"흠… 나도 그런 생각을 안 해본 것은 아니오. 하지만 그럼 밥은? 살림은? 대체 그런 것들은 누가 와서 해준단 말이오? 홍 형이 와서 해줄 거요?"

이화성이 홍세영의 턱밑에 고개를 바짝 쳐들었다. 마치 숨이 닿을 듯 가까운 거리였다.

"내, 내가 무슨 밥을 한다는 거요?"

홍세영은 갑작스러운 이화성의 접근에 뒷걸음질을 쳤다.

"살림을 보아줄 노파를 한 사람 구하면 될 것이 아니오?"

"노파?"

이화성이 끔찍하다는 듯이 고개를 저었다.

"내가 왜 꽃 같은 보화림의 기녀들을 두고 호호파파가 해주는 밥을 먹어야 하오? 싫소."

"여자의 음기는 심신 수양을 해치는 중에 으뜸이라 했소. 지난번에 그런 일을 당하고도 아직 정신을 덜 차렸군."

홍세영은 이화성이 죽을 뻔한 일을 떠올렸다. 경박하고 무례하고 제멋대로인 자였으나 그가 없어진다면 꽤 허전한 것도 사실이었다.

"난 항상 음기가 너무 부족해서 탈이라오."

이화성이 투덜거렸다.

"쓸데없는 얘기는 그만둡시다."

홍세영이 대화를 끝내려는 듯 부채로 탁자를 탁탁 몇 번 두들겼다. 이화성은 부채를 든 홍세영의 희고 가녀린 손을 보며 생각에 잠겼다.

'참으로 고운 손이로군. 저 손만 본다면 어찌 환도와 월도를 휘두르며 거친 사내들처럼 말을 타고 활을 쏜다고 생각할 수 있으랴. 만일 저 손으로 날 위해 밥을 하고 빨래를 하며 내 어깨를 주물러 준다면 천상의 복도 마다할 것이다.'

"이 형?"

고개를 드니 홍세영이 이상한 표정으로 이쪽을 보고 있었다. 홍세영의 손을 보고 있다가 저도 모르게 게슴츠레해진 탓이었다.

"방금 뭐라고 하였소?"

"흑전에 대해 물었소."

"흑전……."

이화성은 이마에 내천 자를 그렸다.

"별로 아는 바가 없소."

"아는 바가 없다면 어째서 흑전이 이 형을 도적으로 모함했겠소? 잘 생각해 보시오."

"그걸 나도 모르겠단 말이오."

"흑전의 삼전주 이화성……."

홍세영이 중얼거렸다.

"세상에는 같은 이름을 가진 자가 많으니 흑전에 나와 같은 이름을 가진 자가 없을 건 또 뭐요?"

이화성이 가장 합당한 추리를 내놓았다.

"그 말도 일리가 있지만 섭발계의 말로는 무예가 아주 뛰어나다고 하지 않았소. 내가 아는 한 무예가 뛰어난 이화성이라는 자는 당신 외에는 떠올릴 수가 없소."

"그런 게 다 고정관념이라니까."

이화성이 얼토당토않다는 듯이 말했다.

"홍 형도 생각해 보시오. 이 세상이 얼마나 넓소. 기이한 일은 또 얼마나 많소? 몇 해 전 연경을 다녀온 사신들의 말도 그렇고, 홍 형도 단 하루 만에 백두산과 현포를 보고 오지 않았소? 그러니 세상에 나와 같은 이름을 갖고 나보다 무예가 뛰어난 자가 둘일지 셋일지는 아무도 모르는 것이오.”

홍세영은 고개를 끄덕였다.

“그렇다면 큰일이 아니오?”

“무엇이?”

“만일 흑전의 이화성이 또 도적질을 한다면 그때마다 이 형이 그 죄를 뒤집어쓸 것이 아니겠소?”

아뿔싸!

이화성의 얼굴이 똥 씹은 것처럼 누래졌다.

“그, 그걸 생각 못했구려.”

“그러니 한시라도 빨리 흑전에 대해 알아내는 것이 이 형이 사는 길이오.”

홍세영이 단언하듯 말하며 몸을 일으키는데 품속에서 제법 큰 달걀만 한 알이 툭 떨어졌다. 홍세영은 난처한 표정으로 그 알을 주워 다시 품속으로 갈무리했다.

“그게 뭐요?”

그러나 이미 그것을 보아버린 이화성의 질문을 피할 수는 없었다. 홍세영은 하는 수 없다는 듯이 알을 꺼내어 보여주었다.

“금 문주가 주었던 여의항이오. 화산에서 한바탕 물난리를 겪고 난 뒤에 보니 이렇게 되어버렸소.”

“항아리가 알이 되었단 말이오?”

이화성은 알을 들어 위아래를 보기도 하고 손끝으로 툭툭 쳐보기도 했으나 알의 단단하기가 금석보다도 더했다.

"나도 별수를 다 써보았으나 절대로 깨지지 않기에 혹시나 하고 가지고 다니는 것이오."

홍세영이 다시 알을 주워 품속에 넣었다.

"어미 닭처럼 말이오?"

이화성의 말에 홍세영은 얼굴을 붉히며 말했다,

"누가 어미 닭이란 말이오?"

"누구겠소. 홍 형이지. 홍 형을 닮아 예쁘고 성질 사나운 수 놈 병아리가 나오겠구려."

이화성의 비꼬는 어조에 홍세영은 두통이 오는 듯했다. 저 자에게 이런 모습을 들켰으니 두고 두고 놀림감이 될 것 같았 다.

별안간 밖에서 낮고 강한 음성이 들려왔다.

"그 손을 당장 놓으시오!"

목소리의 주인공이 누군지 깨달은 홍세영은 안색이 변하여 밖으로 뛰어나갔다. 밖에는 한 떼의 젊은 남녀가 모여 있었다. 낮에 본 십종가의 후예들이었다. 그와 마주한 곳에는 설규가 얼음처럼 차가운 표정으로 서 있었다.

설규의 뒤에는 한 여자가 섰는데, 가르마 위에 전모를 쓴 것 으로 보아 보화림의 기녀인 모양이었다. 얼굴을 차면(遮面)으 로 가리고 있어 누군지 알 수 없었다. 이화성은 보화림에 자신 이 모르는 기녀가 있는가 하여 고개를 내밀었다.

"아무리 조선의 법도와 다르다 하나 싫다는 아녀자를 희롱하는 것은 선비의 예법이 아니오."

마침 구름 속에 숨어 있던 달빛이 보화림의 후원을 비추었다. 달빛에 드러난 설규의 얼굴이 관옥처럼 희었다.

"예법을 모르는 것은 아닙니다. 그렇지만 이곳은 기방이 아닙니까? 기방에서 기녀를 대하는 것에도 예법이 있는 줄은 미처 몰랐습니다."

흑치성지 역시 기분이 나쁜 어투였다. 화성에 유명한 기방이 있다 하여 십종가의 젊은 청년들과 함께 온 터였다. 산동석가의 두 자매는 말할 것도 없거니와 동명고가의 삼 남매와 연나희와 연씨 삼 형제, 을지경까지 그 자리에 있었다. 안내를 받아 가던 중 흑치성문이 지나는 기녀에게 한두 마디 농담을 건넨 것이 화근이었다. 기녀의 태도가 지나치게 뻣뻣했던 것이다.

흑치성문은 여자들 앞에서 망신을 당했다며 기녀의 버릇을 고쳐 주겠다고 실랑이를 하던 중에 설규가 나타난 것이다.

"기방에도 기방의 법도가 있소. 그러나 보화림에는 예외가 있으니 송화는 그 법도에 따르지 않소."

설규의 말에 이화성은 눈을 크게 떴다. 그럼 저 기녀가 바로 송화란 말인가? 더구나 설규와 그녀는 이미 안면이 있는 모양이었다. 송화는 자신이 지명한 손님이 아니면 만날 수 없다고 했는데 그렇다면 설규가 송화의 지명 손님이라는 뜻이었다.

"그만 하시지요."

마침내 송화의 입이 떨어졌다. 그 순간, 사내들은 모두 울렁거림을 경험했다. 송화의 목소리가 마치 천상의 음률인양, 꾀꼬리 목소리인 양 지극히 청아하고 아름다웠기 때문이다. 저 목소리로 노래를 부른다면 황홀감의 극치를 경험할 것이 분명했다.

"흑치가의 도련님께서 아직 익숙지 않아 그런 것이니 다들 이쯤에서 물러나는 것이 좋겠습니다."

기녀치고는 맹랑한 어조였다. 자신이 다 이해할 테니 물러나라는 것이다. 이화성은 송화에 대해 흥미가 일었다. 보화림에서 그가 보지 못한 기녀가 있다는 것도 호기심이 일었고, 설규가 송화의 지명 손님이라는 것에는 자존심이 상했다. 이화성이 누구인가? 자타가 공인하는 보화림의 조방군이 아니던가?

"자자, 송화 말대로 그만들 합시다."

이화성이 싸움을 말리려는 듯 앞으로 나섰다.

"당신은 누구요?"

흑치성문이 화가 가라앉지 않는다는 듯이 이화성을 쏘아보며 말했다. 그는 이화성을 어디선가 본 듯했으나 기억은 나지 않았다.

"기방에 온 사람이 누구겠소? 오입쟁이겠지."

이화성은 분위기를 좋게 하기 위해 웃으며 말했으나 이 또한 흑치성문의 부아를 돋우고 말았다.

"오입쟁이? 지금 날 보고 오입쟁이라고 욕하는 것이 분명하군. 내가 이 먼 곳에 와서 이런 모욕을 받고도 참는다면 흑치가의 자손이라 할 수 없을 것이다.”

흑치성문이 성을 내며 검을 뽑아 들었다.

“무슨 짓이냐? 어서 검을 거두어라.”

흑치성지는 일이 크게 번지는 것을 염려하여 말했으나 화가 머리끝까지 뻗친 흑치성문의 귀에는 그 말이 들리지 않았다.

“검을 뽑지 않는 것은 나를 무시하는 것이오.”

“이런, 나는 그저 싸움을 말리려던 것뿐이오. 거기다 나는 검 따위는 가지고 다니지도 않소. 이 부채 하나밖에 없단 말이오.”

이화성이 일이 왜 이렇게 꼬이나 싶어 버릇대로 부채를 꺼내어 뒤통수를 긁기 시작했다.

“지금 그 부채로 날 상대하겠다는 거요?”

흑치성문은 이화성의 태도에 더욱 화가 났다. 저 한가한 태도야말로 자신의 말을 가볍게 여기는 것이 아니고 무엇이겠는가? 더구나 석타로가 보는 앞에서 기녀는 물론이고 이런 글이나 읽는 선비에게까지 모욕을 당하다니 참을 수가 없었다.

“정히 그렇다면 내 검이 매정하다 말하지 마시오.”

흑치성문의 검이 위아래로 파도치듯 이화성을 몰아가면서 눈 깜짝할 사이에 무려 아홉 번의 파공성을 일으켰다.

“꺄아아아아아!”

여자들의 비명이 울려 퍼지며 사람들이 모두 뒤로 물러섰다.

“헉, 흑치 도령. 그게 아니고…….”

이화성은 옆으로 몸을 날려 흑치성문의 검을 피했다. 흑치가의 사홀검은 그 변화무쌍함을 으뜸으로 치는 검술이었다. 빠르고 신묘하기가 맑은 하늘에 뜬 무지개처럼 현란하기 그지없었다. 사람들은 눈앞에서 번쩍거리는 흑치성문의 검을 제대로 따라가지도 못했다.

이화성은 도저히 말로는 흑치성문을 진정시키기 어렵다고 생각했다. 흑치성문을 상대하다가 청하취우(靑荷驟雨)의 수법을 써서 별안간 몸을 돌려 달아나는 시늉을 했다. 이화성이 빠르게 움직이며 타다다닥 소리를 내자 사람들은 그 소리가 마치 비 오는 소리처럼 들린다고 생각했다.

“게 서시오.”

흑치성문이 쏜살같이 달려왔다. 이화성은 달려드는 흑치성문의 검을 부채로 휘어감으며 앞으로 쭉 당겼다. 흑치성문은 한줄기의 강한 힘이 자신의 검을 휘어감자 놀라며 검을 빼내려고 했다. 그러나 부채와 검이 마치 원래부터 하나였던 것처럼 도저히 떼어낼 수가 없자 화를 내며 이화성의 가슴을 발로 차려 했다.

“이크, 저 발에 맞았다간 황천행도 멀지 않겠구나.”

이화성이 몸을 둥글게 말아 올리며 하늘로 높이 솟아오르자 흑치성문도 그 뒤를 따라 한 모금의 진기로 몸을 가볍게 한 뒤 지붕 위로 올랐다. 어깨를 아래위로 들썩거리며 성난 모습으로 있는 흑치성문과 마치 한가로이 달 구경을 나온 듯한 이화성의 태도는 대조적이었다.

"성문이 흥분하여 제 실력을 발휘하지 못하는구나."

"성문 오라버니는 그렇다 치더라도 저 사내야말로 무예가 대단하군요."

곁에 서 있던 석타로가 이화성을 보며 말했다. 머리에 자주색의 커다란 꽃을 장식하고 황금색의 모란이 수놓아진 붉은 옷을 입은 석타로의 모습은 그곳에 있는 여자들 중에서 가장 아름다웠다. 반면, 석수로는 무늬가 없고 움직이기에 편한 어두운 녹색의 비단옷을 입어 그다지 눈에 띄지 않았다. 마치 빛과 그림자 같은 모습이었다.

"동감이에요. 사흘검에 비해서도 조금도 떨어지지 않는 부채술이군요. 대체 저분이 누구세요? 십종가의 어른인가요?"

석타로의 말을 받듯이 나선 여자는 바로 고유리였다. 긴 머리에 살구색의 너울을 두르고, 아름다운 문양이 새겨진 청색의 옷을 입은 고유리는 석타로와 함께 그곳에 있는 십종가 후손들 중 가장 나이가 어렸다.

석타로가 이제 막 피어나는 한 송이의 붉은 모란꽃 같다면, 고유리의 모습은 도도한 보랏빛 풍란에 비유할 만했다. 두 소녀가 각기 다른 아름다움이 있어 우열을 가릴 수 없었다.

석타로도 그렇지만 고유리도 이번 화성행이 태어난 이래 첫 번째 여행인지라 눈에 보이는 모든 것이 신기하기만 했던 것이다. 더구나 이화성의 수려한 용모와 춤을 추는 듯한 움직임에 마음을 빼앗기고 말았다.

"저자는 화성 장용영에 근무하는 이화성이라는 교관이오."
홍세영이 고유리의 궁금증을 풀어주었다.

"이화성이 저분의 존함이군요."

"조선의 무예는 근본이 사라져 그다지 볼 것이 없다고 들었는데 직접 견식하고 보니 그 말이 틀렸음을 알겠군요. 일개 교관의 무예가 저러하다면 그 상관들의 무예는 얼마나 더 훌륭하겠어요."

그렇게 말한 것은 이제껏 조용하던 연나희였다. 홍세영은 지금껏 그녀가 사내인 줄 알았다가 고운 목소리를 듣고는 깜짝 놀랐다. 연나희는 연가의 다른 형제들과 같은 복장을 했던 것이다. 밝은 쪽빛의 가벼운 경장 차림에 긴 머리를 어깨 너머에서 질끈 묶은 모습이 한 마리의 어린 사슴을 보는 듯 발랄해 보였다.

"저분의 무예는 석가의 신검(新劍)과도 유사해 보이는군요."

연나희가 말했다. 신검이란 산동석가의 무예인 본국검(本國劍)을 일컫는 말이었다.

"저도 그렇게 보았어요. 저희 가문의 무예는 백제 왕 앞에서 칼춤을 추던 황창랑(黃倡郎)의 무예에서 비롯된 만큼 검무를 추듯 아름다운 것이 특징이에요. 지금 저분의 움직임을 보니 생사를 건 싸움을 한다기보다는 마치 검무를 추듯 그림처럼 아름답군요. 그에 비하면 성문 오라버니의 사홀검은 딱딱하기만 한 것이 마치 목석같아요."

석타로가 방긋 웃으며 말했다.

"어머, 나도 타로랑과 같은 생각을 했어요."

고유리가 손뼉을 치며 말했다. 연나희까지 끼어들어 세 명의 소녀가 이화성과 흑치성문의 싸움을 보며 무예를 논하는 모습은 보기 좋았다. 그러나 정작 사내들의 마음은 그렇지 않았다. 더구나 흑치성지의 마음은 점점 타 들어갔다. 흑치성문이 제 실력의 반도 제대로 펼치지 못하고 있으니 더 그랬다. 흑치성문은 사홀검을 이제 겨우 사성밖에 깨우치지 못했으니 무예가 출중하다 할 수는 없었다. 그렇다고 해도 이화성에게 밀린다는 것은 분명 자존심이 상하는 일이었다.

"이제 그만 말리시는 것이 좋겠어요."

또다시 들려온 송화의 목소리였다. 그녀의 하얀 손이 어느새 설규의 팔에 얽혀 들었다. 홍세영은 두 사람 사이를 짐작하고 내심 얼굴을 붉혔다.

송화의 말에 설규는 고개를 가볍게 끄덕이더니 단숨에 지붕 위로 올라갔다. 올라감과 동시에 한 손으로는 흑치성문의 검을 든 팔을, 다른 손으로는 이화성의 부채를 든 팔을 잡았다.

"이제 되었소. 오해에서 비롯된 것이니 여기서 멈추시오."

이화성과 흑치성문 두 사람은 어리둥절한 표정으로 설규를 쳐다보았다. 설규의 손에 잡힌 순간, 갑자기 팔의 힘이 쭉 빠지면서 들고 있던 검과 부채를 동시에 놓칠 뻔했기 때문이다. 설규는 단숨에 팔목의 맥문을 잡아채고 은근히 진기를 흘려 두 사람의 싸움을 멈추게 한 것이다. 이화성은 곧 반탄력을 보내

어 설규의 진짜 실력을 알아보고 싶은 마음이 들었으나 꾹 참
았다.

백두문에서 이화성과 반무재, 취옹의 싸움을 본 뒤로 홍세
영은 두 번 다시 이화성에게 무예에 대한 언급을 하지 않았다.
단지 다른 사람 앞에서는 절대로 본신의 무예를 드러내지 말
라고 했을 뿐이다.

3

사람들은 설규의 제안에 따라 보화림에서 서로의 오해를 풀
기 위한 자리를 마련했다. 석타로와 고유리는 어느새 둘도 없이
다정한 친구가 되어 이화성 옆에 앉아 재잘재잘 떠들고 있었다.
"그럼 사부님이 없다는 말씀이세요?"

석타로가 놀랐다는 듯이 말했다. 그녀는 이화성의 사부가
누구인지 몹시 궁금한 눈치였다.

"하하하, 이 정도 알량한 무예를 가지고 어찌 사부를 논하겠
소. 조선에는 무예도보통지라는 무예서가 있어 무관은 물론이
고 민간에서도 건강과 양생을 위한 무예 수련을 게을리 하고
있지 않다오."

이화성이 잔뜩 뻐기며 말했다. 홍세영은 저 말을 양계삼불
이 들었다면 땅을 치리라고 생각했다.

"대단하군요. 조선이 문을 숭상하고 무를 경시한다는 소문
이 있었는데 그건 그냥 단지 소문에 불과했군요."

고유리가 눈을 빛내며 말했다.

"한때는 그런 적도 있었다오. 그러나 호란과 왜란을 겪으며 이젠 군신과 백성들이 모두 무예의 중요성을 알게 되었소."

홍세영 곁에는 연씨 형제들이 모여 조선의 무예에 대해 심도있는 토론을 하고 있었다.

"아까 보여준 이 교관의 무예는 참으로 놀라웠소. 본국검과 황창무가 산동석가의 무예인 줄로만 알았는데 이 교관의 부채술 역시 그 못지않게 아름다웠소."

연복충이 감탄한 듯 말했다.

"황창랑은 화랑 중에서도 뛰어난 자였으니 그를 흠모하는 낭도들도 많았을 거예요. 그 낭도들을 통해 대륙은 물론이고 왜까지 전파되었겠지요."

석수로가 잔을 기울이며 자신의 소견을 피력했다. 다들 무예의 이야기로 꽃을 피우는 가운데 입을 다물고 있는 것은 흑치가의 두 형제뿐이었다. 두 사람은 굳은 표정으로 술잔을 연신 비워내고 있었다.

"자자, 두 분께서도 마음을 푸시고 흑치가의 재미있는 이야기를 해주십시오."

을지경이 술잔을 권하며 두 사람의 기분을 풀어주기 위해 노력하는 모습을 보였다. 홍세영은 모인 자들 중 을지경이 가장 속을 알 수 없는 인물이라 생각하고 있었다. 동명고가의 남매인 고진과 고유리는 국자랑 고옥에 비하면 아직 어리고 순진하여 얼굴에 금방 표정이 드러났다. 이는 흑치가의 형제들이나 석가의 자매들도 마찬가지였다. 다들 가문에서만 무예를 배우고 자라 밖으로 나온 적이 없기 때문인지 솔직한 면이 비슷했다.

반면에 연씨 형제들은 연나희를 제외하고는 자신들의 이야기를 꺼내기 꺼려 했으며 을지경은 자신의 가문 이야기는 한마디도 하지 않았다.

홍세영은 맞은편의 설규와 송화를 쳐다보았다. 설규의 놀라운 무공도 그렇거니와 송화의 미모야말로 가히 경국지색이라 할 만했다. 방에 들어와 송화가 차면을 벗는 순간, 사람들은 일제히 찬탄의 함성을 질렀다.

송화의 미색은 인간의 언어로는 도저히 표현해 낼 수 없으며 그저 신비롭다고밖에 말할 수 없을 것 같았다. 그녀가 한마디 할 때마다 사내들의 시선은 온통 그녀에게로 고정되었다. 특히 이화성은 노골적으로 설규를 질투하는 눈빛이었다.

"정말이지, 단순한 자야."

홍세영은 가볍게 한숨을 내쉬었다.

"누가 그렇게 단순한가?"

갑자기 들려온 목소리에 홍세영은 옆을 보았다. 앞에 있던 설규가 어느새 옆 자리에 와 있었다. 송화는 연씨 형제들에게 둘러싸여 즐거운 모습이었다.

"아까의 싸움을 생각하고 있었습니다."

홍세영은 그렇게 둘러댔다. 설규가 가까이 다가오자 묘한 매화 향내가 풍겨왔다. 그 매화 향을 맡자 홍세영은 자신도 모르게 마음이 풀어지는 것을 느꼈다.

"파총 어른께서 머무시는 매화선옥은 사시사철 매화가 핀다고 들었습니다."

홍세영이 문득 소문을 떠올리며 말했다.

"그럴 리가 있나."

설규가 부드럽게 웃었다. 그는 손을 들어 홍세영의 잔에 술을 가득히 따라주었다.

"파총 어른께서 장용영에 오신 지 이제 열흘도 채 되지 않았습니다만, 소문은 많이 들었습니다."

홍세영이 잔을 들이켜며 말했다.

"나에 대해 무슨 소문을 들었는가?"

설규는 술기가 올라 붉어진 눈으로 홍세영을 보았다. 홍세영은 그 모습이 남자임에도 불구하고 아름답다는 생각을 했다.

"제가 존경하는 무인 중에 백 초관님이 계시지요."

"백영숙(白永叔)을 말하는 것일 테지."

설규가 알 만하다는 듯이 말했다.

백영숙이란 바로 이덕무 박제가와 함께 무예도보통지를 만든 백동수(白東修)를 말하는 것이었다. 백동수는 장용영이 화성으로 옮기기 전 한성에서 초관을 지냈으며 홍세영은 그때 백동수를 본 적이 있었다.

"백 초관님이 무예서를 내면서 알게 된 사실이 있다고 하였지요."

설규는 흥미로운 듯 귀를 기울였다.

"제가 물었습니다. 조선에서 가장 뛰어난 무인이 누구냐는 질문이었지요."

"허허, 홍문에 계신 조부께서 들으면 서운해할 말이로군. 무달 홍무운 어른의 손자가 할 말이 아니네."

"조부님께서도 훌륭한 무인이신 것은 맞습니다만, 백 초관님께서 조선과 중국, 왜의 무예를 모두 섭렵했으니 당연히 조선 최고의 무인은 백 초관님이 아니냐고 했지요."

"그랬더니?"

설규는 백동수의 말이 궁금한 모양이었다.

"엉뚱한 얘기를 했습니다. 자신이 십여 년 전에 십이,삼 세의 성균관 유생을 만난 적이 있는데 이미 그 나이에 삼절서생(三絶書生)으로 불릴 만큼 뛰어난 재주가 있어 성균관의 보배라는 소리를 들었다고 하더군요. 그 삼절이 시(詩), 서(書), 무(武)라 했습니다. 자신이 그 유생을 이길 수 없었다구요."

홍세영은 한때 그 소년이 이화성이 아닐까 생각한 적이 있었다. 그러나 이화성의 경박한 모습을 보면 도저히 성균관 유생의 풍모가 보이지 않았다.

"그 소년 유생은 어찌 되었다던가?"

설규가 눈을 지그시 감고 물었다.

"얼마 뒤, 가문에 화가 있어 돌연 사라졌다고 하더군요. 그 뒤로는 그 소년의 소식을 들은 자가 없었답니다. 하지만 백 초관은 그로 인해 천외지천(天外之天)이라는 네 글자를 알게 되었노라고 했습니다. 세상의 기인이사는 모래알처럼 많으니 감히 최고라는 말은 입에 담을 수조차 없다고 말했습니다.”

“천외지천이라… 옳은 말이로군. 하늘 밖의 하늘이지. 이곳을 보게.”

설규의 시선이 좌중을 훑었다.

“이곳에 모인 가문들은 조선과 청 어느 나라의 지배도 받지 않네. 사람들은 이것이 불가능하다고 생각할지 모르지만 세상에는 이처럼 알려지지 않은 일이 얼마나 많겠는가? 홍길동의 율도국이 없다고 그 누가 단언할 수 있겠는가?”

“저 가문들을 조선에 예속시킬 수는 없습니까?”

홍세영이 잦아든 목소리로 말했다.

“허허, 욕심이 과하면 화를 부르지. 제 분수를 알고 안분자족하는 것도 도이거늘…….”

설규의 시선이 먼 곳을 향했다. 어찌 보면 송화를 보고 있는 듯도 했다. 홍세영은 설규가 서얼 출신이라는 것을 알기에 더 말하지 않았다.

“더 해보세요. 더더더요.”

한쪽에서 왁자지껄한 웃음소리가 터져 나왔다. 아니나 다를까, 이화성이 있는 자리였다. 이화성이 여자들이 따라준 술잔을 탁자 위에 죽 놓고 숨을 들이켜 술을 마시는 재주를 선보이고 있었다.

몸도 움직이지 않고 손도 움직이지 않는데 술잔 속의 술은 마치 분수처럼 뻗쳐 고스란히 이화성의 입속으로 떨어지고 있었다. 이화성의 재주인 흡기공이었다.

'내 그토록 무예를 드러내지 말라고 일렀건만…….'

홍세영은 눈을 가늘게 뜨고 이화성을 노려보았다.

"호호호, 정말 신기한 재주네요. 발경은 들어봤어도 흡경을 한다는 소리는 처음 들었어요."

"그리 어려운 것도 아니오. 석 낭자와 고 낭자도 한번 해보시오."

이화성이 가르쳐 주는 대로 여자들도 술을 들이마셔 보려고 했으나 다들 엎지르기만 하고 잘 되지 않았다. 머리카락이나 치맛자락이 옷에 젖자 다들 울상을 지었다. 이화성의 말처럼 기를 안으로 끌어들인다는 것이 말처럼 쉬운 일은 아니었다. 양계삼불 정도의 내력이 있어야 가능한 일이었다. 아무리 어려서부터 무예를 연마했다 하더라도 이제 막 이십대 전후의 젊은이들이 그런 내력이 있을 리 만무했다. 하지만 이화성의 나이도 그들에 비해 그리 많아 보이지 않았기에 자신들도 할 수 있으리라 여긴 것이다.

"와아아아!"

이번에는 다른 쪽에서 터져 나온 소리였다. 송화를 둘러싼 청년들의 감탄사였다. 이화성이 보니 송화는 더욱 신기한 재주를 부리고 있었다. 그녀의 손에는 술병이 들리지 않았는데 그녀가 손가락 하나를 들어 술병을 가리키자 술병의 주둥이에서 저절로 술이 솟구쳐 잔 속으로 떨어진 것이다. 그녀가 손가락을 뻗을 때마다 정확히 술이 뿜어져 한 잔을 채우면 딱 멈췄다.

"연경에서조차 이런 요술은 보지를 못했소."

연복신이 감탄한 듯이 말했다. 사내들은 송화에게서 시선을 떼지 못했다. 송화가 다시 몸종에게 벼루와 붓을 가져오도록 하더니 그 자리에서 화선지를 펼치고 사군자를 쳤다. 먹물이 채 마르기도 전에 화선지에 불을 붙이고 활활 타올라 재가 된 화선지를 술병 속에 넣었다. 검은 재가 들어간 술병 속의 술도 새까맣게 변했다.

송화가 젓가락으로 술병을 휘휘 젓다가 잠시 뒤 술병에서 무엇인가를 꺼냈는데 다른 아닌 접혀진 화선지였다. 화선지는 불에 탄 흔적은커녕 술 한 방울 묻지 않았고 접힌 자국조차 없이 처음과 똑같았다. 술병 속의 술 역시 색이 변하지 않았고 그 양도 그대로였다. 사람들이 박수를 치며 신기해했다.

"귀하신 분들이 오셨으니 제가 선물을 하나 해드리지요."

송화가 웃으면서 자기 손바닥을 펼쳐 아무것도 없다는 것을 보여준 다음, 오른손의 엄지와 둘째손가락을 마주 문지르기 시작하니 갑자기 좁쌀만 한 둥근 알갱이가 생겨났다. 시간이 지나자 이것이 쌀알처럼 변하더니 손톱만 해졌다가 다시 대추 알처럼 붉은색의 단약이 되었다. 방 안에는 청아하고 향기로운 단약 냄새가 가득하여 사람들의 머리가 일시에 맑아지는 듯했다.

"이것은 송화(松花)와 영지(靈芝) 등 각종 지초를 섞어 만든 생보단(生保團)입니다. 한 알을 먹으면 일 년 동안 병에 걸리지 않는답니다.”

송화가 웃으며 손 위에 놓인 단약에 대해 설명했으나 어느 누구 한 사람 선뜻 먹으려는 자가 없었다. 향기와 모양은 분명 영약 같긴 한데 그 성분이 불분명하니 모험을 할 수 없었다.

“송화가 기분이 좋은 모양이로구나. 일 년에 한 번밖에 만들지 않는다는 생보단을 만들다니… 생보단을 먹는 사람은 일 년 동안 송화의 주인이 된다오.”

설규가 웃으며 말했다. 생보단이 바로 송화가 손님을 지명하는 방식이었다. 사내들은 그 소리를 듣자 모두 일제히 손을 뻗쳐 생보단을 집으려 했다. 그 순간, 생보단이 날개라도 달린 듯 휙 하니 날아가서 이화성의 손가락 사이에 찰싹 붙었다. 마치 원래부터 그곳에 있었던 것 같았다. 이화성은 생보단을 요리조리 굴려보더니 말했다.

“그처럼 좋은 것이라면 저도 먹어봐야겠습니다. 파총 어른께서는 이미 드신 적이 있는 듯하니 이번에는 제게 양보하시지요.”

이화성이 꿀꺽 단약을 입에 넣고 삼키자 금방 뱃속이 시원해지며 온몸이 편안해졌다.

“과연 훌륭한 영약이로군.”

그가 입을 벌려 말할 때마다 향기로운 냄새가 가득 찼다. 사람들은 그제야 정말 영약이라고 생각하고 송화에게 다시 만들어줄 것을 청했다.

“호호호, 설 파총님의 말씀처럼 생보단은 일 년에 한 알밖에 만들 수 없는 것이랍니다. 올해는 이 선비님께서 드셨으니 송화원에 드실 자격이 되셨습니다. 이제 이년의 주인이시니 아무 때나 오셔도 상관 없답니다."

"이런, 나는 네가 그래도 날 주인이라 할 줄 알았더니 마음이 변했구나."

설규가 탄식하듯 말했다. 설규와 송화의 관계를 알게 해주는 대화였다. 사람들은 저마다 자신이 먹을 걸 그랬다며 아까워했다.

홍세영은 송화의 요술이 눈속임이라는 것을 파악했다. 저런 재주를 부려 손님들의 눈을 현혹시키면 다들 넘어가지 않고는 못 배길 것이다. 사람들은 자신의 눈을 전적으로 믿기 때문에 오히려 속아 넘어가는 것이다. 다행인 것은 송화의 요술로 인해 이화성의 흡기공도 비슷한 것으로 얼렁뚱땅 넘어간 것이었다.

"십종가의 후손들이 이토록 활기 발랄하니 참으로 보기 좋구려. 조선에는 무가의 후손이 드물어 이 같은 광경을 보기 어렵소."

설규가 부럽다는 듯이 말했다.

"조선에는 장용영 같은 훌륭한 군대가 있지 않습니까? 화성에 오던 날, 임금의 행차를 구경했는데 군대의 규율이 엄격하고 흐트러짐이 없는 것이 과연 훈련이 잘된 군인들임을 알 수 있었어요."

조용한 석수로의 말이었다.

"밤에 야조식을 하는 것을 보았는데 몇백 명이 움직이는 것
이 마치 몇 사람 움직이는 것처럼 일사불란하던데요. 또 이 선
비님이나 홍 초관님, 설파총 어른같이 무예가 출중한 분들이
계시니 조선에 이름 모를 무인들이 얼마나 더 많을지 모르겠
는걸요."

석타로가 언니의 말에 맞장구를 쳤다. 석가 자매가 이처럼
이화성과 설규를 칭찬하자 흑치가의 형제들은 심기가 불편해
졌다. 더구나 두 사람과 직접 무예를 겨룬 흑치성문은 아직도
마음이 개운치 않았다. 한마디도 않고 술을 벌컥벌컥 마신 것
이 취기가 오르는지 바람을 쐬겠다며 밖으로 나갔다.

흑치성문이 문을 열고 나간 것과 거의 동시에 방 안에 한 사
람이 들어왔다. 지금까지 모습을 나타내지 않던 대소웅과 대
소녀였다. 대소녀는 들어오자마자 이화성의 모습을 찾았다.

아름다운 소녀들 품에서 술이 불콰해진 이화성을 보자 그녀
의 눈이 독오른 암호랑이처럼 날카롭게 변했다.

"뻔뻔한 한 마리의 도적답게 과연 술과 여자를 좋아하는군
요."

붉은 저고리에 보랏빛이 도는 운견을 걸치고 이마에는 화려
한 금방울을 늘어뜨린 모습이 운치가 있었다.

"누굴 보고 도적이라는 거예요?"

석타로가 발끈해서 말했다. 이화성을 도적이라고 하는 것은
그와 함께 있는 자신들까지도 도적이라고 하는 것과 같은 것
이었다.

"도적을 도적이라 하지 그럼 뭐라 하나요?"

대소녀는 경멸 섞인 표정으로 석타로에게 말했다. 그녀가 본 석타로는 기녀와 다르지 않았다. 이화성에게 바짝 붙어 술을 마시고 아양을 떠는 것이 기녀가 아니면 무엇인가? 평소 진국대가에서 엄하게 자라온 대소녀로서는 석타로의 행동이 여자로서의 가치를 떨어뜨린다고 생각했던 것이다.

진국대가와 동명고가 등은 북방계의 가문이라 규율이나 가풍이 엄격한 데 비해 흑치가나 석가는 남방계의 화려한 문물과 생활에 익숙한 편이었다. 두 가문은 남녀의 구분이 엄격하지 않았고, 석가의 자매들은 원화라는 지위에 따라 남자들의 시선을 한 몸에 받는 것에 익숙했다.

"대 언니, 오해 마세요. 제가 같이 있어본 바로는 이 선비님께서는 절대로 도적질을 할 분이 아니세요."

고유리가 상기된 얼굴로 말했다. 진국대가와 동명고가는 그 친분이 남다른 편이었고, 고유리와 대소녀는 화성에 와서 가장 먼저 친해졌다.

"유리 동생은 아직 어려서 그런 거야. 사람의 겉모습만 보고 판단하면 진면목을 볼 수 없단다. 우리 진국대가에서는 아직도 저 사람이 도적이라고 확신하고 있어."

대소녀는 찬바람이 쌩쌩 이는 듯한 어조로 말했다.

"내가 좀 전에도 말했지만 조선에는 이미 무예도보통지가 있는데 그까짓 냄새나는 삼부선경을 훔쳐서 어디다 쓰겠소?"

술을 들이켜며 이화성이 뱉은 말은 좌중의 화기애애한 분위기를 일시에 얼음장처럼 만들어 버렸다. 그 자리에 있던 사람들은 진국대가에서 책 몇 권이 사라졌고, 그 책을 이화성이 훔쳤다고 진국대가에서 의심한다는 사실에 대해 알고 있었다. 하지만 사라진 책이 삼부선경이라는 것은 지금 이화성의 입을 통해 처음 밝혀진 것이었다.

"삼부선경이라면 고대에 이 땅에 처음 내려온 천신(天神)과 지신(地神), 인신(人神)이 만들었다는 최초의 무예서가 아닌가요?"

연나희가 아는 척을 했다.

"그게 전설이 아니라 정말 있었단 말이에요?"

석타로도 눈을 동그랗게 떴다. 대소녀의 눈에서는 불길이 이는 듯했다. 그녀조차도 삼부선경의 존재를 이번에 처음 알았던 것이다. 그만큼 진국대가 내에서도 쉬쉬하고 있던 비급의 존재가 저자의 입을 통해서 이제는 만천하가 다 알게 되고 말았다.

"저 도적에게 한번 물어보세요. 본가에서 잃어버린 것은 선대의 왕께서 쓰신 경전이에요. 하지만 저자는 스스로 훔친 것이 삼부선경이라고 말하는군요."

"허허, 그럼 조선에 출몰했다는 삼부선경은 도대체 어느 가문의 보고에서 나온 것이지?"

홍세영은 술에 취해 지껄이는 이화성의 입을 한 대 후려치는 상상을 했다.

"이 형은 술이 과한 것 같으니 이만 돌아가는 것이 좋겠소."

홍세영이 몸을 일으키며 이화성에게 눈짓을 했다. 그러나
이화성은 일어설 생각은커녕 오히려 몸을 길게 누이며 말했
다.

"홍 형이나 돌아가시구려. 나는 오늘부터 송화원의 손님이
니 당분간 이곳에 머물 것이요."

송화가 선녀처럼 웃으며 이화성에게 다가가 그의 머리를 자
신의 가슴에 안아 들었다. 이화성은 아찔한 여인의 향내에 머
리가 멍해지는 느낌이었다.

"주인님의 말씀이 옳아요. 오늘부터 이분은 송화원의 주인
님이세요."

"극락이 따로 없구나. 바로 송화원이 극락이 아니고 무엇이
랴."

이화성이 희희낙락하여 말했다. 그 광경을 본 사내들의 얼
굴에는 부러움이 가득했고, 여자들은 표정은 찬서리처럼 굳었
다.

"다들 이만 돌아가는 것이 좋겠어요."

여자들 중에서 가장 나이가 많은 석수로의 말이었다. 석타
로와 고유리는 송화를 잡아먹을 듯이 노려보았고, 대소녀는
이화성을 노려보며 방문을 나섰다.

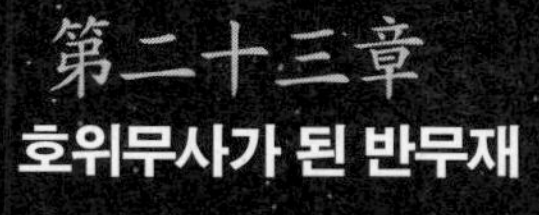
第二十三章
호위무사가 된 반무재

華城

1

흑치성문은 달빛을 따라 조용히 후원을 걷고 있었다. 그의 가슴은 좀 전보다 많이 진정이 되었다. 그는 자신의 혈기를 이기지 못하고 송화를 희롱한 것과 이화성을 상대한 것이 대하여 후회했다. 언제나 자신의 단점이 성급한 것이 있다고 나무라던 흑치성지의 말이 생각났다.

담장을 따라 걷다 보니 어느새 송화원에서 한참이나 멀어져 어디가 어딘지 구분할 수가 없었다. 은은히 들려오는 생황 소리가 마음을 달래주었다. 흑치성문은 생황 소리를 따라 걸음을 옮겼다. 전나무와 측백나무가 빙 둘러진 담을 지나가니 작은 모옥이 나왔는데 어린 몸종으로 보이는 듯한 계집아이 하나가 생황(笙簧)을 불고 있었다. 그 소리가 맑고 높은 것이 달빛에 어우러져 매우 듣기 좋았다.

"어느 전각의 몸종이냐? 길을 잃어 그러는데 송화원으로 가려면 어느 쪽으로 가야 하느냐?"

흑치성문은 몸종에게로 가까이 다가갔다. 그가 다가가자 갑자기 생황 소리가 뚝 끊어졌다.

"송화원으로 가시려구요?"

어린 여자 애들은 보통 말할 때 높은 소리를 낸다. 그런데 이 몸종의 음성은 나직했다. 마치 변성기를 지난 사내아이의 목소리와도 같았다.

이쪽을 돌아보지도 않고 말하는 몸종의 모습이 어딘지 모르게 귀기에 씌인 듯했다. 흑치성문은 침을 꿀꺽 삼키고 다시 물었다.

"내 말하지 않았느냐? 송화원으로 가려면 어디로 가야 하느냐고……."

"십 전만 주시면 알려드리지요."

"십 전?"

흑치성문은 그제야 불안함이 가셨다. 이제 보니 이 몸종은 돈을 달라고 하려던 것이었구나. 흑치성문은 속으로 생각했다. 천한 것들은 돈맛을 보아야 움직인다더니 그 말이 사실이었군. 기방의 몸종이니 오죽하랴. 어려서부터 보고 듣는 것이 온통 기녀들과 오입쟁이들의 돈놀음일 테니 돈독이 오른 것이 분명했다.

"십 전이면 되겠느냐?"

흑치성문이 십 전을 꺼내느라 바지춤을 뒤적거렸다.

"여기 있다. 십 전."

흑치성문이 엽전 하나를 꺼내어 내밀었다. 십 전을 가져가기 위해 내밀어진 손이 아이답지 않고 크고 곱다고 생각한 순간이었다. 돌연 몸종의 손이 자신의 팔목을 꽉 움켜쥐었다.

마치 아까 설규에게 손목을 잡힐 때처럼 순식간에 팔이 시큰하더니 온몸에 힘이 쭉 빠졌다. 그리고 다음 순간, 흑치성문의 눈에 비친 것은 몸종의 몸통보다 더 커다란 한 자루의 도끼였다. 흑치성문은 무엇인가에 홀린 듯 멍하니 그 도끼를 쳐다보았다.

"히히히, 틀림없이 십 전을 받았어요."

몸종의 목소리가 어색하다고 느낀 순간, 어깨를 불로 지지는 듯한 통증이 찾아왔다.

"으아아아아아아악!"

흑치성문의 처절한 비명 소리가 화성의 하늘을 갈랐다.

송화원을 나서려던 사람들은 모두 그 비명 소리를 들었다.

"성문의 목소리가 분명하다."

가장 먼저 그 목소리를 알아들은 것은 당연히 흑치성지였다. 흑치성지가 번개처럼 송화원을 나서려는데 담장 너머로 커다란 물체 하나가 툭 떨어졌다.

"누구냐?"

사람들은 일제히 담장 위를 쳐다보았다. 담장을 따라 작은 그림자 하나가 쏜살같이 내달리고 있었다.

"거기 서라!"

연가의 형제들과 석가 자매, 고가 남매, 을지경 등은 일제히 몸을 날려 그림자를 따라갔다. 대소녀와 대소웅은 그들을 따라가려다가 멈춰 섰다. 자신들의 임무는 이화성의 감시였다. 이화성의 일거수일투족을 빠짐없이 지켜보는 것이 두 사람이 할 일이었으니 저들을 쫓아갈 수 없었던 것이다.

"성문아!"

바닥에 떨어진 물체는 다름 아닌 흑치성문이었다. 흑치성지는 경악에 찬 소리를 질렀다.

"이게 어찌 된 일이냐?"

흑치성문의 온몸은 피투성이였으며 한쪽 팔은 어깨로부터 완전히 잘려 나가고 없었다. 안색은 마치 죽은 사람처럼 창백했고 두 눈을 꼭 감고 있었다. 호흡조차도 멈춘 듯이 보였다. 상처 부위에서는 아직도 뜨거운 피가 펑펑 솟아나고 있었다.

"어서 지혈을 해야겠소."

설규가 품에서 금창약을 꺼내어 흑치성문의 어깨에 뿌렸다. 어느새 밖으로 나온 송화는 그 모습을 보더니 기절할 듯이 문설주를 잡고 휘청거렸다.

"무, 무슨 일이 벌어진 거죠?"

"십전동자요."

뒤따라 나온 이화성이 딱딱한 목소리로 말했다. 마침내 십전동자가 화성 한복판에 나타난 것이다.

"십전동자가 나타났단 말이에요?"

송화는 무섭다는 듯이 이화성의 가슴에 머리를 기댔다.

"자네들 두 사람은 여기서 무엇 하고 있는 겐가? 어서 저들을 따라 십전동자의 행방을 찾게."

설규의 벼락같은 호통 소리에 홍세영은 정신이 번쩍 들었다. 설규는 자신의 눈앞에서 이런 사건이 벌어졌다는 것이 화가 났다.

"홍 초관은 이 교관과 함께 십전동자의 뒤를 추적하게. 그놈을 잡아오기 전까지는 내 앞에 얼씬도 하지 마라."

거듭된 설규의 명령이었다.

"예."

이화성은 마지못한 듯 홍세영의 뒤를 따랐다.

"말로만 들었는데 십전동자 얘기가 사실이었군요."

송화가 몸서리를 쳤다.

"설마 십종가의 사람들까지 당하리라고는……."

설규는 입술을 꽉 깨물었다. 십전동자의 속셈이 무엇인지 짐작할 수 없었다.

이화성과 홍세영은 사람들의 흔적을 따라 북쪽으로 내달렸다.

"십전동자의 정체가 무엇일 거 같소?"

이화성이 물었다. 그는 홍세영에게 임득풍이 십전동자가 아닐까 의심했던 것을 말해주었다.

"그럼, 십전동자도 흑전의 귀신에 씌었단 말이오?"

홍세영이 당치 않다는 듯이 말했다.

“어쩌면 귀신에 씌인 게 아니라 귀신 그 자체인지도 모르오.”

“그럴 리 없소.”

“가금천을 보고서도 그런 소리가 나오는군.”

홍세영은 입을 꾹 다물었다.

“흑오쌍로 같은 고수들마저 흑전의 일개 수하라면 대체 그곳에 얼마나 많은 고수들이 모여 있다는 것이오?”

“흑오쌍로는 그렇게 쉽게 나한테 질만 한 실력이 아니었소. 겨루어보았지만 결코 무예가 약하지 않았지. 그들을 제압한 것은 내가 아니라 흑점이었소.”

이화성은 흑오쌍로의 몸을 뒤덮은 검은 점을 떠올렸다. 몸에 한기가 스미는 듯했다. 그게 마기라면 당연히 구미청호가 응했을 터인데 구미청호가 꼼짝도 하지 않는 것으로 보아 그건 마기와는 또 다른 것이었다.

“흑전에서는 흑점으로 수하들을 복종시키는 거로군.”

“대체 그 흑점이 무엇인지 알 수가 없소. 흑점에 뒤덮이면 온몸이 재처럼 부스러져 바람결에 날아간다오. 마치 처음부터 그 자리에 없었던 것처럼 말이오.”

홍세영은 문득 송화가 불에 태운 화선지를 떠올렸다. 재가 되어 술병 속에 들어간 화선지는 멀쩡하지 않았던가?

“그들은 정말 죽었을까? 어딘가에 또다시 살아 있는 것이 아닐까…….”

홍세영은 혼잣말처럼 중얼거렸다.

"그럴 리 없소. 내 눈으로 분명히 보았소. 임득풍은 물론이고 흑오쌍로도 전신이 까맣게 타 들어가서는 죽어 버렸소."

"난 어쩐지 그게 요술일지도 모른다는 생각이 드오."

이화성은 홍세영이 무슨 생각을 하고 있는지 알 것 같았다.

"송화가 부린 재주는 요술이 분명하나 흑전은 요술이 아니오."

"이 형의 말만 들어서는 모르겠소. 내 눈으로 직접 보지 않고서는 믿을 수가 없소."

"홍 형은 언제나 그런 식이지. 그런 사람이 어째서 아까 송화의 요술은 보고서도 믿지 않는 것이오? 그것이 요술이라고 어떻게 단정지을 수 있소?"

이화성이 따지듯이 물었다.

"파총 어른께서 그렇게 대노하신 모습은 처음 뵈었소."

이화성은 홍세영이 자신의 말에는 대답하지 않고 뜬금없이 설규를 언급하자 가슴이 서늘해졌다. 홍세영이 설규에 대해 말할 때마다 이유없는 질투심이 치밀어 올랐다.

"홍 형은 말버릇이 바뀌었구려."

"무슨 소리요?"

"말끝마다 파총 어른을 입에 달고 산다는 뜻이오."

홍세영이 이상하다는 듯 이화성을 쳐다보았다.

"뭐, 뭐요? 내 얼굴에 뭐라도 묻었소?"

"이 형은 이상하구려. 전에는 내가 금 문주 얘기만 한다고 하더니 이제는 파총 어른 얘기만 한다 하고. 내가 누구 얘기하는 것이 그렇게 마음에 들지 않소?"

정곡을 찌르는 홍세영의 질문이었다. 그 말대로 이화성은 홍세영이 다른 사내의 이름을 입에 올리는 것 자체가 싫었다. 하지만 그걸 말할 수는 없지 않은가?

"누, 누가 마음에 들지 않는다고 했소? 너무 자주 말하니까 하는 소리지."

"내가 언제 그렇게 자주 말했다고 그러오?"

"자주! 아주 자주 했소."

이화성은 답답한 마음에 한숨을 내쉬었다.

"장용영에 들어온 뒤 내가 진심으로 감복한 무관은 딱 두 사람밖에 없소."

홍세영이 탄복한 어조로 말했다.

"설규가 그중 한 사람이겠군."

이화성이 들을 필요도 없다는 듯이 말하며 쏜살같이 앞으로 달려나갔다.

"다른 한 사람은 왜 묻지 않소?"

홍세영이 바짝 따라붙으며 물었다. 얼굴에는 웃음기가 가득했다. 이화성이 저렇게 어린아이처럼 유치하게 굴 때마다 놀리고 싶은 짓궂은 마음이 들었다.

"물어보나마나 아니겠소. 홍 형이 송화원에서 말하지 않았소. 조선 최고의 무인이 백 초관이니 어쩌니 하고 말이오."

이화성이 퉁명스럽게 말했다. 자신들의 대화를 전부 듣고 있었던 것이다. 이화성의 이목이 짐승처럼 영민하다는 것을 잊고 있었다. 홍세영은 빙긋 미소를 띠었다.

"백 초관님도 분명 훌륭한 무인이긴 하오."

"그 사람이 아니란 말이오? 그럼 누구요?"

이화성은 그제야 다른 한 사람이 누군지 궁금하여 재차 물었다.

"사람들의 흔적이 두 갈래로 갈라졌소."

홍세영이 바닥에 어지러이 흩어진 발자국을 보며 말했다. 그의 말대로 한성으로 통하는 길목에서 발자국이 양쪽으로 갈라졌던 것이다. 한 무리는 시흥고개로 향했고, 다른 편은 과천 행궁 쪽이었다.

"다른 한 사람이 누구냐니까?"

이화성은 집요하게 물었다.

"이곳에서 싸운 흔적이 있소. 십전동자와 싸운 것인지도 모르오."

홍세영의 신경은 이미 다른 곳에 가 있었다. 바닥에 발자국뿐만이 아니라 칼에 패인 자국이며 근처의 나무와 돌들에 새로 난 상처까지 꼼꼼히 조사한 뒤 말했다.

"보나마나요."

이화성은 아직도 다른 한 사람에 대해 듣고 싶은 생각이 굴뚝같았지만 더 묻지 않았다. 그랬다면 홍세영에게 또 한소리 들을 것이 뻔했다.

"왜 보나마나요?"

홍세영의 의문이었다.

"그 많은 사람들이 십전동자 한 사람과 싸웠다면 잡지 못했을 리가 없지 않소?"

"무슨 요술을 부린다고 해도 하늘을 나는 재주가 없는 이상은 불가능하오."

"십전동자와 싸운 것이 아니란 얘기지."

"이 형을 보면 가끔 아주 똑똑한 것처럼 생각이 들 때가 있소."

칭찬은 고래는 물론이고 남자를 춤추게 한다. 흥세영의 한마디에 이화성은 시키지도 않았는데 부지런히 주변을 살피기 시작했다. 그는 발자국의 크기가 모두 어른의 것이라는 점에 주목했다. 여인의 신처럼 보이는 것도 있었고, 짚신 자국도 있었다.

또한 바위에 찍혀 있는 다섯 가지의 칼자국을 유심히 살펴보았다. 어떤 것은 깊고 어떤 것은 얇았으며, 어떤 것은 둥글고 어떤 것은 날카로웠다. 또 한 가지는 마치 점을 찍은 듯이 보였다.

"이 흔적은 다섯 개의 병기로 동시에 공격한 것이로군."

"다섯 사람이 동시에 공격했다는 거요?"

홍세영이 다가왔다.

"그보다는 한 사람이 다섯 개의 무기를 동시에 썼다고 보는 편이 나을 것이오."

"대체 누가 그런 어리석은 짓을 한단 말이오?"

홍세영이 말했다. 한 가지 무기를 제대로 배우는 것도 어려운데 다섯 가지 무기를 동시에 쓰는 사람이 있다는 소리는 처음 들었다.

"옛 고사에 보면 당나라 장수 설인귀가 연개소문의 오비도를 매우 두려워했다지 않소."

"오비도……."

홍세영은 연씨 형제들이 십전동자의 뒤를 따른 것을 떠올렸다.

"이 흔적이 연가의 무예가 남긴 흔적이라는 말이오?"

"그럴 가능성이 높지."

"그럼 누구와 싸웠을 것 같소?"

"여기 둥근 자국을 보시오."

이화성은 다른 쪽 나무에 둥글게 패인 자국을 가리켰다.

"둥근 공이나 둔탁한 무기로 후려친 것 같군."

"이런 흔적을 낼 수 있는 것은 홍철주의 쇠도리깨 아니면 유개단의 쪽박공뿐이오."

이화성이 부스러진 나뭇조각들을 보며 말했다.

"십종가와 마주친 사람들이 유천검계 아니면 유개단이라는 뜻이오?"

"저 나무들이 잘린 흔적은 둥근 낫이 크게 원을 그린 듯하니 하나의 철차가 휩쓸고 지나간 것 같군."

이화성은 다시 근처 숲의 나무의 윗부분이 모두 잘려 나간 것을 보고 말했다. 그의 말대로 넓은 부분이 일정한 높이로 모두 잘려 나간 것이다.

“산동석가는 화랑의 무예보다는 천축국의 밀교 무예를 쓴다고 하오. 석가 자매는 한 쌍의 금륜과 은륜을 무기로 쓴다더군.”

“이 형은 그런 것을 어찌 알고 있소?”

홍세영은 이화성이 십종가의 무예에 대해 지나치게 잘 알고 있다고 생각하여 물었다.

“아까 타로랑이 내게 말해주었소. 유리 낭자와 함께 각 가문의 무예에 대해 아주 심도있는 토론을 했소. 연씨 낭자도 절대로 지지 않더군.”

이화성이 재밌다는 듯 말했다. 홍세영은 깔깔거리고 떠들던 여자들이 이화성과 무슨 얘기를 하는 것일까 궁금했었다. 지금 듣고 보니 서로의 무예를 자랑했던 모양이다. 참으로 훌륭한 정보통이 아닌가?

“여기 풀이 누운 모양을 보시오.”

한쪽의 풀이 일제히 한 방향으로 누워 풀밭 한가운데 작은 평야가 생긴 것 같았다.

“부드러운 바람이 휩쓸고 지나간 것 같구려.”

그 중간중간 거칠게 움푹 흙이 패인 곳이 보였다.

“이건 을지가의 선배공이요. 선배공의 특징은 부러지는 것이 아니라 휘는 것이라 하더군. 하지만 이 움푹 패인 흔적은 아까 나무에서 보았던 것과 마찬가지로 둔탁한 무기에 의한 것이오.”

“어쨌든 이곳에서 만난 자들과 한바탕 싸움을 벌였다는 애기로군."

홍세영은 양쪽을 번갈아 보더니 힘주어 말했다.

"싸웠을 뿐만 아니라 둔탁한 무기를 쓴 자가 아주 낭패를 보았다는 얘기요."

두 사람은 십종가와 맞닥뜨린 자에 대해서 동정을 금치 못했다.

"여기서 둘로 갈라집시다."

홍세영은 뒤도 돌아보지 않고 과천 쪽으로 몸을 날렸다. 이화성은 홍세영과 함께 가고 싶었지만 어쩔 수 없이 시흥고개로 방향을 잡았다.

2

반무재를 움직이도록 한 것은 맑고 고운 생황 소리였다. 그는 화성에서 돌아간 뒤, 어머니가 살던 곤지의 초옥에서 한 발자국도 나오지 않았다. 동반촌과 서반촌은 반목이 풀려 더 이상 두 명의 반촌장이 필요없었다. 반촌의 원로들과 반유한은 한동안 매일같이 찾아와 그를 설득하려 했다. 하지만 반무재의 마음을 돌릴 수는 없었다. 그는 날마다 나무를 깎고 검을 연마하며 곤지의 무덤을 지켰다. 그런데 문득 들려온 생황 소리는 마치 어린 날 곤지에서 들리던 어머니의 피리 소리처럼 느껴졌다.곤지는 맑은 날이면 초옥 앞에 나와 볕을 쐬며 풀피리를 불곤 했다. 반촌 사람들에게는 익숙한 소리였다.

높은 듯 낮은 듯 들리는 음악 소리를 따라가니 곤지연의 끝에 한 어린아이가 있었다. 십여 세 정도 되는 나이에 밝고 동그란 얼굴을 가졌다. 사내아인지 계집아이인지 모를 만큼 입술이 붉고 눈이 컸다.

"나는 너를 본 적이 있다."

반무재는 조금 떨어진 곳에서 멈추어 섰다.

"나도 아저씨를 본 적이 있어요. 바로 저쪽에서였죠."

생황 소리가 멈추고 붉은 입술이 벌어졌다.

"너는 왕부인이라는 여자와 함께 있었지."

아이의 볼이 금세 부풀어오르더니 입술이 삐죽 내밀어졌다.

"왕부인은 그때 이화성이라는 작자가 호호 파파로 만들어 죽여 버렸어요. 그러지 않았다면 지금도 난 그녀와 함께 있었을 거예요."

"왕부인은 그때 죽지 않았다. 나는 나중에 그녀를 다시 보았는데 예전보다 훨씬 어려지고 예뻐졌더구나."

반무재는 차가운 어조로 말했다.

"훨씬 어려지고 예뻐졌다구요? 어떻게 그럴 수가 있죠? 여자는 늙으면 모두 주름이 가득한 노파가 된다구요. 날 키워주셨던 할머니도 주름이 얼마나 많은지 턱 주름을 땅에 질질 끌고 다녔어요."

아이는 앙증맞게 두 팔을 늘어뜨리고 허리를 굽히고 노인처럼 걷는 시늉을 해 보였다.

"하지만 마지막에 본 그녀는 너보다 단지 몇 살 정도밖에 많아 보이지 않더구나."

"그 여자에게 그런 재주가 있는 줄 몰랐군요."

아이는 허리를 펴고 다시 처음의 자리로 돌아갔다.

"그런데 아저씨는 팔이 하나 없군요."

반무재의 헐렁한 한쪽 소매를 보고 한 말이었다.

"그렇다."

"어째서 그런가요?"

"어쩌다 보니 그리되었다."

"아저씨는 운이 좋은 편이네요."

"왜 그렇게 생각하지?"

"마침 내가 주인 없는 팔을 몇 개 가지고 있거든요."

아이가 해맑게 웃으며 옆에 있던 자루를 들어 보였다.

"주인 없는 팔이라고?"

"마음에 들면 하나 사지 않으실래요?"

반무재는 어이가 없어 웃었다. 자신을 무서워하지 않는 당돌함이 마음에 들었다.

"팔을 사라고? 희한한 장사로구나."

"살 거예요, 말 거예요?"

"어디, 마음에 드는 팔이 있나 보게 열어보거라."

아이가 자루를 열어서 안을 보여주었다. 반무재는 살짝 눈썹을 찡그렸다. 그 자루 안에는 썩어서 살이 문드러지고 뼈가 보이는 팔과 썩기 시작한 팔, 이제 막 잘린 듯 보이는 선혈이 뚝뚝 떨어지는 팔까지 가득 들어 있었다.

"이걸 어디서 가져온 것이냐?"

"어디서 가져왔는지 한번 맞혀보세요."

"네가 자른 것이냐?"

"내가 자르지 않으면 이걸 누가 나에게 주었겠어요?"

"나쁜 아이로구나."

반무재가 무서운 표정으로 말했다.

"아저씨 팔은 누가 잘랐나요?"

아이는 살짝 겁에 질린 표정이었다. 어른에게 혼이 날 때의 모습이었다. 어린아이들은 혼이 날 때 이런 표정을 짓지만 대개는 자신이 무엇을 잘못했는지 모르는 경우가 많았다.

"나 스스로 잘랐다."

이번에는 아이가 눈을 크게 떴다. 그리고 콧등을 찡그렸다.

"많이 아팠겠군요."

"별로 아프지 않았다. 그러는 너는 네가 팔을 자른 사람들이 아플까 봐 걱정되지도 않더냐?"

아이는 또다시 입술을 삐죽 내밀며 말했다.

"아저씨는 모기를 잡아 죽일 때 모기가 아플까 봐 걱정하나요? 개미나 벼룩을 눌러 죽일 때 그것들이 비명을 지를 거라 생각하세요?"

"네가 자른 것은 그런 미물이 아니라 사람의 팔이다."

"사람과 미물은 어떻게 다른가요? 뭘로 구분하죠?"

반무재는 원래 말주변이 별로 없었다. 아이에게 사람과 개미, 지렁이가 어떻게 다른지 설명해 주어야겠다고 생각했지만 뾰족한 설명이 떠오르지 않았다.

"다른 사람의 팔을 자르는 것은 나쁜 것이다."

단지 이렇게 말했을 뿐이다.

"사람들도 작은 짐승이나 곤충을 죽이지만 나쁘다고 생각하지 않잖아요. 개나 소나 돼지를 잡을 때도 말이에요."

반무재는 자신의 활우도를 보았다. 소를 잡을 때 언젠가 그 소에게 감사한 마음을 가졌었다. 반촌 사람들이라면 소가 얼마나 소중한 동물인지 알고 있고 소의 무덤에 매년 제사를 지냈다. 하지만 반무재도 소를 죽일 때 그것이 나쁜 행동이라고 생각한 적은 없었다. 소를 죽이는 것과 사람을 죽이는 것이 과연 다른 것일까?

"그 팔들은 모두 누구의 것이냐?"

"나도 모르죠. 분명한 건 내 팔은 아니라는 거예요."

"네 팔을 자르려는 사람들은 없었느냐?"

반무재의 말에 아이가 의기양양하게 말했다.

"만일 누가 내 팔을 자른다고 한다면 난 그 사람이 내 팔을 자르려고 하는 것보다 열 배는 더 빨리 달아날 수 있어요."

반무재는 피식 웃는 시늉을 했다. 아이는 기분이 상했는지 턱을 치켜 들었다.

"내 이름은 우팔이에요. 사람들은 내가 명태조 주원장의 환생이라고 해요. 그건 내가 다른 사람들과는 다른 재주가 아주 많기 때문이에요. 아저씨는 믿지 않는군요. 지금 시험해 봐도 좋아요."

우팔이 자신의 오른팔을 내밀며 말했다. 반무재는 무슨 뜻
인지 몰라 작고 연약한 팔을 쳐다보고만 있었다. 우팔은 왼손
의 둘째 손가락을 까닥거리며 반무재에게 오라는 시늉을 했
다.

"어서 그 칼로 잘라보세요. 설마 이렇게 자르라고 내밀어주
는 데도 못 자르는 건 아니겠죠. 세상에 그렇게 멍청한 사람이
또 있을까? 어디 한 번 잘라보라니까요?"

놀리는 듯한 어조였다.

"나는 장난을 좋아하지 않는다."

"누가 장난이랬어요? 만일 아저씨가 내 팔을 자른다면 나는
앞으로 평생 동안 이곳에서 아저씨랑 함께 살면서 두 번 다시
는 다른 사람의 팔을 자르지 않겠어요."

반무재는 곰곰이 생각하다 말했다.

"그게 사실이냐?"

"나는 거짓말은 안 해요."

우팔이 고집스럽게 말했다.

"울거나 비명을 지르지 않겠다고 약속하겠느냐?"

"내 팔이 잘린다 하더라도 내가 자른 팔이 더 많으니까 울거
나 비명을 지르지 않겠어요. 그냥 벌을 받은 거라고 생각할게
요."

반무재는 고개를 끄덕였다. 우팔이 죄의식이 없는 것은 아
이의 책임이 아니었다. 이 아이는 어려서부터 그렇게 교육받

아 온 것이다. 우팔은 사람의 목숨과 가축, 미물의 목숨이 다르지 않다고 배웠을 것이다. 우팔은 닭의 날개를 비트는 것이나 사람의 팔을 자르는 것은 같은 행위라고 생각했다.

지난날의 자신이 복수는 정당하다고 생각했던 것처럼.

사람이란 환경의 영향을 받는 동물이다. 태어나면서부터 선과 악을 가르치지 않는다면 그 경계가 모호해지고 이처럼 다른 사람들에게 죄를 짓고도 태연하게 되는 것이다.

팔을 하나 자르는 것으로 업보가 씻어지고, 이후로 죄를 짓지 않는다면 그 또한 나쁘지 않은 일이리라. 반무재는 마음을 독하게 먹었다.

"사내라면 팔이 잘리더라도 울거나 비명을 지르지 말아야 한다."

"네, 약속하겠어요. 단!"

"단?"

"아저씨도 한 가지만 약속해 주세요."

"좋다. 말하거라."

"만일 내 팔을 자르지 못하면 아저씨는 앞으로 내 호위무사가 되어야 해요."

우팔의 눈이 교활하게 반짝거렸다. 반무재는 할 말이 떠오르지 않았다. 그는 종종 무슨 말을 해야 할지 오래 생각하곤 했다. 다른 사람과 그다지 대화를 나누지 않기 때문에 생긴 버릇이었다.

"언제까지 말이냐?"

“음… 일 년 정도면 어때요?”

“그 안에 내가 널 죽일 수도 있지 않겠느냐?”

이 아이는 자신이 죽는다는 생각은 한 번도 해보지 않은 것일까? 우팔은 당연하다는 듯이 말했다.

“아저씨는 절대로 나를 죽일 수 없어요.”

“어째서 그렇지?”

“만일 아저씨가 내 팔을 자르지 못한다면 나는 아저씨한테 한 가지 금제를 걸어놓을 거예요. 아저씨가 절대로 날 죽일 수 없도록이요. 그리고 앞으로 일 년 동안은 그 누구도 나를 상처 입히거나 죽이지 못하도록 날 보호해 줘야 해요. 만일 내가 상처 입거나 죽는다면 아저씨도 무사하지 못할 거예요.”

우팔의 말에 반무재는 웃으며 말했다.

“너는 내게 고독을 먹일 생각이로구나.”

“어떻게 알았죠?”

우팔이 신기하다는 듯이 물었다. 반무재의 말대로 자신에게는 틀림없이 고독이 있었으며 그걸 반무재에게 먹일 생각이었다.

“나는 지난날 내 사부였던 자로부터 들은 적이 있다. 세상에서 가장 악독한 독은 고독이며, 고독 중에서는 암수로 나뉘어진 것이 있는데 한쪽이 죽으면 다른 쪽도 따라 죽는다는 것이었지.”

“아저씨는 고독에 대해 이미 알고 있군요. 나도 그렇게 말하려 했어요.”

우팔은 자신의 똑똑함을 자랑하지 못해 화가 난 듯 보였다.

“너는 내가 네 팔을 자르지 못할 거라고 생각하고 있구나.”

우팔이 깔깔거리며 웃었다.

“설마요. 서 있는 어린애의 팔을 자르는 것보다 더 쉬운 일이 이 세상에 어디 있겠어요? 그것도 살아 있는 소의 머리를 베도 소가 울 정도로 빠르다는 반무재의 활우도라면 분명히 벨 수 있겠지요.”

반무재는 순간적으로 멍청해졌다.

“너는 내가 누군지 알고 있구나.”

“아저씨도 내가 누군지 알고 있잖아요.”

우팔의 말대로였다. 자신이 왕부인과 우팔을 본 것처럼 우팔 역시 자신과 이화성, 홍세영 등을 모두 보았지 않는가. 반무재는 함정에 빠졌다고 생각했다. 이 영악한 아이는 자신과 이런 내기를 할 것을 예상하고 이곳에 온 것이 틀림없었다. 우팔 혼자서 이런 계획을 짜지는 못했을 것이다. 우팔이 어떤 조직에 속해 있는지는 알 수 없었다. 만일 아이의 팔을 베지 못한다면 일 년 동안 꼼짝없이 그 조직의 하수인 노릇을 해야 한다. 하지만 반무재는 자신이 실패할 것이라고는 생각지 않았다. 우팔은 팔을 잃을 것이고 자신과 함께 이 반촌에서 평생 동안 나가지 못할 것이다.

“네가 말한 대로 하마.”

“정말이죠?”

우팔은 다시 환하게 웃으며 팔을 내밀었다.

"너는 내 칼을 피해 움직여도 좋다."

반무재는 기분이 이상해졌다. 한 번도 어린아이에게 활우도를 휘두를 것이라 생각해 본 적이 없기 때문이었다. 아무리 우팔을 계도하기 위해서라지만 과연 이것이 옳은 일인가 하는 의문이 들었다.

"아니요, 나는 이곳에서 한 발자국도 움직이지 않을 거예요."

반무재는 한숨을 내쉬었다. 그리고 그 한숨이 끝나기도 전에 활우도가 소리없이 우팔의 어깨를 향해 호선을 그렸다.

휘이이잉.

칼이 바람을 가르는 소리가 예리하게 울려 퍼졌다.그러나 팔이 떨어지는 소리도, 우팔의 모습도 보이지 않았다. 반무재는 머리 뒤끝이 쭈뼛 서는 듯한 느낌이 들었다. 그것은 그가 태어나서 한 번도 느끼지 못한 두려움이었다. 그는 보았던 것이다. 활우도가 어깨에 닿으려는 순간, 우팔의 몸이 눈 깜짝할 사이에 사라지는 것을. 자신의 안력이 아이의 움직임을 따라가지 못한 것이다. 어떻게 이런 일이 있을 수가 있을까? 저 아이가 자신보다 무예가 뛰어나지 않고서는 불가능한 일이었다.

뒤쪽에서 작은 웃음소리가 들렸다.

"내가 이겼죠?"

어느새 반무재의 뒤로 돌아가 바위 위에서 발을 동동 구르

며 앉아 있는 우팔이 쾌활하게 말했다. 작은 두 개의 눈동자에
사악한 기운이 어려 있었다. 검은 눈동자를 중심으로 붉은 핏
줄이 선명히 드러나 있었다. 반무재는 입술을 지그시 물었다.
　"네가 이겼다."
　우팔은 품속에서 두 알의 초로 싼 환을 꺼내었다.
　"약속을 지키세요."
　반무재는 두말없이 그중 한 알을 집어 꿀꺽 삼켰다. 자신의
입으로 뱉은 약속을 어길 생각은 없었다. 우팔이 나머지 한 알
의 환약을 입 속에 털어 넣고는 바위 위에서 일어섰다.
　"자, 이제 그만 가요."
　우팔은 턱으로 팔이 든 자루를 가리켰다.
　"나는 너의 호위무사지 하인이 아니다."
　"그럼 나처럼 어리고 약한 아이에게 저런 무거운 자루를 들
라는 말인가요?"
　우팔이 볼멘소리를 했다.
　"들기 싫으면 버리면 된다."
　"버리면 안 돼요. 보여줄 사람이 있단 말이에요."
　울상을 지으며 우팔이 자루를 다시 등에 짊어졌다.
　"어디로 갈 셈이냐?"
　"든든한 호위무사가 생겼으니 어디든 상관없지만 난 화성
으로 갈 거예요. 요즘 그곳에는 재밌는 일이 잔뜩 벌어지고 있
거든요."
　"화성……."

반무재는 먼 남쪽 하늘을 응시했다.

"넌 처음부터 나와 함께 화성으로 갈 생각이었구나."

"하하하, 그걸 이제 알았어요?"

우팔이 즐거운 듯 말하며 반무재의 몸을 한 바퀴 빙 돌았다.

"그런데 그 검은 소는 어디에 있죠? 아저씨가 타고 다니는 검은 소요."

"흑풍계 말이군."

반무재는 우팔이 자신에 대해서 많은 것을 알고 있다는 것이 놀랍지 않았다.

"그 소 이름이 흑풍계로군요. 우린 그걸 타고 갈 거죠?"

"아니다. 흑풍계가 어디에 있는지 나는 모른다."

반촌으로 돌아온 반무재는 흑풍계도 자유롭게 풀어주었다. 평생 반촌 밖으로 나갈 일이 없을 거라는 생각에서였다.

"거짓말이죠?"

우팔은 마치 울 것 같은 얼굴이었다.

"다시 불러봐요. 아저씨가 부르면 올지도 모르잖아요. 어서요."

우팔은 반무재의 팔에 매달려 조르기 시작했다. 반무재는 때로는 사악하고 때로는 천진난만한 우팔의 태도에 당황했다. 그는 어린아이가 자신의 팔에 매달리는 것에 익숙지 않았다. 반무재가 꿈쩍도 하지 않자 우팔이 소리 높여 외쳤다.

"흑풍계야, 어딨니? 흑풍계야, 네 주인이 부른단다! 어서 나와봐!"

반무재는 그 목소리가 꼭 계집아이 소리같이 높고 곱다고 생각했다.

"그렇게 부른다고 흑풍계가 오겠느냐?"

반무재는 소용없다는 듯 말했다. 그 순간, 우팔이 손뼉을 탁 치며 자리에서 팔짝 뛰었다.

"저기 오는 검은 소가 아저씨 소 맞죠?"

우팔이 가리키는 곳에 콧김을 풍풍 뿜어내며 흑풍계가 어슬렁어슬렁 걸어오고 있었다. 마치 불러주기를 기다리기라도 했다는 듯 오자마자 반무재의 몸에 머리를 비비며 반가운 체를 했다.

"그것 보세요. 흑풍계도 아저씨와 함께 있고 싶다잖아요. 안녕, 흑풍계야. 난 우팔이라고 해."

우팔이 작고 하얀 손을 내밀어 흑풍계의 콧등을 어루만졌다. 그 손길이 싫지 않은지 흑풍계도 피하지 않았다.

"의외로군. 이 녀석은 나 외에 다른 사람이 만지는 것을 싫어하는데."

반무재는 지난번 이화성과 흑풍계의 실랑이를 떠올리며 말했다.

"진짜요? 이렇게 순하고 착한데요?"

우팔이 순진한 얼굴로 되물었다.

"사실이다. 그 녀석은 누가 다가오기만 해도 뿔로 받아버리는 버릇이 있지."

우팔이 깜짝 놀란 듯 말했다.

"흑풍계야, 흑풍계야, 나는 나쁜 사람이 아니니 절대로 나를 뿔로 받아버리면 안 된다."

그 소리를 알아들었다는 듯이 흑풍계가 음무우우 하며 긴 울음소리를 토해내었다.

"이것 보세요. 흑풍계도 나를 마음에 들어하잖아요."

우팔은 흑풍계의 등에 팔짝 뛰어올랐다. 그러더니 자신의 뒤를 손바닥으로 탁탁 치며 말했다.

"아저씨도 어서 타세요. 내가 떨어지지 않도록 꼭 잡아줘야 해요."

반무재는 천천히 흑풍계의 등에 올랐다. 앞쪽에 앉은 우팔로부터 온기가 전해져 차츰 가슴이 따뜻해졌다. 이상한 일이었다. 다른 사람이라면 끔찍하게 싫어하는 흑풍계가 우팔에게 마음을 연 것과 자신이 이렇게 쉽게 우팔의 말에 따르고 있는 것이다.

우팔이 어린아이여서 거부감이 없는지도 몰랐다.

3

우팔과 함께 있는 한 귀찮은 일에 휘말릴 것은 불을 보듯 자명했다. 반무재의 예상은 반촌을 나서자마자 현실로 드러났다. 응란교를 건너오는 수십 명의 무리는 우팔을 보자마자 그 즉시 검을 빼 들었다.

"저 사람들이 도대체 무엇 때문에 저러지요?"

자신의 잘못을 전혀 모르겠다는 듯 천연덕스러운 말이었다.

"그건 네가 저들 친구의 팔을 잘랐기 때문이지."

"그래서 내 팔을 자르러 온 것인가요?"

"아마도."

"그런데 아저씨는 어째서 저 사람들을 혼내주지 않죠?"

우팔의 깜찍한 말이었다. 반무재는 흑풍계에서 내려 사람들의 앞을 막아섰다.

"너는 누구냐?"

홍철주는 갑자기 자신의 앞을 가로막은 반무재의 존재감을 느끼며 말했다. 반무재는 아무 말도 하지 않고 어깨에 메고 있던 활우도를 꺼내어 지팡이처럼 땅에 세워놓고 있을 뿐이었다. 단지 그뿐인데도 홍철주는 온몸에 엄청난 압박감을 느꼈다. 홍철주는 수하들 앞에서 약한 모습을 보이고 싶지 않아 침을 꿀꺽 삼켰다. 지난 며칠 동안 십전동자에게 팔이 잘린 검계원은 모두 다섯이었다. 그 소리를 듣고 홍철주가 직접 십전동자를 잡으러 나선 참이었다. 며칠 동안 검계원들을 총동원해 십전동자를 쫓도록 한 것이 유효했다. 십전동자가 반촌으로 들어가는 것을 보았다는 말을 듣고 밤을 다투어 이곳으로 달려온 것이다.

"당신은 누구요?"

홍철주가 다시 한 번 반무재의 신분을 물었다. 이번에는 예를 갖춘 존대였다. 긴장으로 식은땀이 흘렀다. 코끝이 시린 매서운 아침 바람도 이마에 송골송골 맺히는 땀을 식혀주지 못

했다. 홍철주는 쇠도리깨를 들어 앞을 겨누었지만 그의 머릿
속에는 화성을 나와 노송 지대에서 맞닥뜨린 한 꼐의 사람들
을 떠올리고 있었다.

하나같이 젊은 남녀였으나 무예의 출중함은 상상을 초월했
다. 처음에는 성난 듯이 공격하던 사람들은 유천검계도 십전
동자를 찾는다는 사실을 알자 스스로 검을 거두고 물러났다.
그렇지 않았다면 살아서 이곳에 오지 못했으리라.

앞을 막아선 자가 풍기는 위압감도 그들에 못지않았다. 홍
철주는 반무재가 아무 말도 하지 않은 것을 핑계로 그냥 돌아
갈까 생각도 해보았다. 하지만 뒤에서 잔뜩 기대에 찬 눈으로
자신을 쳐다보고 있는 수십 명의 수하들 앞에서 그런 꼴을 보
였다간 앞으로 유천검계를 이끌어 나갈 수가 없을 터이다. 죽
더라도 저자와 결판을 내야 했다.

"아함, 대체 뭐 하는 거예요, 어서 싸우지 않고?"

검은 소 위에 타고 있던 십전동자가 하품을 했다. 뒤에 선
검계원들이 화를 참지 못하고 팔을 휘둘렀다.

"계주! 뭐 하고 있소? 당장 저 육시랄 놈을 끌어내립시다!"

"계원들의 원성이 화성 하늘에 닿아 있소."

"계원들뿐만 아니라 축성에 동원된 장인들의 팔도 잘라 달
라고 하지 않소. 평소 숨기고 있던 계주의 실력을 보여주시
오."

검계원들이 저마다 한 마디씩 했다. 홍철주의 무예는 인근
에서는 제법 훌륭한 것이었다. 도방에서 난동을 부리는 장용

영의 무인들조차 그의 쇠도리깨 한 방이면 떨어져 나갔다. 하지만 그는 느끼고 있었다. 지금 이곳에서 자신이 쇠도리깨를 꺼내 드는 순간, 저 무식하게 보이는 커다란 칼 아래 자신의 몸뚱아리 중 어느 한곳이 잘라져 나갈 것임을. 반무재의 빈 소매를 보며 홍철주는 자신의 한쪽 팔도 마치 이미 잘려 나간 듯한 착각에 빠졌다.

"다, 당신은 저 아이가 악독하다는 것을 알면서도 저 아이를 비호할 생각이오?"

이럴 때는 그저 말을 많이 하는 수밖에 없었다. 얻어들은 풍월에 의하면 고려의 서희도 거란의 대군을 말 몇 마디로 물리쳤다고 했다. 자신이라고 그러지 말라는 법이 어디 있으랴?

"선비는 악을 보기를 원수같이 해야 한다고 했거늘 지금 당신의 태도는 올바른 선비의 도리가 아닐 것이오."

유천검계원들은 홍철주가 돌연 선비를 도를 논하자 서로의 얼굴을 마주 보았다. 계주가 무슨 귀신 씨나락 까먹는 소리를 하냐는 듯한 표정이었다.

"깔깔깔, 정말 웃긴 사람이네. 여기서 선비의 도가 왜 나와요? 반 아저씨가 무서우면 무섭다고 할 것이지."

우팔은 어린아이답게 못하는 말이 없었다. 홍철주는 우팔에게 자신의 본심을 들킨 것이 부끄러웠다. 뒤에서 부하들의 수군거림이 들려오는 듯했다. 이렇게 된 바에는 죽든 살든 한번 해보는 수밖에 없었다. 그는 들고 있던 쇠도리깨를 단단히 움켜쥐었다.

"이야압!"

빡!

홍철주가 앞으로 달려나가는 것과 동시에 돌이 깨지는 듯한 소리가 들렸다. 유천검계원들은 홍철주가 달려나가는 것만 보았지 반무재가 움직이는 것은 보지 못했다. 그러나 뒤로 서서히 쓰러지는 홍철주의 이마에 붉은 주먹 자국이 난 것을 보아 사태를 짐작할 수 있었다.

반무재가 펼친 일수는 반유한의 장기인 일권단악이었다. 물론 소를 잡는 것과 달리 힘에 강약을 두어 홍철주는 즉사를 면할 수 있었다.

"끌끌끌, 모자란 것 같으니라고. 이래서 처음부터 근골이 잡힌 것들에게 무예를 가르쳐야 하거늘……."

어디선가 혀를 차는 소리가 들려왔다. 사람들은 일제히 소리가 들린 곳을 돌아보았다. 응란교 옆의 수풀에서 허리가 땅에 닿을 듯한 노파 하나가 제 키의 배는 됨직한 지팡이를 짚고 걸어나왔다.

"고 노파가 여기까지 어떻게 온 것이지?"

누군가가 노파를 알아보고 소리쳤다. 센 머리카락이 다 빠지고 부스럼 딱지가 잔뜩 앉은 흉한 몰골의 노파. 턱 주름이 늘어져 땅에 닿을 듯했다.

"고 노파, 점막은 어쩌고 따라온 것이오?"

사람들이 물었다. 유천 점막에 있어야 할 고 노파를 응란교 위에서 볼 줄 몰랐던 것이다.

"멍청한 것들. 어서 그 밥버러지 같은 놈을 들쳐 메고 사라지거라."

고 노파가 익숙한 욕을 해대며 지팡이를 휘둘렀다. 사람들은 순식간에 눈앞을 휘몰아치는 강한 바람에 정신이 혼미해졌다. 간신히 정신을 차렸을 때는 고 노파도, 반무재도, 검은 소를 탄 십전동자의 모습도 사라지고 없었다.

"우리가 헛것을 보았나?"

쓰러진 홍철주만이 좀 전의 일이 꿈이 아니었음을 말해줄 뿐이었다.

"어찌 된 일이오?"

사람들은 또다시 훌쩍 자신들의 앞에 나타난 홍세영을 보며 뜨악한 표정을 지었다. 검계원들이 세상에서 가장 무서워하는 자가 있다면 바로 군관이었다. 그들은 모두 홍세영이 장용영의 군관이라는 것을 알고 있었기에 홍세영이 나타나자마자 아우성을 치며 뿔뿔이 흩어지고 말았다.

홍세영은 응란교 위를 감도는 황색의 누런 먼지를 보며 눈썹을 모았다. 사방은 고요한데 오직 응란교 위에만 먼지 폭풍이 일고 있었다. 서서히 그쪽으로 다가갔다. 한발한발 떼어놓을 때마다 지독한 먼지바람이 눈앞을 가렸다. 천지와 동서남북을 분간 못하고 헤매고 있을 때 돌연 맑은 목소리가 들려왔다. 홍세영은 걸음을 멈추고 그 소리에 귀를 기울였다.

"날 키워준 노파도 꼭 저랬어요."

우팔이 화가 난다는 듯이 검은 소 위에서 발을 동동 굴렀다. 우팔은 자신을 키워준 노파를 미워하고 있는 모양이었다.

"노인을 존경할 줄 모르다니 건방진 꼬마로구나."

고 노파가 지팡이를 들어 우팔을 후려치려 했다.

따악!

지팡이는 활우도에 부딪쳐 멈추고 말았다. 반무재의 눈이 조금 커졌다. 이런 늙은 노파의 힘이 자신의 활우도를 밀리게 할 줄 몰랐던 것이다. 고 노파는 이내 지팡이를 떼어내며 붉은 눈자위를 드러냈다.

"이런 망할 놈을 보았나? 지금 새파랗게 젊은것이 늙은 할미를 패겠다는 거냐? 아이고! 나 죽네, 나 죽어!"

짓무른 눈으로 반무재를 노려보며 악을 쓰는 것으로도 모자라 지팡이를 들어 반무재를 때리려 했다.

"거짓말 말아요! 반 아저씨가 언제 할머니를 때렸다고 그래요?"

우팔이 분하다는 듯이 소리쳤다.

"망할 것! 구(乄) 언니가 네 녀석이 이렇게 발칙한 줄 알았다면 애초에 거두지도 않았을 것이다."

고 노파의 말에 우팔의 눈이 왕방울처럼 커졌다.

"구망 할미를 알아요?"

"알다 뿐이냐? 그녀와 나는 자매처럼 친했으니 너는 이제부터 나를 이모 할미라고 부르거라."

"누구 맘대로요?"

우팔은 어림도 없다는 듯이 혀를 쏙 빼 물었다.

"팔을 자르는 고약한 버릇을 가진 자가 나타났다기에 나는 또 구 언니가 다시 세상에 나온 줄 알았지."

고 노파가 킬킬거렸다.

"쳇, 누가 구망 할미를 따라 하는 줄 알아요? 나는 십전동자이지 십전노파가 아니라구요."

우팔이 목청을 높였다.

"그래, 너에게 사람들의 팔을 자르라고 시킨 것이 구 언니더냐?"

고 노파는 우팔이 고집이 세다는 것을 알아차렸다. 달래는 듯한 어조로 품 안에서 꼬질꼬질한 엿가락을 꺼내 들었다.

"이모 할미가 엿을 줄 테니 어서 말해보거라. 구 언니는 지금 어디에 있지?"

우팔은 냉큼 팔을 뻗어 엿을 가로채더니 탐욕스럽게 빨아먹기 시작했다.

"어디 있는지 나도 몰라요. 내가 백 명의 팔을 잘라오지 않으면 이젠 밥을 주지 않겠다고 했어요."

반무재는 우팔에게 팔을 자르라고 시킨 사람이 고 노파가 언니라고 부르는 구망 할미라는 것을 알았다. 어린아이에게 그런 잔인한 짓을 시키다니 분명 심성이 악독한 마두가 틀림없을 터였다.

"너는 지금까지 몇 개의 팔을 잘랐지?"

고 노파가 궁금한 듯이 물었다.

"나는 이제 겨우 스무 개의 팔을 잘랐을 뿐이에요."

우팔이 의기소침해져서 말했다. 한쪽에서 듣고 있던 홍세영은 십전동자에게 팔을 잘린 사람이 생각보다 훨씬 많다는 것을 알았다.

"그래서 나머지 팔십 개를 어떻게 구할 생각이냐?"

"다시 화성으로 갈 거예요. 반 아저씨가 나 대신 팔을 잘라줄 거예요."

우팔이 밝은 표정으로 말했다. 고 노파는 반무재를 위아래로 훑어보았다.

"분명 이놈은 홍가 놈보다는 훨씬 더 팔을 잘 자를 테지. 하지만 이놈이 너한테 다른 사람의 팔을 잘라줄 거라고는 생각되지 않는구나."

"나는 그런 약속을 한 적이 없다."

반촌을 나온 뒤 반무재는 처음으로 입을 열었다. 고 노파의 말을 인정하기 위해서였다. 홍세영은 반무재가 십전동자와 함께 있다는 것을 알고 놀랐다. 어째서 반 형이 저 곳에 있는 것일까?

"반 아저씨는 내 말을 듣지 않을 수 없을 걸요?"

우팔이 잘난 척하며 주문을 외기 시작하자 고 노파의 얼굴이 흙빛이 되었다.

"너는 저자에게 고를 먹였구나."

"네, 구망 할미가 내게 방법을 일러주었거든요."

"너희 두 노소는 참으로 악독하구나."

고 노파는 반무재를 측은한 듯 쳐다보았다.

"반 아저씨는 내게 팔을 잘라줄 거죠?"

우팔이 해맑게 웃으며 반무재에게 말했다. 그때, 반무재는 뱃속을 칼로 긁어대는 듯한 통증을 느끼고 있었다. 그것은 평생 동안 그가 겪었던 고통 중에서 가장 지독한 것이었다. 전신의 뼈마디를 누군가 칼로 도려내고 살점을 조각조각 저미는 듯했다.

삽시간에 그의 전신이 물에 들어갔다 나온 사람처럼 땀에 흠뻑 젖었다. 그러나 그의 입에서는 단 한 마디의 신음 소리도 흘러나오지 않았다.

당장에 반무재가 고통에 못 이겨 땅을 구르며 자신을 말을 들을 것이라 생각했던 우팔은 얼굴이 일그러지며 소리를 질렀다.

"어서 내 말을 듣겠다고 말해요! 안 그러면 더 고통을 주겠어요! 내 말을 듣겠다고 말해요!"

우팔이 또다시 주문을 외자 반무재의 굳게 닫힌 입에서 검붉은 선혈 한줄기가 흘러나왔다.

"이런 모진 것을 보았나. 어서 그만두지 못하겠느냐? 저러다 저놈 죽겠다."

고 노파가 성을 내며 팔을 들어 우팔을 때리려 했다. 그러자 이번에도 반무재의 팔이 그것을 막았다.

"너는 아직도 저 아이를 보호할 생각이냐?"

고 노파가 의외라는 듯이 반무재를 보았다.

울컥!

반무재의 입에서 한 덩이의 붉은 선혈이 토해졌다.

"나는… 저 아이를 일 년 동안… 지켜주기로 약조했소."

"너처럼 무식한 자는 내 보다 보다 처음 보는구나. 그래서 너는 지금 그 약속을 지키려고 나를 막아선 것이냐?"

"그렇소. 내가 있는 한… 그 어느 누구도 저 아이의 몸에 손 댈 수 없소."

"참으로 어리석은 자로구나. 저 아이는 너를 죽일 수도 있다. 어려서부터 사람 죽이는 것을 파리 죽이듯 해온 아이다. 동정심이나 죄책감 따위는 애초부터 없는 아이란 말이다."

고 노파는 울컥울컥 피를 토하는 반무재를 측은한 듯 보며 말했다.

"그건 나와는 상관없는 일이오. 아이가 팔을 자르는 것도 나와는 상관없는 일이오. 나는 약속한 대로 행하면 그뿐이오."

"치이, 됐어요. 됐다구요."

우팔은 입을 앙다물고 주문을 멈추었다. 반무재는 그제야 극심한 고통에서 벗어날 수 있었다. 그는 내상을 치료하기 위해 한 걸음 물러섰다. 하지만 두 눈은 고 노파의 행동을 주시하고 있었다. 언제든 고 노파가 우팔에게 위해를 가하면 나서겠다는 뜻이었다.

"어디서 저런 미련한 놈을 골라왔누?"

고 노파는 질렸다는 듯 머리를 흔들었다.

"생각해 보니 팔 같은 것은 나 혼자서도 얼마든지 자를 수 있어요."

"아무래도 구 언니를 만나봐야겠다. 어서 앞장서거라."

"만나러 갈 테면 혼자 가지 어째서 나를 데려가려는 거예요?"

우팔이 몸을 뒤로 빼며 말했다. 아무래도 구망 할미를 만나기 싫은 눈치였다.

"너와 함께 가지 않는다면 구 언니가 나를 만나주기나 하겠느냐?"

"나는, 그곳에 가기 싫다구요!"

우팔은 몸을 비틀며 소리쳤다. 반무재에게 자신을 도와달라는 듯 애처로운 눈초리를 보냈다. 그러나 반무재는 고독으로 인한 내상을 치료하느라 고 노파를 상대할 힘 따위가 남아 있을 리 없었다.

"요 앙큼한 녀석아, 이런 게 바로 자업자득이라는 거다."

반무재와 고 노파가 올라타자 흑풍계가 움직이기 시작했다. 흑풍계의 등은 어찌나 넓은지 세 사람이 올라타도 자리가 여전히 넉넉했다.

"킬킬킬, 이런 신통한 소도 다 있었군."

고 노파는 즐거운 듯이 킬킬거리며 웃었다.

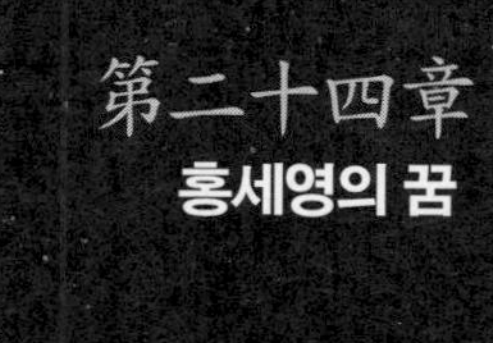

第二十四章
홍세영의 꿈

華城

1

흑풍계가 화성의 주산인 광교산의 북쪽 자락 끝으로 접어들었다. 홍세영은 처음 와보는 곳이었다. 홍세영은 화성이 축성되고 있는 팔달산 자락을 제외하면 화성 주변에 어떤 마을이 있는지 전혀 알지 못했다. 흑풍계는 어슬렁거리며 마을로 들어서고 있었다. 우팔과 고 노파가 배가 고프다며 마을 입구의 주막에 들어섰다. 날은 이미 저물고 홍세영도 출출한 듯하여 반무재의 눈에 띄지 않게 한쪽에서 국밥을 시켰다. 푸짐한 국밥을 보니 시장기가 돌았다.

막 한술 떠 넣으려는데 누군가 홍세영의 등에 와 탁 부딪쳤다. 날이 저물었으니 술에 취한 취객이 몸을 제대로 가누지 못하고 이리저리 비틀거리다 부딪친 모양이었다.

“어이쿠, 미안하외다.”

아니나 다를까, 사과하는 소리가 들렸다.

“조심하시오.”

뒤도 돌아보지 않는 홍세영의 소매를 그자가 돌연 붙잡았다.

“혹시, 장용영의 홍 초관 나리가 아니시오?”

돌아본 홍세영 앞에는 송낙을 쓴 몸집이 거대한 중이 누런 이를 드러낸 채 웃고 있었다. 더럽고 지저분한 얼굴 가운데 박혀 있는 한 쌍의 눈이 주독으로 붉어진 커다란 코와 어울리지 않게 맑았다.

“뉘신지…….”

중은 반질반질한 염주 알을 쥔 손을 합장하며 고개를 숙였다.

“소승은 초지(初地)라 하는 떠돌이 중이외다. 장용영에 시주를 하러 갔다가 홍 초관님이 마상 무예를 펼치는 것을 본 적이 있다오.”

“아, 예에.”

홍세영은 연무대 주변에 종종 백성들이 모여 구경했던 것을 떠올렸다. 초지는 잠시 홍세영의 무예를 칭찬하는가 싶더니 더러운 손가락으로 뜨거운 국밥에서 고깃점을 건져 내어 부지런히 입속으로 쑤셔 넣었다.

“스님께서도 한 그릇 드시지요. 주모, 여기 국밥 하나 더 내오시오.”

초지는 홍세영의 호의에 고맙다는 말을 연신 읊어댔다. 홍세영은 게걸스럽게 국밥을 먹어대는 초지의 모습을 보자 입맛이 싹 가셨다. 국밥 두 그릇을 깨끗이 비워낸 초지가 꺼억 하고 트림을 뱉어냈다.

"잘 먹었소. 이틀이나 배를 곯았더니 식충들이 어찌나 난리를 피우는지 죽을 지경이었다오."

멀리 있던 주모가 마침 그 모습을 보고 쪼르르 달려왔다.

"또 왔어요?"

주모의 말을 들으니 초지는 이곳에 자주 오는 모양이었다.

"흐흐, 내 주모가 보고 싶어 도저히 발걸음이 떨어져야 말이지. 여기 곡차나 한 상 차려주시구려. 셈은 홍 초관이 하리다."

뻔뻔한 것도 이 정도면 고수급이었다. 홍세영은 반무재 등이 묵고 있는 방을 신경 쓰느라 초지와 주모의 대화를 건성으로 듣고 있었다.

"이번에는 이 젊은 선비가 물주인 모양이구라."

홍세영을 위아래로 훑어보는 주모의 말을 들으니 이틀이나 굶었다는 초지의 말은 새빨간 거짓말이 분명했다. 거기다 삿갓 아래는 귀밑까지 자란 머리가 덥수룩하니 이자를 대체 중으로 보아야 할지조차 감이 서질 않았다.

"내 이틀을 굶은 것은 맞소이다."

홍세영의 속을 들여다보기라도 한 것처럼 초지가 말했다.

"맞기는 하죠. 그 이틀 동안 여기서 술만 퍼 마셨으니 밥이 들어갈 자리가 어디 있겠어요."

주모가 눈을 하얗게 까뒤집으며 술상을 탁 소리나게 내려놓았다.

"흐흐, 꿀꺽… 이 중이 이틀이나 곡차를 팔아주었으면 고맙다고 해야지, 꿀꺽… 무슨 언사가 그러한가?"

술잔에 따를 것도 없이 술병을 거꾸로 들어 마시며 초지가 웅얼거렸다.

"하이고, 고맙다 못해 저고리 고름도 풀어헤칠 판국이라오. 제대로 돈이나 내고 그런 소리를 하면 밉지는 않지. 이 땡추 말은 듣지도 마시오."

주모가 홍세영에게 당부의 소리를 늘어놓았다.

"보나마나 그 노파 얘기를 하며 술값이라고 할 테니……."

"노파라구요?"

"이 땡중이 여기서 이틀 동안 어떻게 술을 먹었는지 아시오? 바로 그 십전노파 얘기로 우려먹은 거라오."

"십전노파?"

홍세영은 귀가 확 트이는 것 같았다. 십전노파라면 우팔과 고 노파가 말하던 구망 할미를 말하는 것이 아닌가?

"내 이 곡차나 마저 마시고 얘기하리다."

초지의 목젖이 위아래로 힘차게 움직였다.

"화성에서는 지금 십전동자다 뭐다 떠들어대지만 원조는 십전노파지. 그 노파가 처음 나타난 것이… 보자… 백오십 년은 족히 되었군."

"백오십 년 전 좋아하시네."

가소로운 듯이 말하는 것은 주모였다.

"이미 노파라면서 백오십 년 전에 나타났다면 대체 나이가 얼마란 말이유? 벌써 죽어 북망산에 갔어도 열 번은 갔겠구먼."

주모의 의문은 타당한 것이었다. 홍세영도 주모와 같은 생각이었다.

"요괴들은 원래 오래 사는 법이라오."

"지금 요괴라고 했습니까?"

홍세영이 재차 물었다. 이화성의 몸에 들어간 호요주는 바로 구미호의 구슬이라고 하지 않았던가? 초지의 말에 의하면 십전노파가 요괴라는 얘기였다. 사람의 팔을 자르는 것이 취미이니 요괴라고 한들 이상할 것도 없었다.

"요괴지. 그것도 인간 세상에 한을 품은 지독한 요괴라오."

"그래, 스님은 요괴를 본 적이나 있소?"

주모가 술 한잔을 넘치도록 콸콸 따랐다.

"있었다면 내가 지금까지 살아 있겠누?"

"흥! 아무리 요괴라 한들 더러운 땡중의 고기는 먹지 않을 거예요."

주모의 핀잔에 초지는 흐물거리는 돼지고기를 집어삼키며 허허 웃었다.

"그 얘기 좀 더 해주시오. 십전노파가 요괴요?"

홍세영이 관심을 보이자 주모는 또 한 명 걸려들었군 하는 눈치였다. 초지는 다시 술 사발을 들이킨 후에 입가로 흘러내린 걸쭉한 막걸리를 손등으로 훔쳐 내었다.

"캬! 좋다. 과연 이 맛이 세상 사는 맛이 아니고 무엇이겠는가! 중들이 왜 이런 곡차를 마시지 않는지 아시나? 바로 세상 사는 맛을 깨닫게 될까 봐 두려워서라네. 하나, 깨달음은 깨닫는 것도 깨닫지 않는 것도 아니니, 깨달음 자체가 깨달음 없어 그 깨달음을 깨닫는 것이라네. 깨달음을 깨닫는 것은 깨달음을 깨닫는 것이 아니니, 곡차를 마시지 않는 중이나 이 땡중이나 우매하긴 마찬가지인 것이지. 그러니 차라리 마시고 우매한 것이 낫지 않겠나, 히히."

초지는 임진왜란 때 삼 년간 승군을 이끈 청매선사의 '십이각시(十二覺時)' 오도송을 편한 대로 해석하여 나름대로 술 마시는 것에 대한 이유를 피력했다.

홍세영은 취기가 올라 불콰해진 초지의 얼굴빛이 가금천의 황금에 홀려 사라진 취옹과 닮았다고 생각했다.

"그런 이상한 말 말고, 저 선비님께 얼른 그 십전노파 얘기나 해주구라."

주모는 홍세영이 술값으로 얘기라도 듣게 하려는 듯 초지를 채근했다.

"그러니까 십전노파가 처음 나타났던 것이 백 년 전이던가……."

"아까는 백오십 년 전이라면서요?"

홍세영이 반문하자 초지는 머리를 긁적거렸다.

"내가 그랬나? 젠장, 백 년이면 어떻고 이백 년이면 어떻소.

아무튼 그때, 남쪽에 있는 제비산(帝妃山)의 치마바위 근처에서 처음 나타났지. 이 아무개라는 사냥꾼이 처음 만났다오. 이 아무개는 그날따라 멧돼지를 두 마리나 잡아 기분이 좋았단 말이지. 히히… 오늘 이 땡중처럼 운수 대통한 날이라 생각했겠지. 부지런히 산을 내려가는데 치마바위에 웬 노파 하나가 앉아 있더란 말야. 노파 앞에는 검은 비단 위에 가락지가 여러 개 놓여 있고, 그러니 이 아무개가 이상한 생각이 들었던 거라. 날이 저물어 주위가 칠흑 같은데 유독 그 바위만 빛이 나고 있었거든. 이 아무개가 '할머니, 왜 여기서 이러고 있수' 하고 물으니까 노파가 턱으로 가락지들을 가리켰어. 보니 때깔이 휘황찬란한 게 한눈에도 틀림없는 보배인 게야. 이 아무개는 집에서 기다리고 있을 호랑이 같은 마누라가 생각났지. 열흘도 넘게 만나지 못했는데 이걸 갖다 안겨주면 마누라 입이 찢어지겠지 생각하고는 얼마냐 물었지. 그랬더니 노파가 십 전이라고 하는 거야. 몇 번을 물어봐도 십 전이라기에 이아무개는 웬 횡재냐 싶어 얼른 값을 치르고 여러 개의 옥가락지 중 하나를 골랐겠다… 헉헉…….”

초지는 마치 누가 뒤쫓아오기라도 하는 듯 총알처럼 다다다 말을 하다가 숨이 가쁜지 헉헉거렸다.

“그 담은 내가 얘기하리다. 몇 번이나 들어서 나도 다 외웠다우.”

주모가 답답한 듯 말하자 초지는 펄쩍 뛰며 기뻐했다.

“주모 때문에 살았구려.”

"만날 똑같은 거짓말을 하려니 입이 얼마나 아프겠소."

주모는 눈을 흘겼다. 홍세영은 이 얘기를 과연 끝까지 듣고 있어야 하나 고민이 되었다. 초지의 이야기는 가락지라는 부분만 빼면 십전동자와 놀랍도록 흡사했다.

"그 사냥꾼이 가락지를 집으려 손을 내미는 순간."

"순간?"

홍세영이 주모의 말을 되풀이했다.

"노파가 치마 속에서 이만한 도끼를 꺼내서는 사냥꾼의 손목을 싹뚝 잘랐다오. 이렇게 말하면서 말이유. 내 가락지 내놔라……."

주모는 마치 그 광경을 보기라도 한 것처럼 눈을 허옇게 뜨더니 술 푸는 국자를 크게 휘두르며 홍세영을 덮쳐 들었다. 깜짝 놀란 것은 홍세영이었다. 저도 모르게 헛바람을 들이켜며 뒤로 물러나다 하마터면 마루에서 떨어질 뻔했다. 주모와 초지의 높은 웃음소리가 울려 퍼졌다.

"히히, 십전노파 이야기란 바로 이런 거라오."

초지가 끝을 맺자 주모는 언제 그랬냐는 듯이 국자를 상에 내던지고는 물러갔다. 보아하니 끝에 사람을 놀래키는 것이 이 이야기의 재미인 모양이었다.

"십전동자와 같은 얘기로군요. 십전노파는 왜 그러는 걸까요?"

홍세영이 반문했다.

"그거야 낸들 알 수 있나. 자, 날이 밝았으니 이만 일어나야

지. 홍 초관, 잘 얻어먹고 가오."

어느새 동녘이 환하게 밝아오고 있었다. 홍세영은 잠깐 시간이 흘렀을 뿐인데 날이 밝자 이상하다고 생각했지만 곧 잊어버렸다.

초지가 몸을 일으켜 나간 뒤, 얼마 되지 않아 험상궂게 생긴 사내 몇이 주막 안으로 들어왔다. 그들은 입구에서부터 불한당이라는 것을 드러내는 듯 손님들을 위협해 모두 밖으로 내보냈다.

"아이고오, 이게 뭐 하는 짓이오?"

주모는 겁에 질려 소리치며 얼른 부엌으로 뛰어들어 갔다. 홍세영은 아직도 이런 무뢰배들이 화성 주변을 활개치고 다니는가 싶어 환도에 손을 갖다 댔다.

"이곳에 홍세영이라는 후레자식이 누구요?"

그런데 사내들은 욕설을 내뱉으며 자신을 찾고 있는 것이 아닌가. 홍세영은 바로 나라고 말하려고 했다.

"일단 목이나 축이시고 말하구랴."

그 순간, 투철한 직업정신에 불타는 주모가 눈치 빠르게 술상을 들고 나왔다.

주모는 다 안다는 듯이 홍세영에게 몇 번이나 눈을 꿈뻑거리더니 일행 중 두목처럼 보이는 자에게 술잔을 건네었다. 사내는 대번에 얼굴이 풀어지며 술잔을 받았다.

"그럽시다. 쪽박산 이곳까지 한달음에 왔더니만 그렇지 않아도 목이 타던 참이었소."

"그런데 그 사람은 왜 찾으슈?"

주모의 말에 수염을 적시며 술잔을 들이켜던 사내들이 저마다 한마디씩 하였다.

"그놈이 조상 묘를 파헤쳤소."

"그러는 바람에 무덤이 뒤엉켜 남의 무덤에 내 조상의 관짝이 들어가질 않나 온통 난리가 났단 말이오."

말을 할수록 사내들은 분을 참지 못하겠다는 듯 탁상을 내려쳤다. 조상의 묘를 받드는 것이야말로 사람의 가장 큰 도리가 아닌가. 그런데 무덤이 파헤쳐져 관이 제 무덤에서 나와 남의 무덤에 들어가 있다니 해괴하기로 치자면 십전노파 못지않은 얘기였다.

2

"우린 쪽박골 사람들이오."

한참을 먹고 마신 뒤에 두목이 내뱉은 말이었다. 쪽박골은 당연히 쪽박산 밑에 있는 마을일 것이다.

"쪽박산은 예로부터 명당자리로 알려진 곳이라 우리 마을 사람들은 조상님들의 묘를 모두 그곳에 쓰고 있소."

마을 뒷산에 묘를 쓰는 것 또한 당연한 일이니 여기까지는 별 이상한 점을 발견할 수 없었다.

"그런데 한 보름 전쯤인가 땡중이 마을에 들어왔다오."

"중… 이라구요?"

머릿속을 휙하니 지나가는 것이 있었다.

"혹시 그 중이 더러운 행색에 귀밑까지 머리를 기른 뚱뚱한 중이에요?"

"바로 그 중이오. 주모가 어찌 아오?"

사내들이 대번에 떠들어대자 주모가 혀를 끌끌 찼다.

"방금 전에도 여기서 이분 선비님께서 곡차 시주를 단단히 하셨다오."

주모가 홍세영를 가리켰다. 사내들이 모두 동시에 크게 말했다.

"시주를 하였으니 다행이오!"

마치 시주를 안 하면 큰일이라도 나는 듯한 태도였다. 나라에서 불교에 대해 호의적이지 않은지라 백성들이 중에게 시주하지 않는 일 또한 빈번한 터였다. 중의 행색이 더럽고 빈한해 보이는 것은 다 이러한 이유였다.

"그 중이 마을을 돌아다니며 시주를 하려 했으나 그날따라 우리 마을에 일이 있어 아무도 시주를 하지 않았소."

"한 집도 안 했습니까? 그건 너무했군요."

"들어보슈. 글쎄, 그놈의 중이 쌀을 두 말이나 내놓으라는 거요."

또다시 화가 난 목소리들이 여기저기서 터져 나왔다. 쌀 두 말이라니 초지가 잠시 돌았던 게 틀림없다.

"그래서 그 쌀을 다 뭐 할 거냐고 물었더니 그게 자신이 하루에 먹는 양이라는 거요. 내 참, 세상이 어찌 되려고 중놈이 시주 쌀을 두 말이나 달라 하질 않나."

홍세영은 초지의 비대한 몸집을 떠올리며 그럴 만도 하다고 생각했다.

"그래서 그 중은 어떻게 되었습니까?"

"마을에서 쫓겨났지."

"그런데 중하고 홍세영이라는 작자하고 무슨 연관이 있소?"

홍세영은 이유나 알자 싶어 물었다.

"아, 글쎄 그 중놈이 관아에 이르기를, 쪽박산의 돌이 축성 공사에 쓰면 딱 좋을 것이라 아뢰었다는 거요. 이런 때려죽일 중놈⋯⋯."

사내의 얼굴이 붉으락푸르락해졌다. 관에서는 축성에 필요한 돌이 급했을 테니 당장 쪽박산의 돌을 채집하였을 것이다. 그러다 보니 쪽박산에 원래 있던 무덤들이 훼손되어 후손들이 조상의 묏자리를 찾을 수 없게 되어버렸다는 얘기였다.

"아하! 그렇게 된 것이로군."

그런데 왜 자신을 찾는단 말인가? 홍세영은 사내가 아직 대답하지 않은지라 한 번 더 물었다.

"그럼 그 중을 찾으면 될 일이지 홍세영은 왜 찾소?"

"그 중놈은 벌써 찾았소. 이리 오는 길에 딱 마주쳤다오. 이미 마을로 끌려갔소."

홍세영은 주막을 나서자마자 초지가 당한 화가 안쓰러웠다. 그건 그랬지만 여전히 자신을 찾을 만한 이유가 없었다. 홍세영은 인내심을 가지고 기다렸다.

"잘되었군요. 중에게 책임을 지라 하면 될 것이오. 조상님들을 위해 염불이라도 외고 향이라도 피우게 하시오. 그럼 일이 다 끝났을 터인데 홍세영이라는 자는 왜 찾는 거요?"

홍세영은 자신의 이름을 듣고 반무재가 나오지 않을까 기대했으나 반무재 등이 묵은 방은 조용하기만 했다.

"내 말 좀 들어보시오. 그 중놈이 좀 전에 말하길, 자신은 그 얘길 홍세영이라는 사람에게밖에 안 했다는 거요."

"뭐라구요?"

홍세영은 깜짝 놀라 되물었다. 초지가 어째서 그런 거짓말을 했을까?

"그게 정말이오?"

"정말이라오. 그 작자가 땡중 말을 듣더니 그랬다는 거요. 시주도 안 하는 마을이 괘씸하다면서 쪽박산은 예로부터 돌이 좋다는 둥, 뭐 그랬다고 하니 그자가 관에 알린 것이 틀림없소."

초지가 무슨 생각으로 자신을 끌고 들어갔는지 알 수 없었다.

"그 중이 또 다른 얘기는 하지 않았습니까?"

"뭐라더라? 미친놈의 중이 하도 여러 말을 씨부려서 우리도 알아듣느라고 애먹었다오. 여자가 한을 품으면 오뉴월에도 서리가 내린다나 뭐라나 고래고래 떠드는 통에 먼저 마을로 보내고 우린 이리 온 것이오. 그 중놈이 여기로 가면 홍가 놈을 만날 수 있다 했거든."

“이런, 좀 전에 선비님 한 분이 나갔는데 그분이 홍가라는 것 같았는데……”

눈치 빠른 주모는 홍세영이 바로 그 홍가 놈이라는 것을 알아차리고는 배시시 웃으며 사내들 모르게 연신 뒤꼍을 가리켰다. 어서 도망치라는 것이다. 사내들이 두려운 것은 아니나 쓸데없이 분란을 일으키는 것은 홍세영도 원하는 바가 아니었다.

“주모, 어제저녁에 검은 소를 타고 들어온 사람들은 저녁을 먹었소?”

홍세영은 쥐 죽은 듯 조용한 반무재 일행에 대해 물었다.

“검은 소라니요?”

주모가 엉뚱하다는 듯 눈을 치켜떴다.

“어젯밤에 검은 소를 타고 세 사람이 들어오지 않았소. 노파와 아이와 사내 말이오.”

홍세영은 그렇게 특이한 세 사람을 주모가 보지 못했을 리 없다고 생각했다.

“아이고, 어제 온 손님이라고 달랑 땡중과 선비님 두 분뿐인데 무슨 소리를 하시는 거예요?”

홍세영은 자리를 떨치고 일어나 반무재 등이 들어간 방을 활짝 열어젖혔다. 그런데 세 사람이 있어야 할 방 안은 텅텅 비어 있었다. 귀신이 곡할 노릇이었다.

“꼭두새벽부터 술에 취했나. 에이, 어서 나가시오, 나가.”

주모가 물을 휘뿌리며 홍세영을 밖으로 몰았다. 응란교에서부터 이곳까지 오는 동안 한시도 흑풍계의 모습을 놓친 적이 없었다. 그런데 어디로 사라졌단 말인가?

그리고 초지는 어째서 그런 거짓말을 한 것일까? 그 순간, 산속으로 들어가는 검은 소의 모습이 보인 듯했다. 어느새 주막을 나왔단 말인가? 홍세영은 다른 생각을 할 겨를도 없이 흑풍계의 뒤를 쫓았다.

한참을 들어가자 흑풍계가 어느 마을로 들어서고 있었다. 반무재 등은 홍세영이 따르는 것을 아는지 모르는지 한 번도 뒤돌아보지 않았다.

채마밭을 두른 고만고만한 초가집들이 작은 산 아래 옹기종기 모여 있는 모습은 그림처럼 아름다웠다. 홍세영이 뭔가 이상함을 느낀 것은 그때였다. 뒤 목덜미가 오싹하게 느껴지는 기운, 한 올 한 올의 머리카락이 모두 들고 일어서는 듯한 야릇한 한기가 온몸을 감쌌다.

그 느낌은 마을로 들어갈수록 더욱 심해졌다. 이상한 것은 또 있었다. 때가 때이니만큼 지금쯤이면 한창 아침밥 짓는 연기가 모락모락 피어오를 터인데 마을 어느 집에도 밥을 짓는 기척은 보이지 않았다. 아니, 그뿐만이 아니었다. 마을 전체에 사람의 기척이라곤 없었다.

마치 마을 사람들이 한순간에 사라지기라도 한 것처럼, 어느 집 마당에는 아낙의 머리 위에 놓여 있음 직한 물동이가 팽개쳐진 탓에 아직도 축축이 젖은 흙 사이로 물이 흘러들고 있었다. 여느 집이나 마찬가지였다. 아이들의 웃음소리와 빨래터 아낙들의 수다가 들려오지 않는 마을이라니…….

더구나 마을로 들어선 흑풍계의 모습도 신기루처럼 사라져 버렸다. 어떤 집의 문창살로 검은 그림자가 휙하니 지나는 것도 보였다.

"이보시오. 말 좀 물읍시다."

무례를 무릅쓰고 그쪽으로 달려가 문을 열었지만 방 안은 텅 비어 있었다.

"어찌 된 일일까? 분명 사람의 기척을 보았는데……."

홍세영은 혹시나 하여 옆집으로 들어갔다. 두런거리는 소리가 들려온 것은 그때였다.

그러나 소리는 마을 안쪽이 아니라 바깥쪽에서 들려왔다. 내다보니 주막에서 만났던 사내들이었다. 이 마을이 바로 쪽박골이었다. 홍세영은 밖으로 나가려다가 멈추었다.

아무도 없는 마을에 낯선 자 혼자 남아 있다는 것은 그다지 환영받을 만한 일이 아닌 것이다. 어쩌면 저들은 홍세영이 마을 사람들에게 해를 입혔다고 생각할지도 모를 일이었다.

"어쩐다……."

사내들이 점점 마을 쪽으로 다가오는 것을 보며 홍세영은 난처하게 중얼거렸다. 사내들도 이상한 것을 느낀 모양이었다. 굳은 표정으로 칼을 뽑아 주위를 경계하고 걸어오고 있었다.

"말금 엄마……."

"엄니, 어디 계슈."

보이지 않는 가족들을 부르는 목소리에는 알지 못할 두려움
이 배어 있었다.

"이상하네. 어째 마을에 사람들이 하나도 보이질 않는대?"

사내 중 한 사람이 말했다.

"우리가 아침을 먹고 내려갔는데 그간 난리통이 벌어져 모
두 피난을 갔을 리도 없고. 워쩐 일이래?"

"그 중놈에게 가보자. 아마 당집에 가둬놨을 거구먼."

덩치 큰 사내는 눈을 번뜩이더니 이쪽을 향해 걸어왔다. 몇
집 건너 색색깔의 천을 걸어놓은 집이 보였다.

그러나 그곳도 마찬가지였다. 초지는 물론이고 초지를 끌고
마을로 갔던 사람들마저 땅으로 꺼진 것처럼 사라져 버렸다.
마을에는 홍세영과 다섯 명의 사내만이 있는 것이다.

홍세영은 난처하게 되었다고 생각했다. 오해를 사기 딱 좋
은 상황이었다. 흑풍계는 이 마을에 없는 듯하니 저들 모르게
마을을 빠져나가는 것이 나을 것 같았다. 그러나 얼마 가지 못
해 다섯 명의 사내들과 딱 부딪치고 말았다. 다섯 명의 사내들
은 홍세영을 보자마자 당장이라도 베어버릴 것처럼 소리를 질
렀다.

"저자요! 저자가 바로 홍세영이라고 했소!"

"아까 그 주모가 분명 저자라고 했지?"

"틀림없소. 달아난 거라고 했는데 마을로 들어온 걸 보면 무
슨 꿍꿍이가 있는 거요."

"이 숭악한 놈아! 마을의 무덤을 파헤친 것도 모자라 마을

사람들한테 해코지라도 하러 온 것이냐?"

아마도 주모가 홍세영이 나간 뒤에 말해준 모양이었다.

"다들 진정하시오."

홍세영은 차분하게 말했다.

"마을 사람들은 모두 어찌한 것이오?"

덩치 큰 사내가 대뜸 물었다.

"내가 왔을 때도 마을은 비어 있었소."

홍세영은 자신이 흑풍계를 찾아왔으며 초지의 말과는 아무런 상관이 없다는 것을 조목조목 설명했다. 하지만 성난 마을 사람들은 그 말을 믿지 않았다.

"거짓말이오! 더 들어볼 것도 없소! 저놈이 마을 사람들에게 무슨 짓을 한 것이 틀림없소!"

사내들 중 하나가 소리쳤다.

"나는 모르는 일이오."

"그 중놈을 모른단 말이오?"

덩치 큰 자가 재차 물었다.

"아주 모른다고 할 수는 없소."

홍세영은 사실대로 순순히 말했다.

"이자의 입에서 나오는 말을 더 듣고 계실 거요? 보나마나 거짓말일 텐데."

덩치 큰 사내는 일행의 불만에도 아랑곳하지 않고 홍세영의 말을 기다리고 있었다.

"말해보시오. 그 중과 짜고 우리 마을을 이렇게 만든 연유가 대체 무어요?"

"나는 초지 스님을 오늘 처음 보았소. 이 마을에 대해서도 당신들에게 들은 것이 처음이요."

"당신은 우리를 놀리려는 것이요? 방금 전에는 안다고 하고 지금은 처음 보았다고 하다니……."

덩치 큰 사내는 마치 맹수처럼 으르렁거렸다. 주막에서와는 사뭇 다른 기세였다. 우람한 팔뚝이 다른 사람은 배는 될 듯하고 천성적으로 무인의 체구를 가진 자였다. 칼을 든 자세가 어색한 다른 사내들과는 다른 분위기를 풍기고 있었다.

"거짓말이 아니오. 나도 초지 스님을 만나 왜 그런 말을 했는지 묻고 싶소."

홍세영이 고개를 돌려 주위에 시선을 주었다.

"네놈이 그 땡중을 빼돌린 것이 아니냐?"

"내가 들어올 때부터 마을에는 아무도 없었소."

덩치 큰 사내의 눈빛이 더욱 사나워졌다.

"지금 당신이 하는 말을 우리보고 믿으라는 거요? 양반들은 다 그렇소? 우리가 배우지 못하고 무식하다고 아무렇게나 말하면 다 믿을 줄 아시오?"

사내들의 표정이 점점 살기를 띠었다. 칼을 쥔 손들이 부르르 떨리고 있었다.

"당신이 무슨 속셈인지 모르겠지만 당장 마을 사람들을 풀어주시오."

덩치 큰 사내는 홍세영이 마을 사람들을 잡아갔다고 단정짓고 있었다.

"그렇게만 해준다면 우리도 더 이상은 당신에게 따지지 않을 것이외다."

"내가 한 것이……."

홍세영은 또다시 부인하려다 입을 다물었다. 지금 말해봤자 이들이 믿을 것 같지도 않으니 차라리 이들과 마을을 조사해보는 것이 나을 것 같았다. 흑풍계의 행적은 놓치고 이런 이상한 일에 휘말리자 한숨이 나왔다.

사내들은 홍세영을 끌고 마을 중앙으로 갔다. 홍세영은 사내들의 보폭이 일정하고 걸음걸이가 안정되어 있는 것을 보고 감탄했다. 오랜 시간 수련을 거치지 않고는 나올 수 없는 자세였다. 그중에서도 덩치 큰 사내의 무예가 가장 훌륭해 보였다. 그는 메마른 땅을 밟아도 먼지가 일지 않았고 진흙땅에도 발자국이 깊이 패이지 않았다. 마을의 농부에게서 저런 무위가 나올 수 있다니 무가 명문의 후손이라도 되는 듯한 풍모였다. 홍세영은 홍기군을 더 보충하라는 설규의 명을 떠올렸다.

"이렇게 만난 것도 인연이니 서로 통성명이나 하는 게 어떻소."

홍세영이 부드럽게 말했다.

"참으로 팔자도 편하시오. 지금 우리 이름을 알아냈다가 나중에 관에 고발이라도 할 참이오?"

뒤따라오던 사내가 사납게 다그쳤다. 이들의 노기를 누그러뜨리지 않는 한 어떤 말도 소용이 없어 보였다.

“희도(喜道)요.”

덩치 큰 사내가 불쑥 말했다.

“성 같은 것은 없소. 그냥 희도라 부르시오.”

희도가 그의 이름인 모양이었다.

3

“어엇!”

사내들이 술렁거렸다. 분명히 마을 중앙으로 가고 있었는데 정신을 차리고 보니 어느새 다시 당집 앞으로 되돌아왔던 것이다.

“이게 어찌 된 일이지?”

사내들은 소란을 피우며 다시 달려나갔다. 그러나 번번이 홍세영과 희도가 있는 곳으로 되돌아왔다. 홍세영은 머리가 아찔했다. 보화림의 기억이 떠올랐던 것이다.

“저자의 짓이요.”

사내 한 명이 칼을 휘두르며 홍세영에게 달려들었다. 그러나 반보를 남겨놓고 그만 희도의 팔에 의해 저지당했다.

“잠깐만 기다리시오. 저자의 말을 일단 들어봅시다.”

“어떻게 된 것이요?”

“전에 이같은 일을 당해본 적이 있소. 마을 어귀에 못 보던 물건이 있나 찾아보시오.”

사내들이 찾아낸 것은 옥가락지였다. 당집을 중심으로 네

귀퉁이에 똑같은 옥가락지가 놓여 있었다. 마치 누가 땅에 던져 놓은 듯한 옥가락지는 묘하게 반짝거려 사람의 마음을 혼란스럽게 했다.

"옥가락지라……."

홍세영은 눈살을 찌푸렸다.

"뭘 망설이우. 이런 건 치워 버리면……."

사내들 중 하나가 옥가락지를 집어 던지려는 듯 고개를 숙였다.

"만지지 마시오."

홍세영이 소리쳤다. 예전에도 이화성이 저렇게 하다가 손가락이 부러지는 부상을 겪었다. 그러나 이번에는 손가락 정도가 아니었다. 그 순간 옥가락지가 놓여 있던 땅속에서 시퍼런 날이 솟구치며 사내의 머리통을 반으로 쪼개 버렸다.

"헉!"

소스라치게 놀란 사내들이 뒤로 펄쩍 뛰어 물러섰고 희도가 번개처럼 칼을 휘둘렀다. 전광석화 같은 솜씨였으나 시퍼런 날은 이미 사라진 뒤였다. 피 분수를 뿜어내는 사내의 머리통이 서서히 뒤쪽으로 넘어지고 있었다.

"어떻게 된 일이오?"

"옥가락지를 만지면 장치가 튀어나오도록 되어 있소."

시퍼런 날을 보는 순간 떠오른 이름이 있었다. 가락지를 집으려는 순간 도끼로 손목을 자른다는 십전노파… 십전동자…….

이번에는 손목이 아니라 머리통을 잘랐지만 어쨌든 두 사람의 짓이 분명했다.

"저자가 술수를 부린 거야."

덜덜 떨던 사내 한 명이 홍세영을 가리켰다. 그 말에 이성을 잃은 것은 다른 사내들이었다. 눈앞에서 죽어 넘어진 사람은 방금 전까지 옆에서 웃고 떠들었던 벗이다. 친인척지간이었을 지도 모른다.

"양반 놈의 씨알들은 애초에 쳐 죽여야 한다고 했지 않수."

카악, 가래침을 뱉으며 나서는 사내가 희도에게 느물거렸다. 희도는 탁주를 마신 탓에 발그레해진 눈으로 사내를 쏘아 보았다.

"네놈이 살주계(殺主契)에 있었다고 할 때부터 내 알아봤 지."

살주계란 도주한 노비들이 주인을 죽이기 위해 만든 계이 다. 주로 주인에게서 핍박받아 가족을 잃거나 매를 맞다 도망 쳐 온 경우가 대부분이었다. 그런 만큼 양반인 주인에 대한 적 개심이 대단했다. 지금 홍세영을 보는 사내의 시선은 도살할 소를 앞에 둔 백정의 눈처럼 번들거렸다.

"호호, 그렇게 생각했다면 더욱 잘된 거 아니요. 당신 손에 피를 묻힐 필요도 없이 내가 한 방에 끝내주겠소."

사내가 칼을 높이 치켜들었다. 그러나 마음먹은 대로 홍세 영을 벨 수는 없었다. 어느새 희도의 칼날이 가슴팍까지 다가 와 있었다.

"뭐, 뭐 하자는 거요?"

"지금 우린 마을에 고립되어 있다. 아무도 이유를 알 수 없고 벌써 한 명이 죽었는데 이자만이 곡절을 알고 있는 듯하다. 여기서 이자를 죽이면 누가 우리 마을을 원래대로 돌려 놓을 수 있나? 네가 할 거냐?"

희도의 말에 사내는 꿀 먹은 벙어리가 되어 뒤로 물러섰다.

"십전노파라는 것이 십전동자를 말하는 것이오?"

희도가 물었다. 홍세영은 주막에서 들은 이야기를 간략하게 말해주었다. 아울러 화성에서 벌어졌던 십전동자에 대해서도 알려주었다. 희도를 제외한 다른 사내들은 벌써 그 이름을 알고 있는 모양이었다. 걱정과 근심은 점점 두려움으로 번져 갔다. 사내들은 벌써부터 사라진 마을 사람들에 대해 절망적인 견해를 내놓고 있었다.

"설마 전부 죽은 것은 아니겠지요?"

가장 젊은 사내가 희도 곁으로 다가왔다.

"걱정 마라. 네가 걱정하는 일은 생기지 않을 테니……."

"노환으로 거동도 불편하신 어머니가 대체 어딜 가신 것인지 영문을 모르겠소."

사내들은 그제야 하나둘씩 가족들에 대한 걱정을 입 밖으로 내놓았다. 가족의 이름이 나오자 다들 처자식과 연로하신 부모님에 대해 근심하는 평범한 촌민들로 돌아와 있었다. 좀 전의 살기등등한 모습과는 대조적이었다. 이들은 원래 이런 모습이어야 마땅했다. 희도를 제외하면 칼을 들고 있는 모습조차 어색해 보였다.

그나마 살주계원이라는 사내와 좀 전에 말을 꺼낸 젊은 사내 정도가 칼자루나 쥐었음 직한 태도였고 다른 한 사내는 아예 칼을 내팽개치고 양손을 얼굴에 대고 있었다. 그동안 터져 나오려는 울음을 억지로 참고 있었던 것이다. 젊은 사내가 옆으로 다가가 그자를 위로했다. 아마 죽은 사내와 절친했던 사이였나 보다.

홍세영은 죽은 자에게 다가갔다. 바위 앞의 땅속에서 튀어나온 것은 커다란 낫의 형태인 듯싶었다. 사내는 오른쪽 허벅지 안쪽에서 위로 깊은 상처를 입었다. 살이 찢겨져 뼈가 다 드러나 보일 정도로 너덜거리는 걸 보면 대단한 위력이었을 것이다.

"옥가락지를 들면 땅에서 흉기가 튀어나오도록 되어 있었군."

홍세영은 낫이 올라오느라 패인 땅의 깊은 골을 가리켰다. 낫이 튀어나오며 주변에 흩어진 짙은 갈색의 나뭇잎들은 마치 사람의 피부를 벗겨낸 것처럼 징글맞았다. 홍세영은 저도 모르게 어깨를 부르르 떨었다.

"누구 짓이오?"

다들 궁금해하는 것이었다.

"나도 모르오."

홍세영은 생문을 찾기 위해 사방을 예리하게 살폈다. 분명 어딘가에 진법을 푸는 열쇠가 있을 것이다. 그때, 눈에 번쩍 뜨인 것이 있었다.

"이것은 열매 같은데……."

희도가 가까이 다가왔다. 홍세영이 주워 든 것은 적갈색의 작고 동그란 구슬처럼 생긴 열매였다. 그러고 보니 네 군데 모두에서 이런 열매를 본 것 같았다. 바닥에는 수십 개의 이런 열매가 떨어져 있었다. 마치 송화가 빚어낸 생보단처럼 생겼다.

"그건 뱁밥입니다."

희도가 대수롭지 않다는 듯이 말했다.

"마을에 많이 나지요."

홍세영은 열매를 다시 땅에 떨어뜨렸으나 무언가 개운치 않은 구석이 있었다.

"이게 원래 지금 시기에 나는 것이오?"

홍세영의 말에 무슨 뜻이냐는 듯이 돌아보던 희도의 눈이 크게 떠졌다.

"아닙니다. 이건 주로 한여름에나 나는 것인데… 이런 봄에는 잎이 나긴 하지만 아직 열매를 맺을 때는 아니오."

희도가 가리킨 곳에는 계절을 무색케 할 만큼 무성한 풀들이 자라고 있었다. 작은 잎 아래쪽에 대추알처럼 생긴 구슬이 대롱대롱 매달린 모습은 무당들이 흔드는 방울처럼 귀기가 서린 듯하였다.

"이상하군. 왜 뱁밥이 갑자기 이렇게 돋았을까? 아직 때도 아닌데……."

"그러고 보니 날씨도 이상해요. 바람도 후텁지근하고 예년하고는 많이 다른데요?"

젊은 사내가 주춤거리며 말했다. 홍세영도 덥다고 느끼고 있었다. 옥색 두루마기 안쪽이 땀에 배어 있었던 것이다. 아직은 땀을 흘릴 만한 시기가 아니었다. 뭔가 이상했다. 이 마을에 들어온 순간부터 시간과 계절이 모두 약간씩 어긋난 듯 보였다.

"꼭 한여름 같군."

홍세영이 부채를 꺼내 들었다. 마치 그것이 신호라도 되는 양 사내들도 제각각 손사래를 만들어 부채질을 하기 시작했다. 그렇게 생각하자 갑자가 너무 더워서 참을 수가 없어졌던 것이다. 이윽고 살주계의 사내가 웃통을 벗어 던졌다.

"젠장, 내 삼십 년을 살았지만 이렇게 이상한 일은 처음 겪수. 늦봄도 아니고 이른봄에 삼복더위가 찾아오다니."

그 말대로 모두 땀을 뻘뻘 흘리고 있었다. 희도가 이마에 흐르는 땀을 훔쳐 내며 홍세영을 쳐다보았다.

"이걸 설명해 줄 수 있습니까?"

홍세영이 고개를 저었다. 술법에 걸렸다는 것은 알겠으나 어떻게 풀어야 할지는 알 수 없었다.

"정말 덥군요."

희도가 목덜미의 땀을 훔쳐 내며 말했다. 삼복더위가 아니라 이건 태어나서 처음 겪어보는 더위였다. 땅에서 이글거리며 올라오는 아지랑이는 눈을 현혹시켜 마치 땅이 움직이는 것처럼 보이게 만들었다. 그뿐만이 아니었다. 논에서도 희뿌연 물기가 스며 나오는 듯이 보였다. 습기와 땀으로 사람들의 모습은 소금에 푹 절여놓은 채소처럼 흐물거렸다. 홍세영은 가슴이 불에 덴 듯 뜨거워지는 것을 느꼈다. 바로 여의향을 품고 있는 쪽이었다.

"숨이 막혀요."

젊은 사내가 참지 못하겠다는 듯이 울먹거렸다. 그러자 아까 울었던 사내가 다시 울음을 터뜨렸다. 젊은 사내는 또다시 그자를 위로하느라 정작 자신이 울고 싶었다는 것은 잊은 듯했다.

"덕구 아저씨, 울지 마세요."

덕구가 울보 사내의 이름인 모양이다.

"훌쩍. 상천아, 나도 그러고 싶은데 너무 더워서… 참을 수가 없어."

"그럼 덥지 않다고 생각하세요. 원래 지금은 초봄이니 이렇게 더운 건 말이 안 돼요. 우리가 꿈을 꾸고 있다고 생각하면 한결 나아질 거예요."

홍세영이 벌떡 일어섰다. 상천이란 젊은 사내의 말은 이 상황의 근본을 꿰뚫고 있었다.

"내가 잊고 있었소. 이건 실제가 아니오."

"이렇게 더운데 실제가 아니라니?"

사람들은 홍세영의 말을 이해할 수 없었다.

"우리는 꿈을 꾸고 있는 거요."

"꿈이라고? 지금 누굴 놀리오?"

살주계의 사내가 땀을 뻘뻘 흘리며 눈을 부라렸다.

"뱀 밥이요. 그걸 만진 뒤로 다들 꿈을 꾸고 있는 거요."

사람들의 시선은 다시 뱀 밥 쪽으로 움직였다. 홍세영은 성큼 성큼 다가가 양손으로 뱀 밥을 뽑기 시작했다.

"뭐 하시오?"

"일단 뽑고 봅시다."

홍세영이 부지런히 손을 놀리는 것을 보고 희도는 따라와 묵묵히 뱀 밥을 뽑기 시작했다. 다른 사내들도 뒤질세라 얼른 따라 했다.

"어, 이젠 덥지 않아요!"

상천이 문득 소리쳤다. 다들 뱀 밥을 뽑는 것에만 정신이 팔려 더운 것도 잊고 있었는데 상천의 말대로였다. 땀이 식은 팔뚝에는 소름이 돋았다. 으스스 찬바람이 목덜미를 스치자 다들 오한이라도 난 듯 세차게 몸을 떨어야 했다. 고뿔이라도 걸린 것처럼 신열이 솟은 것이다.

"니미럴, 귀신에라도 홀렸나."

"귀신이여, 귀신. 말종이 말대로 우리 모두 귀신에 홀렸던 게 분명해."

덕구는 점점 청회색에서 암청색으로 변해가는 하늘을 불안한 듯 보았다.

"이제 밤이 됐으니 귀신이 나타날 거야. 지금까지는 낮이라 우리를 홀리기만 했으니까 밤에 나타나 잡아갈 생각인 거야."

울부짖듯 소리치는 덕구의 말이 마을 안을 휘감아 도는 곡소리처럼 들려왔다. 곡소리?

사람들도 전부 그 소리를 들었다. 여인들이 우는 곡소리처럼 들리기도 하고 중들이 외는 염불 소리처럼 들리기도 했다. 홍세영과 사람들은 일제히 그쪽으로 달려갔다. 당집이었다. 어느새 주위는 칠흑처럼 어두웠는데 달빛은 유독 당집을 대낮같이 밝히고 있었다.

"이제 들리지 않아요."

덕구가 말했지만 사람들은 그의 말은 듣지 못한 듯 당집의 우진각 지붕을 뚫어져라 보고 있었다.

"대체 뭘 보고 있는 거야?"

말종도 지붕 위를 올려다보았다. 지붕 위에 꽂혀 있던 대나무의 마른 잎이 잔바람에 버석버석 소리를 내고 있었다.

"저 소리를 듣고 착각한 것이 아니오?"

희도의 말에 말종이 그러면 그렇지라는 듯 비웃는 소리를 내었다. 상천은 누가 듣고 있기라도 하듯 조심스럽게 말했다.

"없어요."

"뭐가?"

"당기요. 지붕 위에 꽂혀 있던 당기…항상 저기 꽂혀 있었는데……"

상천의 말에 희도는 당집 지붕 위에 꽂혀 있는 붉은 깃발이 보이지 않는다는 것을 알았다. 깃발 대신 누렇게 떠버린 병자의 안색 같은 대나무 잎이 몇 개 흔들리고 있을 뿐이다.

"당기가 뭐요?"

홍세영이 물었다.

"원래 여기는 이무기 신을 모신 사당입니다. 당집 위의 붉은
깃발에는 까치 그림이 그려져 있었지요."

"이무기 신이라……."

보통 당집에서 모시는 신은 칠성신이나 미륵신, 아니면 억
울하게 죽은 선대의 대왕이나 장군들을 모신다. 그런데 쪽박
골 당집은 드물게도 이무기 신을 모시고 있는 것이다. 뱀 밥…
이무기 신… 어떤 연관이 있을까?

"들어가지 말라니까!"

성미 급한 말종이 다른 사람들의 만류를 뿌리치고 당집 안
으로 들어가고 있었다.

"그 땡중은 분명 여기 어딘가에 숨은 게 틀림없다니까."

두 칸 남짓한 당집 안에는 중앙과 우측에 제단이 있었다.
그러나 제단 위에는 위패도 신패도 없었다. 대신 제단 옆에
바짝 마른 새의 꼬리를 세 개 묶어놓은 대나무가 세워져 있었
다.

붉은 바탕의 깃발에는 똬리를 틀고 두 개로 갈라진 혀를 날
름거리는 거대한 구렁이 그림이 그려져 있었다.

"혹시, 지붕 위에 있던 깃발이 저것 아닙니까?"

"아닙니다. 저 영대는 무당이 들고 온 것이고, 당기는 나중
에 그려 지붕 위에 붙들어 맸지요."

홍세영은 당집에 산다는 무당의 정체가 궁금했다. 초지와 함께 있다가 사라진 무당은 누구일까?

"그 무당은 이 마을 사람입니까?"

"십여 년 전에 마을로 흘러들어 온 자요. 워낙 영험하여 마을 사람들이 모두 무서워하면서 가까이 하려 하지 않았소."

갑자기 우측의 제단이 덜컹 소리를 내며 움직였다. 제단 아래서 튀어나온 사람은 초지였다. 빙글빙글 웃는 모습이 아침과 한 치도 다를 바 없었다.

"저, 저, 쳐 죽일 놈!"

마치 잡아먹기라도 할 것처럼 말종이 소리쳤다.

"마을 사람들을 모두 어찌했소?"

싸늘한 희도의 말이었다.

"마을 사람들은 모두 안전한 곳으로 피신했소. 저기 쪽박산으로 말이요. 히히, 때마침 장용영에서 돌을 파낸 곳에 적당한 동굴이 하나 있습디다."

"그 말이 사실이겠지? 만일 사실이 아니라면 당신 목숨은 없는 거요."

"빌어먹을 땡중의 목숨이야 뭐가 그리 대수겠소. 하지만 원한에 찬 여자의 한이 화성을 덮어버리지나 않을까 걱정이오. 원래 마귀란 한 맺힌 인간의 마음에서 나오는 법이지. 나무관세음보살……."

초지는 더러운 행색과 어울리지 않게 반지르르하고 매끄러운 목탁을 두들기며 불호를 읊었다.

다시 덜컹 하는 소리와 함께 제단 아래서 한 사람이 더 올라왔다. 무당이었다. 사람들을 피신시키고 두 사람은 제단 아래 숨어 있었던 것이다.

"저자가 무당이오?"

홍세영의 말에 희도가 고개를 끄덕였다. 도무지 나이와 성별을 짐작하기 어려운 무당이었다. 두 눈이 있어야 할 자리에는 퀭하니 구멍만 뚫려 있었다. 눈뿐 아니라 귀가 있어야 할 자리도 코가 있어야 할 자리도 모두 밋밋하여 흉측하기 짝이 없었다.

"아까는 왜 나오지 않았습니까?"

홍세영이 자신들이 찾는 동안 어째서 숨어 있었는지 궁금했다. 초지의 눈이 웃음을 띠는 듯 위쪽으로 구부러졌다.

"아이쿠야, 소피 때문이 아니면 지금도 안 나왔지."

초지는 누가 말릴 새도 없이 밖으로 튀어나가려 했다.

"이 땡중이 어딜 도망치려고."

말종이 막으려 했으나 초지가 소매를 떨치자 맥없이 날아가 벽에 처박히고 말았다. 돌아온 초지에게 홍세영이 물었다.

"이제 말해보시오. 나는 스님을 오늘 처음 보았는데 어째서 저들에게 내가 쪽박산의 돌을 캐내라고 했다고 말했습니까?"

"그거야 홍 초관의 연이 이곳에 닿아 있으니 그랬지."

"말도 안 되는 이유로 사람을 모함했군요."

홍세영이 담담하게 말했다.

"말이 되는지 안 되는지는 두고 보면 알 것이고."

초지가 능청스럽게 말했다.

"그럼, 우리에게 했던 말은 모두 거짓이었다는 거요?"

희도가 사납게 말했다.

"그런 게 지금 무슨 소용인가?"

초지는 천연덕스럽게 말하며 품에서 몇 장의 부적을 꺼내었다.

"자정이 되면 그 요괴가 이리 들어올 것이네. 무당이 마을 사방에 가락지를 놓아 요괴를 유인했지만 소용없을 걸세. 그래도 이 당집을 찾기까지는 시간이 좀 걸릴 거야. 당기도 없애고 영대에도 부적을 붙였으니 쉽사리 찾아오지는 못할 게야."

"대체 십전노파가 원하는 것이 무엇입니까?"

"정(情)이라네. 정이 아니라면 요괴가 사람과 얽혀들 일이 무엇이 있겠나?"

"정이라……."

"십전노파는 원래 사람이었네. 그런데 그만 한 사내에게 정을 주고 말았네. 그러나 사내는 무정하게 십전노파를 배신했고 오히려 요괴로 몰아 팔을 잘라 버렸네. 잘린 팔에는 정표로 받은 옥가락지가 끼어 있었지. 십전노파는 한을 품고 사내와 인간 세상을 저주했지. 하지만 자신이 사랑했던 사내에게 받은 가락지만은 되찾고 싶었던 거야. 그 가락지야말로 자신의 정이 담겨 있는 것이었으니까."

홍세영은 마른 고목 같은 무당을 쳐다보았다. 십전노파를 배신한 사내가 바로 저 무당이란 말이로군.

"이 모든 게 저 무당이 우리 마을에 들어왔기 때문이요. 당장 요괴에게 무당을 내줍시다."

말종이 미친 듯이 화를 냈다.

"쯧쯧, 불쌍한지고. 중생을 구하는 것이 스님의 업이니 그건 안 될 말이지."

초지가 어림없다는 듯이 말했다.

"저 무당만 중생이고 우리는 하찮은 미물이란 말이오? 어째서 저자의 목숨만 중하다는 거요?"

말종이 따지듯 물었다.

"이 인연의 고리를 끊지 못하면 십전노파의 살생은 계속될 거요."

"그 가락지를 내주면 될 것이 아닙니까?"

홍세영이 말했다.

"그걸 잃어버렸으니 이 난리가 난 게 아닌가."

"그런데 십전노파와 저 무당은 나이가 몇입니까?"

"그런 게 뭐가 중요한가? 자, 다들 이 부적을 일단 붙이고 동서남북으로 서 있게."

초지가 일러준 대로 홍세영은 남쪽에, 희도는 북쪽에, 상천과 말종은 각각 동쪽과 서쪽에 자리를 잡고 앉았다. 초지는 무당과 당집 중앙에 자리를 잡았다. 초지는 무당의 온몸을 노란 부적으로 덮었다.

"이건 은신부인데 요괴의 눈에 뜨이지 않도록 하는 것이오. 이게 한 장이라도 떨어지면 큰일이니 절대로 움직이면 안 되오.”

초지는 신신당부했다. 무당은 알아듣는 것인지 아니면 아무런 생각도 없는지 초지가 하는 대로 가만히 있을 뿐이었다.

“젠장, 무당은 저렇게 많이 붙여주고 우리는 왜 달랑 이마에 한 장이야?”

말종이 투덜거렸다.

“자네들의 기는 한 장으로도 가릴 수 있는 것이니 너무 걱정 말게. 십전노파는 그저 자네들을 벽이라 생각할 거야.”

시간은 계속 흘렀다. 초지의 목탁 소리와 염불 소리가 은은히 울려 퍼지는 가운데 쪽박산에서 불어오는 바람은 당집을 날려 버릴 듯이 흔들어댔다. 우수수 나무들이 흔들리는 소리가 사람들을 더욱 불안하게 하였다.

第二十五章
이어지는 죽음

華城

1

　홍세영은 문득 자신이 마을 안이 아니라 다른 곳에 있다는 것을 알았다. 초지와 무당, 마을 사내들도 보이지 않았다. 자신은 호젓한 산길을 따라 걷고 있었다. 낯이 익은 듯도 하고 처음 와보는 길인 듯도 하였다.

　좁은 길 끝에서 걸어오는 여인의 모습이 보였다. 하얗게 센 머리카락을 보니 호호백발 노파인 모양이었다. 길이 좁은지라 홍세영은 한쪽으로 물러서 노파가 지나길 기다렸다. 가까이 다가올수록 노파가 아니라 젊은 여인이었다.

　백발 여인은 홍세영을 보지 못한 것처럼 그를 지나쳐 어디론가 부지런히 가고 있었다. 뭔가에 이끌리듯 홍세영은 그녀를 따라갔다. 백발 여인은 골목을 돌고 돌아 작은 초가집 앞에 멈추어 섰다.

"어머니, 제가 돌아왔어요."

"연이냐? 들어오거라."

방문을 열어젖히는 사람은 머리도 얼굴도 영락없는 호호백발 노파였다.

"절간의 중들이 모두 도망갔어요."

연이 들고 있던 보퉁이를 툭 하니 내려놓으며 말했다. 방문 밖에 서서 모녀의 이야기를 듣던 홍세영은 보퉁이에 무엇이 들었나 궁금하여 창호지에 구멍을 뚫고 안을 들여다보았다. 보퉁이 안에 든 것은 죽은 닭이었다.

"켈켈켈, 또 이따위 걸 가져왔구나. 사람! 사람 고기를 가져오란 말이다."

끔찍한 목소리로 떠드는 사람은 노파였다. 홍세영은 직감적으로 그 노파가 구망 할미이자 십전노파라는 것을 알았다.

"이 깊은 산속을 지나는 사람이 어디 있어요?"

연은 태연히 말했다.

"요망한 년, 내가 모를 줄 아느냐? 지금은 움직이지 못하여 네가 가져오는 이따위 걸로 배를 채운다만 지긋지긋한 생활도 오늘로 끝이다. 내가 움직일 수 있는 것은 오늘 밤 단 하루뿐, 그 안에 반드시 찾아내야 한다."

노파는 연에게 갖은 욕을 하더니 긴 손톱을 사용하여 닭을 반으로 쭈욱 잡아 찢어서는 피가 뚝뚝 떨어지는 채로 입으로 가져갔다.

“절간 주위에 죽은 닭을 파묻었더니 지네들이 몰려들어 중들이 다 도망갔어요.”

“버러지 같은 놈들…….”

“어머니, 우리 이곳을 떠나서 그 절간에 가서 살아요. 지세를 보니 음기가 많은 곳이라 이곳보다 훨씬 살기 좋을 것이에요.”

“기다려라. 오늘만 지나면 네 말대로 하마.”

노파는 이를 갈며 말했다.

“꼭, 꼭 복수를 해야겠어요? 난 이대로도 상관없어요.”

“흥, 너는 그런 인간을 아비라고 생각하여 나를 만류하려는 것이냐?”

홍세영은 깜짝 놀라서 뒤로 물러섰다. 저 연이라는 처녀는 십전노파와 인간 사이에서 태어난 여자였구나.

“그럴 리가요. 인간은 하나같이 쓰레기라고 어머니도 그러셨잖아요. 인간 따위 어찌 돼도 상관없어요. 하지만 그러다 어머니께서 혹 다치기라도 할까 봐…….”

연의 목소리가 떨렸다. 노파는 앙상한 손을 들어 딸의 머리를 쓰다듬었다. 홍세영은 노파의 다른 손이 손목에서부터 뭉텅 잘려진 것을 놓치지 않고 보고 있었다.

“연아, 만일 네가 태어나지 않았다면 나도 그랬을지 모른다. 그 인간을 만난 것 또한 내 업보라 생각하고 내단이나 가락지에 대한 미련 따위는 잊어버린 채 산속에서 혼자 살다가 가면 그만이었으리라. 그러나 네가 태어나지 않았느냐? 이제 내가 갈 날도 멀지 않았는데 이 세상에 너를 혼자 두고 내가 어찌 가겠느냐. 이 어미가 못난 탓으로 너에게 물려줄 내단을 그놈에게 빼앗겼으니 너는 약한 인간과 다를 바가 없다. 만일 내가 사라지고 나면 이 험한 세상을 너 혼자 어찌 살아가려느냐?”

십전노파는 자신의 딸을 모질게 대했다가 금방 다정하게 대하는 등 정신이 오락가락하는 모양이었다.

“어머니, 왜 그런 말씀을 하세요. 저는 언제까지나 어머니와 둘이 살고 싶어요.”

연은 눈물을 뚝뚝 흘렸다.

“너는 반은 인간이다. 언제까지 산속에서 이렇게 살 수 있겠느냐. 세상은 점점 변하여 인간의 무리가 많아지니 우리 구망족이 살 곳은 점점 줄어든다. 이무기는 천 년을 묵어 용이 되지 않으면 악신이 되고 만다. 나는 비록 내단을 빼앗겨 이리 되고 말았지만 너만은 반드시 여의주를 품게 하겠다.”

연은 고개를 흔들었다.

“다 필요 없어요. 어머니께서는 오늘 그자를 만나지 말고 그냥 저와 함께 이곳에서 살아요.”

“그럴 수 없다. 백 년에 단 하루, 단 하루뿐이다. 벌써 두 번이나 그 인간을 놓치지 않았느냐. 오늘이 마지막이다. 오늘이 지나면 나는 죽거나 심성을 완전히 잃어 너조차 알아보지 못하게 되고 말 것이다.”

“어머니…….”

“혹시나 일이 잘못되어 오늘이 지나게 된다면 너는 반드시

나를 죽여 후환을 없애거라. 내 비록 인간을 뼈에 사무치게 저주하나 널 생각한다면 어찌 이 세상에 해를 끼칠 수 있겠느냐. 부디 내가 없더라도 강하게 살아남아야 한다."

노파의 목소리에서 점점 힘이 빠져갔다.

"난 좀 자야겠다. 오늘 밤만 지나면 이 지긋지긋한 생활도 끝이 나겠지."

연이 밖으로 나오는 기척에 홍세영은 몸을 숨겼다. 노파는 생닭을 통째로 먹었는데 나머지를 손질해서 솥에 넣고 삶은 걸 보니 그녀의 음식인 모양이었다.

"어머니… 어머니가 없으면 저 혼자 어찌 이 세상을 살아요… 어머니……."

솥뚜껑 위로 굵은 눈물 방울이 떨어져 치이익 하는 소리를 내었다. 홍세영은 가슴이 메어지는 것 같았다. 자신도 어려서 부모를 여의고 조부의 손에서 자라며 부모의 정을 그리워하지 않았던가.

"외로움은 견딜 수 없는 것입니다. 저 아이가 제 어미처럼 되는 것만은 막고 싶습니다."

옆에서 목쉰 듯한 음성이 들렸다. 얼굴에 흉측한 화상을 입은 무당이었다.

"말을 할 수가 있었군요?"

홍세영이 힐책하듯 말했다.

"말이야 항상 하고 있었습니다. 들을 수 있는 사람이 없었던 것뿐이지요. 초지 스님과 당신을 만나기 전에는요."

무당의 눈가가 실룩거렸다. 딸이 보이는 것일까?

"저 애가 태어나는 순간부터 알고 있었습니다. 자라는 모습도 보았습니다. 모든 것이 제 업보입니다. 나중에야 알았습니다. 비록 짐승이었으나 암구렁이가 날 얼마나 깊게 생각하고 있었는지… 그 배신감이 어떠했을지를 말입니다."

무당은 진심으로 후회하고 있었다. 딱딱한 나무껍질 같은 피부 위를 눈물이 쉼없이 흘러내렸다.

"인간의 욕심은 한이 없지요. 저는 이무기의 내단이 큰돈이 될 거라 생각했습니다. 그래서 그녀를 죽이고 내단을 빼앗으려 했지만 팔 하나를 자르고 그녀는 도망쳐 버렸습니다."

"잔인했군요."

"마귀보다 더 사악한 것이 바로 인간의 탐욕입니다. 모든 것이 거기서 비롯되지요."

"이제 어떻게 하실 겁니까?"

"제가 이런 몰골이 된 것은 바로 이무기의 내단을 삼켰기 때문입니다. 가질 수 없는 능력을 갖고자 욕심을 부린 결과입니다."

무당의 모습이 왜 흉측하게 변했는지 알 수 있었다.

"진작에 내단을 돌려주시지 그러셨습니까?"

"미련… 집착… 허허허… 이런 몰골을 하고서라도 살고 싶더군요. 그러나 그것도 이제 싫습니다. 평온을 얻고 싶은 마음뿐입니다."

"그럼, 내단을 주는 것이?"

"저도 그러려고 했습니다. 하지만 초지 스님이 그리되면 큰 일이 난다고 만류하시더군요. 그녀의 한이 너무 커서 내단을 찾게 되면 복수하려 할 것이라구요."

홍세영은 초지가 괜한 걱정을 하는 것이 아닌가 생각했다.

"기우가 아닐까요?"

"만일 내단을 얻고 용이 되어 승천한다면 다행이지만, 그러지 못하면 세상에 큰 화를 자초하게 될 것이라고 했습니다."

초지는 모험을 하기보다는 안정을 택한 것이다. 그렇지만 미물조차도 함부로 살생하지 말라는 자비심 많은 부처의 가르침은 어찌 된 것일까?

"내 손에 피를 묻혀 많은 사람을 살릴 수 있다면 그것이 곧 자비라고 하셨답니다."

무당은 홍세영의 생각을 읽고 있는 듯했다.

"자비라… 어려운 것이로군요. 미물과 사람은 어떤 차이가 있는 것인지… 만물에게 자비를 베풀 수는 없는 것인지… 어르신? 어르신?"

홍세영은 갑자기 주위에 어둠만이 가득하고 아무것도 남지 않았다는 것을 깨달았다. 어둡고 탁한 공기, 주위를 떠도는 묘한 냄새. 초지가 피운 향이 오래된 건물에서 느껴지는 퀴퀴한 곰팡내를 몰아내었다.

"나무아미타불… 관세음보살……."

경을 외는 초지의 목소리가 낭랑하게 울려 퍼졌다. 꿈? 아니면 환상을 본 것일까? 홍세영은 미동도 없이 꼼짝 않고 있는 무당을 보았다. 무당이 내게 말하려 한 것은 무엇이었을까?

쿵 하는 소리가 들려왔다. 말종이 졸다가 넘어진 것이다. 입가에 흘러내린 침을 닦으며 다시 가부좌를 틀고 벽에 기댄 말종이 아무래도 일을 내지 싶었다. 가부좌가 힘든지 연신 몸을 틀고 있었다. 그런데도 잠을 잘 수 있다니 대단한 수면 욕구가 아닌가.

홍세영은 사방을 둘러보았다. 겁에 질려 달달 떨고 있는 덕구의 이마에 붙인 부적이 금방이라도 떨어질 것처럼 흔들렸다. 반면 나이는 어리지만 상천은 의연한 자세로 앉아 있었다. 그리고 자신의 맞은편에 희도가 바위처럼 굳건히 지키고 있었다. 정말 바위라도 된 듯했다. 당집 중앙에 돌부처처럼 앉아 있는 무당의 모습이 보였다.

"쉿! 왔소."

초지의 목탁 소리가 뚝 끊어졌다. 당집의 문이 별안간 우당탕 소리를 내며 열렸다.

"저따위 수법으로 나를 막을 수 있을 줄 알았느냐?"

마을의 사방에 놓인 옥가락지를 말하는 모양이었다. 달빛조차 구름에 가리워진 터라 주위는 음산한 어둠만이 가득 차 있었다. 뿌연 연기를 뚫고 십전노파와 연의 모습이 나타났다.

"흥, 가락지라면 나도 많이 갖고 있지. 또 가락지를 끼울 손가락도 많이 있지."

갑자기 당집 안으로 묵직한 물체가 쿵 하고 떨어졌다. 풀어헤쳐진 주둥이에서 시꺼멓게 썩은 사람의 손목이 수십 개나 쏟아져 나왔다.

"내가 가지고 있는 가락지에 맞는 손목이 없어 안타까웠는데 이제야 맞는 손목을 찾게 되었다."

노파는 말을 멈추고 귀를 기울였다.

"왜 아무 소리도 들리지 않는 것이냐? 연아, 그놈이 있느냐?"

홍세영은 연이 당집 안을 훑어보는 것을 보았다. 그녀의 눈에는 정말 사람들의 모습이 보이지 않는 모양이었다. 새파란 눈이 홍세영의 바로 앞까지 왔다가 되돌아갔다.

"이상해요, 어머니. 아무도 없는 걸요."

"그럴 리 없다, 그럴 리 없어. 내가 틀림없이 느꼈다. 설마 연이 네가 거짓말을 하는 것은 아니냐?"

노파가 비명을 지르듯 외쳤다.

"그럴 리가 있겠어요. 정말 아무도 없어요. 어머니께서 잘못 아신 것이 틀림없어요."

"설마 그놈이 도망을 갔단 말이냐?"

노파가 성큼 당집 안으로 들어왔다. 홍세영은 잘려진 노파의 손목에 손 대신 커다란 도끼가 매달려 있는 것을 보고 소리를 지를 뻔하였다. 도끼 자루가 손목에 깊숙이 박혀 있었다. 그 모습을 본 덕구가 헉 하는 바람 소리를 내자 노파의 눈이 새하얗게 변했다.

"있다, 있어. 틀림없이 여기에 있다. 이놈이 술법을 부려 모습을 감춘 것이 틀림없다. 연아, 잘 보거라."

아무래도 노파는 눈이 보이지 않는 모양이었다. 연은 천천히 당집 안을 살피기 시작했다. 그녀로서는 어머니의 한 섞인 외침을 모른 척할 수 없는 것이 당연했다.

"저는 아무것도 느낄 수가 없어요."

홍세영은 속으로 초지의 술법이 대단하다고 느꼈다. 단순히 술과 고기만 먹는 땡중은 아니었던 것이다. 그때, 홍세영의 눈에 왼쪽에 있던 말종이 서서히 한쪽으로 기울어지는 것이 보였다.

'안 돼!'

속으로 소리쳤지만 이미 소용없는 듯했다. 잠에 취한 말종의 몸이 넘어지는 것을 본 사람은 홍세영뿐만이 아니었다. 가뜩이나 덜덜 떨고 있던 덕구는 쿵 소리를 내며 말종이 넘어지자 그만 긴장의 끈을 놓아버리고 말았다.

"으아아악, 난 더 이상 이곳에 있지 못하겠어."

"일어나면 안 돼."

덕구와 홍세영이 동시에 말했다. 덕구의 이마에서 노란 부적이 천천히 떨어지는 것이 보였다.

"찾았다."

돌연 소름 끼치는 음성이 들리더니 한줄기 섬뜩한 빛이 허공을 갈랐다.

"어머니!"

연의 비명 소리에 묻혀 덕구의 외마디 비명은 들리지도 않았다.

"아니다, 아니야! 놈이 아니야!"

백발을 흐트러뜨리며 노파가 미친 듯이 소리를 질렀다. 도끼 자루에 묻은 피를 혀로 핥는 노파의 모습은 한 마리의 요괴 그 자체였다.

"어디 있느냐? 이놈! 숨어 있지 말고 나오거라!"

툭 소리를 내며 떨어진 덕구의 머리통이 떼구루루 상천에게로 굴러갔다. 상천의 이마에서 땀방울이 뚝뚝 떨어지고 있었다. 연은 바닥에 점점이 생겨나는 물방울을 발견하고는 두려운 듯 몸을 떨었다. 그녀는 살며시 치마로 그 자국을 가리며 말했다.

"이곳에는 저 사람밖에 없어요. 정말이에요."

그러나 이미 피 맛을 본 십전노파의 귀에 딸의 목소리는 들리지 않았다.

"한 놈이 있으면 두 놈도 있고, 열 놈도 있고, 백 놈이 있을 수 있다. 인간이란 그런 종족이다. 혼자 있을 때는 약한 척하지만 떼로 모이면 세상을 뒤집어 버리는 무서운 놈들이다. 지금도 분명 어딘가에 숨어서 때를 기다리고 있을 거야. 난 느낄 수 있다. 느껴져……."

중얼거리며 도끼를 휘두르는 노파의 발이 쓰러진 말종의 손등 위를 아슬아슬하게 지나갔다. 정말 대단한 잠이 아닐 수 없었다. 이 상황에서도 잠을 자다니……. 홍세영은 갑자기 말종이 존경스러워졌다.

뿌드득…….

노파의 발이 말종의 손을 밟는 소리였다.

“켈켈, 여기 숨었군.”

“아얏!”

말종이 소리를 지르며 깨어나는 순간 노파가 도끼를 휘둘렀다. 말종은 머리를 양팔로 감싸 안으며 마구 비명을 질렀다. 홍세영은 번개같이 몸을 일으키며 환도를 빼 들었다. 더이상 이대로 있을 수는 없었다. 그러나 다음 순간, 홍세영은 멈춰 설 수밖에 없었다. 말종과 십전노파의 도끼 사이에 연이 있었다. 십전노파는 붉은 피눈물을 흘리며 연을 노려보았다.

“연아… 네가 어찌?”

십전노파의 도끼 자루에 심장이 두 조각으로 잘린 연이 희미하게 웃었다.

“어머니… 저랑… 같이 가요…….”

“우어어어어어!”

그때였다. 짐승의 비명 같은 소리가 들리며 무당의 몸이 마구 흔들렸다. 초지가 당황해서 무당의 몸을 끌어안았지만 무당을 막을 수는 없었다. 십전노파가 원한에 차서 소리쳤다.

“네놈이로구나! 바로 네놈이야. 어서 내단을 내놓거라. 연을 살려야 한다! 그게 필요해!”

십전노파가 악을 썼지만 무당은 눈물만 줄줄 흘리며 필사적으로 딸에게 가려 할 뿐 어떤 말도 할 수 없었다. 그리고 마침내 무당이 몸부림을 치며 연의 몸을 끌어안자 이상한 일이 벌어졌다. 두 부녀의 몸을 중심으로 붉은 서광이 뻗쳐 나왔다.

"비키거라. 내 네놈의 배를 갈라서라도 내단을 되찾고야 말겠다."

십전노파는 손을 휘둘러 무당의 배를 가르려 했다. 홍세영은 환도를 빼 들어 십전노파의 도끼를 쳐올렸다. 그 순간, 펑 하는 소리가 들리며 홍세영의 품속에서 밝은 빛을 내는 둥근 물체가 튀어 올라 십전노파에게로 향했다.

"끄아아아아악! 여, 여의항이다!"

노파는 쉿소리를 지르며 뒤로 물러섰다. 그사이 무당과 연의 모습은 여의항 속으로 완전히 사라졌다.

"으아아악! 이럴 수는 없다! 이럴 수는… 연아!"

노파는 광포한 소리를 지르며 지붕을 뚫고 아득히 먼 하늘로 사라져 버렸다.

홍세영은 바닥에 떨어진 여의항을 주워 들었다. 하얗게 빛나던 여의항은 섬뜩한 붉은빛을 띠고 있었다. 어디선가 초지의 음성이 들려왔다.

"그건 여의주작이다. 곧 알에서 깨어날 것이다."

"여의주작……."

홍세영은 주위를 둘러보았다. 초지와 무당의 모습도, 희도와 상천의 모습도 보이지 않았다. 마을도 물론 없었다. 주위에는 차가운 밤바람만이 감돌 뿐 사방에 수풀이 우거진 숲 속이었다.

손아귀가 화끈하게 아파왔다. 여의항에 서서히 금이 가고
있었다.

2

이화성은 널찍한 바위에 앉아 있었다. 하품이 나서 미칠 지
경이었다. 그가 이곳에서 떠나지 못하고 있는 것은 딱 한 가지
때문이었다. 두 손으로 끌어안고 있는 운철 쪽박이 바로 그 이
유였다.

"아하함, 도대체 언제 끝이 난단 말이오?"

그는 벌써 반나절이나 이러고 있는 중이었다. 홍세영과 헤
어져 시흥고개를 향하던 이화성은 중간에서 유개단의 장노인
을 만났던 것이다. 유천도방의 일을 들먹인 장노인은 다짜고
짜 빚을 갚으라며 이화성을 이곳으로 끌고 왔다.

산속에는 널찍한 공터가 있었는데 조선 팔도의 거지들이 다
모여들었는지 거지 수백 명이 우글거리며 모여 있었다. 한쪽
에는 찌그러진 가마솥을 수십 개나 걸어놓고 개장국을 끓여댔
고, 다른 한쪽에는 떡이며 밥이 지천으로 널려 있었다.

장노인은 오늘이 일 년에 한 번 열리는 유개단의 잔칫날이
라고 말했다.

"세상에, 거지들이 잔치를 한다는 말은 듣다 듣다 처음 듣
네."

이화성은 별 해괴한 일을 다 본다는 듯이 말했지만 장노인

의 말은 그렇게 간단하지가 않았다.

"이게 다 이 선비 때문입니다."

장노인이 원망스럽다는 듯이 이화성에게 말했다.

"아니, 그게 무슨 소리요? 내가 대체 이 거지 무리와 무슨 연관이 있다고? 연관을 짓고 싶어도 난 체질적으로 깨끗한 걸 좋아하는지라……."

이화성은 거지들의 하얗게 서캐 앉은 머리와 때가 긴 누더기를 보며 정색을 했다. 행여라도 이가 옮을까 최대한 멀리 떨어져 앉는 것도 잊지 않았다.

"유천도방에서 왕초를 모셔간 그날 이후부터 유개단은 사분오열되기 시작했습니다."

장노인은 제법 비장했다.

"그게 무슨 소리요? 지금 보니 화합만 잘되고 있는데?"

이화성은 구름같이 몰려드는 거지 떼를 부채로 가리켰다.

"그게 아닙니다."

"안이면 뒤집으면 될 것이오."

"저는 심각합니다."

"나는 늘 심각하다오. 장 왕초, 내가 진짜 바빠서 그러는데 난 이만……."

"취개 왕초가 사라지신 지 벌써 한 달이 넘었습니다."

장노인은 만면에 울상을 지었다. 그거야 가금충으로 변한 걸 구미청호가 먹어버렸기 때문이지. 이화성은 목구멍까지 올라온 말을 꾹 삼켰다.

"그래? 어딘가에서 또 술이나 퍼먹고 있겠지."

생각해 보면 유개단에게 미안했다.

"잠적하신 일은 많지만 그래도 어느 지역에 있다 하는 정도는 늘 알려주셨습니다. 이번처럼 바다 속에 빠진 소금 알갱이 같은 적은 없었지요."

그럴 수밖에 없었다. 이화성은 목구멍이 간질거려서 잔기침을 연거푸 했다.

"고뿔이라도 걸리면 안 되죠."

장노인이 눈짓을 하자 상거지 하나가 다 찢어진 담요를 들고 왔다.

"되었소. 춥지 않소. 절대로 안 추워. 어허, 덥다."

이화성은 손사래를 치며 장노인의 호의를 거절했다.

"그런데 이 운철 쪽박이 나타났습니다."

장노인은 밥그릇처럼 보이는 쪽박 하나를 품에서 꺼내었다. 취옹이 사라진 뒤 홍세영이 유개단에 전한 운철 쪽박이었다.

"유개단에는 한 가지 규칙이 있습니다."

"규칙?"

"왕초가 사라지고 운철 쪽박만 남을 경우 새 왕초를 뽑아야 한다는 것입니다. 운철 쪽박을 보낸 것은 이제는 거지가 되지 않겠다는 뜻이기 때문입니다."

장노인은 취옹이 거지가 되기 싫어 사라졌다고 생각하고 있는 듯했다.

"유개단은 지난 몇십 년 동안 취개 왕초를 모시며 큰 탈 없이 잘 지내왔습니다."

그건 사실이었다. 취옹이 유개단주를 맡은 후, 거지들은 굶주리지 않았고, 병들어 죽는 백성은 있어도 거지들은 병들지 않았던 것이다. 그러니 취옹을 하늘처럼 떠받들 수밖에 없었다. 그런데 이제 취옹이 사라져 버린 것이다.

"저희들은 하루아침에 아버지를 잃은 애새끼들처럼 길가로 나앉게 되었습니다."

장노인은 눈가를 훔치며 울먹거렸다. 원래부터 길가가 유개단의 집이 아니던가? 이화성은 도대체 언제까지 장노인의 읍소를 들어야 할지 답답했다.

"그래서 장 왕초는 내게 무엇을 부탁하려는 거요?"

장노인이 고개를 번쩍 쳐들더니 운철 쪽박을 내밀었다.

"이걸 맡아주시라는 겁니다."

"이, 이걸 내가?"

"설마 지금 나보고 거지 왕초를 맡으라는 얘기요? 그건 아니겠지?"

이화성은 실소를 터뜨렸다.

"물론, 이 선비님께서 그래 주신다면 저희로서는 한없는 영광입니다. 그렇지만 유개칠성의 만장일치가 있어야 합니다."

장노인은 자신의 뒤를 돌아보았다. 그곳에는 어느 하나 더하고 덜할 것도 없는 상거지 여섯이 사나운 표정으로 쪽박을 들고 서 있었다.

"저를 포함해 일곱 명이 유개칠성(流丐七星)입니다."

"그 유명한 유개칠성이로군."

이화성은 너털웃음을 터뜨렸다.

"한성왕초 조바심입니다."

장노인은 얼굴이 쥐처럼 생기고 코를 씰룩거리는 자를 가리
켰다.

"관서왕초 오달달입니다."

쑥대머리를 하고 다리를 내내 떨고 있는 자였다.

"관북왕초 두대패, 영남왕초 방아질, 호남왕초 우라질, 해남
왕초 먹쇠입니다."

이름만 들어도 왜 그런지 알 수 있을 만큼 정직한 거지들의
외양이었다.

"관동의 왕초는 아시다시피 바로 저 장가이지요."

"근데 내게 유개칠성을 소개하는 이유가 무엇이요?"

장노인의 얼굴에 깊은 근심을 드러났다.

"바로 단주 자리 때문입니다."

"단주 자리라면?"

장노인의 이야기는 이랬다. 취옹이 사라진 뒤 유개칠성은
저마다 자신이 큰왕초가 돼야 한다고 나섰던 것이다. 일곱 명
의 소왕초들은 매일같이 다퉜고, 밑에 딸린 거지들은 그로 인
해 뿔뿔이 흩어지게 되었다는 것이다.

"조선에서 가장 큰 세력을 갖고 있는 저희 유개단이 이렇듯
쪽박 깨지듯 깨져 버리면 제가 나중에라도 취개 왕초를 볼 낯

이 없습니다.”

팔도에 널린 거지들을 모아 하나의 세력으로 만든 것이 바로 취옹이었다. 그런 만큼 장노인의 취옹에 대한 자부심과 존경심은 대단했고 유개단이 무너지는 것을 볼 수 없었던 것이다.

“그냥, 장 왕초가 큰왕초가 되면 되지 않소.”

이화성은 명쾌하게 말했다.

“저들이 인정하지 않을 것입니다.”

장노인의 얼굴에는 불만이 가득했다. 뒤에 선 유개칠성은 어림도 없다는 듯 저마다 한마디씩 하기 시작했다.

“장가 놈은 우리 중에서도 꼴찌랑께.”

“큰왕초의 총애를 받는다고 다음 왕초가 되는 것은 부정부패가 아니등가?”

“이제 우리 유개단도 공평하게 왕초를 뽑을 때가 왔소.”

“내 말대로 허입시다. 여기 모인 새끼들헌티 손을 들어 뽑자고 허요.”

유개칠성이 자신들을 지지하는 거지들을 선동하자 일대에서 우 하는 소리가 터져 나왔다. 사실 거지들은 먹느라 바빠 일곱 사람의 말은 거의 듣지 않았다. 하지만 일종의 신호 체계가 있는 듯 유개칠성 중 한 사람이 손을 번쩍 들 때마다 한쪽에서는 함성이, 한쪽에서는 야유가 쏟아졌다. 다들 자기가 따르는 왕초가 큰왕초가 되어야 한다고 악다구니를 썼다.

이화성은 입을 쩍 벌렸다. 거지 왕초를 뽑는 일이 이렇게 복잡할 줄은 몰랐던 것이다.

"이곳에서 결판을 내야 합니다."

장노인이 굳은 표정으로 말했다. 장노인은 취개의 진전을 자신이 가장 많이 이어받았다는 말을 빼놓지 않았다.

"젠장, 그럼 이렇게 합시다."

유개칠성의 눈이 일제히 이화성에게로 향했다.

"다들 취개한테 약간의 무예를 배웠다 들었소."

일제히 고개를 끄덕였다.

"그 무예 실력을 겨루어 왕초를 결정하면 될 것이 아니오."

유개칠성은 일제히 서로의 얼굴을 쳐다보았다. 진작에 이 방법을 쓸 걸 하는 표정이었다. 그중에서도 장노인의 얼굴 표정이 가장 밝았다.

"옳거니. 이 선비님의 말씀이 맞습니다. 실력 위주로 뽑자 이거지요?"

"그럼, 심판은 이 선비님께서 보아주쇼."

이렇게 돼서 이화성은 유개칠성의 씨름 대회에 끼게 되고 말았다. 처음에는 거지들의 악다구니가 될 것이라 생각하던 이화성은 의외로 유개단의 무예가 절도가 있고 위력이 강하다는 것을 알게 되었다. 명색은 씨름이었으나 주먹과 발차기가 오가는 것도 특이했다.

유개단의 공격 기술은 주로 손과 발, 쪽박을 이용한 것으로 손날 모양을 만들어 상대를 공격하거나 잡아 넘기기, 손가락으로 급소를 찌르기 등이었다. 그중에서도 장노인과 한성왕초인 조바심의 대결이 가장 볼 만했다.

조바심이 장노인의 배꼽 밑을 발로 걸어차려는 순간, 장노인의 몸이 번쩍 하늘을 날았다. 믿기지 않는 도약력이었다. 주변을 꽉 채운 거지들이 일제히 함성을 질렀다. 조바심도 뒤지지 않고 몸을 펄쩍 허공에 올려 재빠르게 서너 번이나 발을 바꿔 공격에 들어갔다.

"와아~ 족치기다!"

한성의 거지들이 마구 소리를 질렀다. 이에 맞서는 것은 장노인의 박치기였다. 장노인의 머리는 마치 돌로 만들어진 양 조바심의 발차기에도 조금도 물러서지 않았다. 조바심이 장노인의 머리를 발로 강하게 후려쳤으나 오히려 자신의 발이 아픈 듯 얼굴을 일그러뜨렸다. 그 틈을 놓치지 않고 장노인이 날아오르며 정수리를 조바심의 복수에 깊숙하게 박아 넣었다.

"태어나서 날아 박기 첨 봤어."

"나도, 나도……."

"장 왕초가 큰왕초가 됐음 좋겠다."

어린 거지들이 장노인의 박치기를 보며 떠들어댔다. 이화성은 도대체 이 싸움이 언제 끝나나 지루해 죽을 지경이었다. 그도 그럴 것이, 어느 한쪽이 쓰러져야만 다른 상대와 싸울 수 있는 그야말로 죽음의 비무대회였던 것이다. 덩치 큰 조바심이 자신의 복부를 들이받은 장노인의 몸을 번쩍 들어 바닥에 패대기치려 할 때였다.

"크아아아아악!"

어디선가 참혹한 비명 소리가 들려왔다. 거지들은 일제히 장노인을 주시했다. 그가 낸 비명 소리라고 생각한 것이다. 그러나 거꾸로 매달려 눈을 멀뚱거리고 있는 장노인도 의아하긴 마찬가지였다. 코피가 터지긴 했어도 비명을 지를 정도는 아니었다.

장노인의 눈에 거지들의 머리 위로 휙하고 날아가는 하얀 물체가 보였다.

"이 선비님? 어디 가십니까?"

장노인이 거꾸로 매달린 채 소리쳤다. 거지들은 눈앞이 번쩍하는 것만 느꼈을 뿐 이화성의 모습이 어디로 사라졌는지 알 수 없었다.

이화성은 단숨에 유개단이 모여 있는 공터를 벗어났다. 긴 휘파람 소리를 내며 몸을 높게 빼 올리니 그의 신형은 하늘로 쏘아 올린 화살처럼 하늘로 솟았다. 거지들이 이 모습을 보지 않은 것이 천만다행이었다. 이화성의 출중한 무예 실력을 보고 왕초가 되어달라고 덤벼들었다간 큰일이었다.

3

고진은 피투성이가 되어 있었다. 옆에는 창백해진 고유리가 덜덜 떨고 있었다.

"나는 다 알고 있소. 삼부선경을 훔쳐 간 것은 바로 고진 당신이 아니오?"

이렇게 말한 것은 을지경이었다. 그의 손에 들린 한 자루의 검은 이미 피를 머금어 불길한 빛을 뿜어내고 있었다. 그 뒤로 연씨 남매들과 산동석가 자매들이 냉랭한 표정으로 두 사람을 핍박했다.

"을지가에서는 무슨 속셈이 있어 고가를 모함하는 것이냐?"

고진은 침착하게 말했다. 숲에 들어오자마자 앞서 가던 사람들이 돌변하여 일시에 자신을 공격했던 것이다. 그리고 자신이 대소녀와 짜고 삼부선경을 훔쳤다고 몰아세웠다. 고진은 황당하기 그지없었다.

"모함?"

을지경이 빈정거렸다.

"이 일이 당신과 대소녀가 꾸민 일이라는 걸 내가 모를 줄 아시오."

"닥치시오."

"다들 들어보시오. 대소녀와 고진 두 사람은 서로 사랑하던 사이였소."

을지경이 다른 사람을 향해 말했다.

"을지 도령은 그걸 어떻게 알았죠?"

석수로가 물었다.

"나는 압록강을 건너오기 전, 우연히 고진과 대소녀가 만나는 장면을 목격하고 말았소. 두 사람이 나누는 대화도 들었지."

"새빨간 거짓말이오."

"거짓말. 진 오라버니는 쭉 우리와 함께 있었고, 금가장에는
가장 늦게 왔는데 무슨 소리예요?"

고유리가 빨개진 얼굴로 소리쳤다.

"고 낭자, 정말로 한 번도 오라버니와 떨어진 적이 없소?"

을지경의 눈매는 마치 토끼를 앞에 둔 늑대처럼 흉흉했다.

"없, 없어요."

하지만 그건 사실이 아니었다. 고진은 국자랑인 고옥의 명
을 받아 먼저 화성으로 출발했었다. 어떤 명이었는지는 고유
리도 알지 못했다.

"고 낭자의 말은 사실이 아니오. 왜냐하면 내 두 눈으로 똑
똑히 보았으니까."

"저 말이 사실이라면 지금 삼부선경은 저자의 품에 있겠
군."

연복신이 입술을 빨며 말했다. 두 눈에는 탐욕의 빛으로 가
득했다.

"지금 저자의 몸을 뒤져 보면 틀림없이 삼부선경이 나올 것
이오. 이 을지경의 목을 걸어도 좋소."

을지경이 자신의 목을 손가락으로 긋는 시늉을 했다.

"모함이오!"

고진이 소리쳤다.

"모함인지 아닌지는 고진 도령이 품속을 보여주면 될 일 아
니겠소?"

연복신이 음흉하게 웃었다.

"그럴 수 없소."

고진이 이를 악물고 말했다. 을지경이 그것보라는 듯이 눈을 매섭게 떴다.

"더 들을 것 없이 몸을 수색하면 될 것 아니요."

연복용이 한 발자국 걸어나왔다.

"누구든 내 몸에 손가락 하나라도 댔다간 사생결단이 날 것이오."

고진은 상처를 누르며 검을 빼 들어 앞을 겨누었다. 고진은 을지경과 연씨 형제의 합공을 막을 자신이 있었다. 십종가 중 가장 세력이 강하다는 동명고가의 명성은 헛된 것이 아니었다. 나이는 어렸지만 고진의 무예는 저들보다 한 수 위였다. 그 증거로 을지경과 연씨 형제의 공격을 지금껏 버텨오지 않았는가. 지금 동생을 데리고 이 자리만 빠져나간다면 고옥과 명림도수에게 이 일을 고하여 저들을 쓸어버리리라 다짐했다.

"과연 동명고가의 기천검은 대단하오. 가문의 무예가 그토록 훌륭한데 무엇 때문에 삼부선경을 탐내지는 모르겠군."

을지경이 답답하다는 듯이 말했다.

"옳은 소리요. 선배공이나 오비도 따위에 비할 바 아니지."

고진의 비아냥에 연씨 형제의 눈초리가 사나워졌다. 하지만 자신들의 무예 실력으로는 고진을 제압할 수 없는 것도 사실이었다.

"안하무인이로군."

을지경이 냉랭하게 말했다.

"당신 말대로 본가의 비전무예만으로도 충분히 십종가의 최고 자리에 있거늘 내가 무엇이 아쉬워 삼부선경을 훔친단 말이오?"

고진은 을지경을 잡아먹을 듯이 노려보았다. 모든 원흉은 바로 저자였다. 자신과 대소녀가 합심하여 진국대가에서 삼부선경을 훔쳐 냈다고 연가와 석가 사람들은 충동질했던 것이다.

숲 속에 들어서자마자 사람들은 돌변하여 그를 공격해 왔다. 고진은 저들을 상대로 지금까지 버틴 것이 스스로 대견했다. 아쉬운 것이 있다면 고유리가 힘이 되어주지 못하는 것이었다. 여동생은 갑작스러운 상황에 겁을 집어먹고 벌벌 떨고 있을 뿐이었다.

"글쎄, 나도 그걸 모르니 답답하단 거요. 이건 어떨까? 삼부선경의 무예만 얻는다면 천하제일인이 되는 것도 꿈은 아니오. 현 국자랑인 고옥보다 무예가 강해진다면 동명고가의 국자랑이 되는 것도 쉬운 일일 테지?"

고진은 피가 나도록 입술을 깨물었다. 을지경은 일부러 고유리를 자극하기 위해 저런 말을 한 것이다.

"저 사람들 말이 정말이에요?"

아니나 다를까, 고유리가 미심쩍은 듯이 말했다. 고진은 안타까워 외쳤다.

"유리야, 거짓말이다. 나는 삼부선경이 뭔지도 모른단 말이다. 수로랑 저자들 말을 믿지 마시오. 사실이 아니오. 그런데… 타로랑은? 타로랑은 어디 있소?"

고진은 언제나 석수로와 함께 다니던 석타로의 모습이 보이지 않는다는 것을 깨달았다. 그는 문득 뒤에서 석타로가 즐겨 사용하던 사향 냄새가 풍겨온다는 것을 깨달았다. 여동생인 고유리는 절대로 쓰지 않는 향이었다.

"유, 유리?"

푸우욱!

고진은 자신의 배를 뚫고 나온 한 자루의 날카로운 검을 내려다보았다.

"내가 없다는 걸 이제야 눈치 채다니 너무 늦었잖아요? 호호호."

고진은 멍한 눈으로 고유리의 모습이 서서히 석타로의 모습으로 바뀌는 것을 보았다.

"어떻게… 된… 일?"

석타로의 입가로 아름다운 미소가 번져 갔다.

"어떻게 되긴요. 환상진(幻像診)을 펼쳤을 뿐이에요. 가주련 비무대회에서 동명고가가 잘난 체하는 것도 이번에는 볼 수 없을 거예요. 동명고가의 명성도 비무대회가 지나면 땅에 떨어질 테니까요."

석수로의 말을 들으며 고진의 몸이 서서히 바닥으로 쓰러졌다.

"동생… 유리는 어디에……?"

고진은 힘을 짜내어 속삭였지만 대답을 들을 수는 없었다.

"어서 저자의 품속을 뒤져 봐요."

연나희의 말에 연복충이 고진에게로 다가갔다.

"잠깐만!"

을지경이 연복충을 저지했다.

"나는 혼자고 당신들은 넷이요. 만일 연가에서 삼부선경을 갖고자 한다면?"

그 말에 갑자기 주위의 공기가 얼어붙었다. 석가의 자매들은 을지경에게 바짝 붙어 섰다.

"고진을 죽인 것은 바로 나예요. 그러니 내가 그의 품에서 삼부선경을 꺼내오겠어요. 그 후에 우리가 다같이 그 비급을 보면 되잖아요."

다들 석타로의 말은 타당하다고 생각했다. 하지만 연복충의 생각은 달랐다. 그는 석가 자매를 믿을 수 없었다. 단숨에 고진의 목숨을 취하는 악독함만 봐도 알 수 있었다.

"당신들이 연가를 믿지 못한다면 어쩔 수 없지만 우리도 마찬가지요. 당신들을 믿을 수 없소. 고진의 몸에서 삼부선경을 꺼내는 것은 내가 하겠소."

을지경이 그것 보라는 듯 미간을 모았다.

"그건 별로 좋은 방법이 아닌 것 같군요."

그 말이 끝나자마자 연씨 형제들이 일시에 검을 앞으로 내밀었다. 그중에서도 등에 다섯 자루의 검을 지고 있는 연복충의 모습이 가장 기세등등했다. 그는 오른손에는 긴 세 자루의 검을, 왼손에는 두 자루의 검을 들었는데 칼자루를 마주 대어

풍차를 들고 있는 듯했다. 그가 사용하는 오비도는 제각각 길이도 다르고 형태도 달랐다. 그중에는 양날의 검도 있었고 만도도 있었으며 짧은 곤봉처럼 보이는 것도 있었다. 그러나 연복충은 다섯 자루의 칼을 마치 자신의 수족처럼 움직일 수 있었다. 그가 오비도를 휘두르는 모습은 다섯 개의 팔이 달린 사람과도 같았다.

을지경은 유천검계가 오비도에 크게 낭패했을 때 이미 그같은 위력을 보았다. 섣불리 움직일 수 없었다.

일촉즉발!

누가 숨이라도 크게 내쉬면 그것이 바로 공격 신호가 될 것이었다. 잠시의 침묵을 깨고 먼저 몸을 움직인 것은 을지경이다. 을지경은 옷 속에 손을 감추고 있다가 번개같이 출수하여 기선을 제압하려 했다. 이 한 수는 방심한 연복충을 향한 것이었다. 그러나 연복충의 세 자루의 칼에 출로를 막히고 말았다.

"과연 너는 혼자 삼부선경을 차지할 생각이었군."

연복충은 을지경의 얼굴에 떠오른 냉정하고 잔혹한 표정을 보았다.

"내가 얌전히 연가의 손에 삼부선경을 바칠 줄 알았다면 오산이다. 내가 이렇게 하지 않는다면 연가야말로 나를 죽여 후환을 없애려 할 것이 아니냐?"

을지경은 이를 악물고 검을 들어 요혈을 보호했다. 일이 이렇게 된 이상 어떻게든 이곳을 빠져나가야 할 것 같았다. 그는 쓰러진 고진이 있는 쪽으로 서서히 움직였다. 한쪽에서는 석가 자매와 연씨 형제가 생사를 건 싸움을 하고 있었다.

석가 자매의 손에는 어느새 쌍으로 된 번쩍이는 금륜과 은 륜을 들고 있었다. 그녀들은 원래 부드럽기가 마치 한 쌍의 비둘기 같았는데 지금 출수하는 것은 독사보다 더 독하고 이리보다 더 매서웠다.

석수로는 연복신의 검을 피해 허리를 숙이는 동시에 다리로 그의 복부를 차고 손에 든 금륜을 번쩍이며 목을 찔러갔다. 이 한 쌍의 금륜 끝에는 작고 예리한 단도가 달려 있어 훨씬 더 흉악했다.

연복신은 석수로의 금륜은 피했으나 그녀의 날렵한 다리는 피하지 못했다. 순간 복부에 극심한 통증이 느껴져 몸을 숙이자 석타로의 은륜이 그의 왼쪽 어깨를 찔렀다.

"오라버니!"

연나희와 연복용은 동시에 달려와 석타로의 은륜을 쳐내어 연복신을 구했다. 그때, 챙강 하는 소리가 들리더니 석가 자매의 금륜과 은륜에 달린 단도가 부러져 나갔다. 어느새 연복충의 손에는 끝이 뭉툭한 검이 들려 있었다. 이 검은 예리하진 않았지만 전체가 둥글고 회백색을 띠고 있었다.

석수로는 깜짝 놀라 손에 들려진 조각난 단도를 바라보았다. 석가 자매의 금륜과 은륜은 천축국에서 나는 특별한 금속으로 만들어져 백련정강보다도 강했다. 그런데 연복충의 막대 같은 검에 한 번 부딪치자 그만 부러지고 만 것이다. 두 자매의 얼굴에 두려운 기색이 스쳤다. 자신들이 동맹을 잘못 맺은 것이 아닌가 하는 생각이 들었다.

그 틈을 놓치지 않고 연나희와 연복용의 검이 압박해 들어왔다. 석가 자매는 입술을 깨물며 물러설 수밖에 없었다.

을지경은 때가 왔다고 생각했다. 연씨 형제와 석가 자매가 서로를 노려보고 있는 틈을 타 번개같이 몸을 낮춰 그곳을 빠져나갔다. 그는 고진의 품속을 뒤져 원하는 것을 찾아내자 그대로 몸을 날려 달아났다.

"멈추시오!"

연복충의 검이 바람을 일으키며 풍차처럼 세차게 휘몰아쳐 왔다. 연복신과 연복용도 이를 따라 을지경에게 일검을 찔렀다. 그러나 을지경의 신형은 이미 숲을 가르며 사라졌다.

휘리리릭, 휘리리릭.

"감히 우리를 속이다니……."

석수로의 손을 떠난 금륜이 아슬아슬하게 그의 머리를 스치고 지나갔다. 연씨 삼형제와 석가 자매가 동시에 몸을 날려 을지경의 뒤를 쫓았다.

"어찌 된 일이냐?"

그때였다. 숲이 쩌렁쩌렁 울릴 정도로 큰 고함이 터져 나왔다. 작은 새들과 동물들이 그 소리에 놀라 일제히 이리저리 튀어 달아났다. 한쪽의 수풀이 헤쳐지며 한 떼의 사람들이 모습을 드러냈다.

"아버님……."

미처 그 자리를 떠나지 못한 연나희가 중얼거렸다. 연가의 가주 연추림이 나타난 것이다. 송화원에서 흑치성문의 얘기를 듣고 곧바로 이들의 뒤를 쫓아온 터였다. 연추림은 주위를 돌아보고 재빨리 상황을 파악했다.

"오라버니들은 어디 있느냐?"

고진의 시신을 보자마자 연추림은 아들들의 안위를 물었다. 연나희가 숲 저편을 가리켰다.

"진아!"

연추림보다 한발 늦게 도착한 부여후는 쓰러진 고진의 모습을 발견하고 울부짖었다.

"대체 누가, 누가 널 이렇게 만들었단 말이냐? 진아, 눈을 뜨거라. 어미다. 어서 눈 좀 떠 보거라."

이미 차가워진 아들의 시신에 볼을 비비며 부여후가 오열했다. 국자랑 고옥의 차가운 시선이 연나희에게 쏟아졌다.

"연 소저가 말해보십시오. 고진 도령을 해친 것은 누구입니까?"

금지성은 굳은 표정이었다. 십종가를 초대한 것은 소호금가였다. 그런데 벌써 흑치성문이 다치고 고진이 죽은 것이다. 불길한 예감이 들었다.

"그를… 그를 해친 것은 타로랑이에요."

"석타로가?"

고옥의 눈에서 불똥이 튀었다.

"산동석가가 우리와 무슨 원한이 있기에 진아를 죽였단 말이오?"

연나희는 조금 전에 벌어진 일을 그대로 설명했다. 사람들은 일제히 을지가의 대주인 부로운을 보았다. 그러나 부로운은 입을 굳게 다물고 어떤 말도 하지 않았다.

"그게 가당키나 한 말인가?"

고옥이 노여움에 부르르 떨었다.

"국자랑이 화성으로 오기 전 진아를 먼저 출발토록 한 것은 무슨 이유 때문이었소? 어째서 이 애를 먼저 보낸 것입니까?"

부여후가 비통에 젖어 외쳤다.

"그건… 가문의 일입니다……."

고옥은 사람들의 시선을 염두에 둔 탓인지 쉽사리 입을 열지 못했다. 부여후는 상심이 큰 탓인지 그가 대답을 하기도 전에 기절하고 말았다.

"저도 그 이유를 듣고 싶군요."

낭랑한 목소리와 함께 미호랑이 모습을 드러냈다. 그 뒤로 섭발계와 대가의 두 남매가 따랐다.

"그보다 먼저 대 낭자에게 묻고 싶은 것이 있습니다."

고옥이 차갑게 말했다. 미호랑은 대소녀를 돌아보며 물었다.

"지금 우리가 들은 이야기가 사실이냐?"

대소녀가 펄쩍 뛰며 말했다.

"그럴 리가 없잖아요. 저는 화성에 와서 고진 도령을 처음 보았는데 어찌 사랑하는 사이가 될 수 있겠어요?"

"들으셨죠? 이 애의 말이 사실이라는 것은 내가 보장하겠어요. 소녀는 태어나서 한 번도 육정산을 내려가 본 일이 없답니다. 이번이 처음 산을 내려온 것이에요."

다들 미호랑의 말이 사실일 거라 여겼다. 그럼 을지경의 말은 거짓일까?

"동명고가는 고진이 지니고 있었다던 책에 대해서 설명해야 할 거예요."

고옥은 침통한 표정을 지었다. 그는 천천히 입을 열었다.

"한 달 전, 동명고가에 도적이 들었습니다."

"뭐라구요?"

"그게 정말입니까?"

금지성이 묻자 고옥은 모든 사실을 말하기 시작했다. 진국대가와 비슷한 시기에 동명고가에도 도적이 들어 귀중한 선대의 책 한 권을 훔쳐 갔다는 것이다.

"다행히 도적은 멀리 도망가지 못하고 주살당했소. 하지만 도적이 누구의 사주를 받은 것인지는 알아내지 못했소. 우리는 잃어버린 책을 되찾았고 고진은 바로 그것을 수거하기 위해 먼저 떠난 것이오."

"그 책은 어떤 것이었습니까?"

"아주 오래된 얘기요. 우리의 선조의 선조 때부터 내려오던 전설이라오. 여러분도 들어본 적이 있을 것이오. '삼부선경을 지닌 자는 천하를 지배할 것이요. 만마혈서(萬魔血書)를 지닌 자는 삼계를 차지할 것이다' 라는 말을……."

사람들은 경악을 금치 못했다.

"지금 그 말은 삼부선경뿐만 아니라 만마혈서마저도 실존해 있다는 얘기요?"

연추림은 그동안 두 비급에 대해 숨겨온 두 가문에 대해 짙은 배신감을 느꼈다.

"삼부선경이 존재한다면 만마혈서도 존재할 것입니다."

금지성이 말했다.

"오래전, 저희 가문의 선조께서는 한 명의 마두를 굴복시키고 만마혈서를 얻었습니다. 선조께서는 그 책이 세상에 무서운 재앙을 불러올 거라 예감하시고 봉인한 뒤 깊숙한 곳에 숨겨두셨습니다."

"어째서 그때 바로 없애 버리지 않았죠? 만마혈서의 무예에 욕심이 난 것이 아닌가요?"

미호랑이 비꼬아 말했다.

"없애려 했지만 그럴 수 없었을 것입니다. 만마혈서는 불에 타지도, 물에 젖지도 않았으니까요."

"그럼, 고가의 무예는 만마혈서와는 상관이 없다는 말이로군요."

미호랑은 가소롭다는 듯이 말했다. 동명고가의 무예는 선가의 정통 무예를 전승한 것으로 알려져 있었다.

"지금껏 만마혈서를 본 사람은 한 명도 없습니다. 선조께서는 그 책을 파손할 수 없다는 것을 알자 그 책에 봉인의 주술을 걸어 영원히 묻어두기로 했습니다."

고옥은 힘주어 말했다.

“그럼, 을지경이 가지고 달아났다 한들 그걸 볼 수는 없다는 얘기요?”

연추림이 집요하게 물었다.

“아마도 그럴 것입니다.”

“그런데 을지경은 고진과 대 낭자가 만났다고 하지 않았소?”

또다시 사람들의 주목을 받게 되자 대소녀는 입술을 꼭 깨물었다.

“그건 아마 거짓말일 거예요. 을지경은 어떤 경로든 고진이 가지고 있는 책을 보았을 거고 그게 삼부선경이라고 생각했겠죠. 그걸 뺏기 위해 거짓을 지어낸 것이 틀림없어요.”

금지성이 말에 대소녀는 감사의 눈빛을 전했다.

“으아아아악!”

그때, 또다시 숲 속에서 비명 소리가 들려왔다. 사람들은 일제히 그쪽으로 달려갔다.

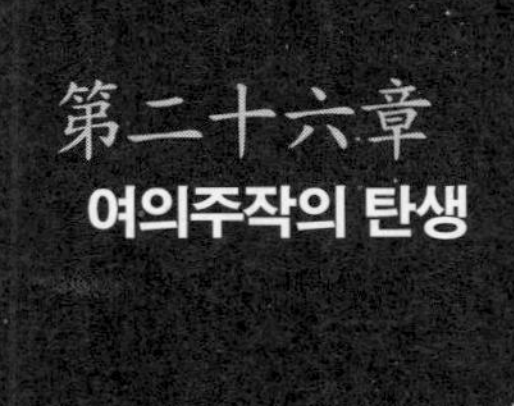

第二十六章
여의주작의 탄생

華城

1

"으……."

을지경은 신음을 토해냈다. 이해할 수 없었다. 분명히 저 어린 꼬마 녀석을 베었다고 생각했는데 자신의 팔이 떨어져 나간 것이다.

"너는 무엇 때문에 이 같은 짓을 저지르는 것이냐?"

그는 고통으로 눈앞이 흐려지는 것을 느꼈다.

"당신이 그걸 알아야 할 필요는 없어요."

우팔은 을지경의 팔을 자루 속에 던져 넣었다.

"삼부선경을… 그 책을 돌려다오. 그건 내 것이다. 내 것이란 말이다."

정신이 흐려지는지 을지경은 횡설수설하기 시작했다. 사실 그는 고진을 죽일 마음까지는 없었다. 그가 이번 일을 계획한 것은 순전히 우연이었다. 송화원에서 고진의 품속에 얼핏 책 같은 것이 있는 걸 보았던 것이다. 동명고가에 대한 질투심에 사로잡혀 있던 을지경은 그것이 삼부선경이라고 확신하게 되었다.

"이거 말인가요?"

우팔의 손에는 을지경이 고진에게서 빼앗은 책이 들려 있었다.

"그래, 그 책 말이다."

"원래 당신 것도 아니잖아요?"

"아니야. 내 것이다."

그는 한쪽만 남은 팔을 휘두르며 우팔에게 달려들어 책을 뺏으려 했다.

퍽!

그러나 반무재의 활우도에 의해 땅바닥에 구르는 처지가 되고 말았다.

"십종가니 뭐니 잔뜩 떠벌리기만 하고 실력은 형편없잖아요."

우팔이 한심하다는 듯 말했다.

"을가의 실력이 형편없는지 어떤지는 겨루어봐야 알 것이다."

묵직한 어조가 들려오자 흑풍계를 타고 있던 세 사람은 동시에 뒤를 돌아보았다.

“부, 부대주…….”

을지경은 부로운이 나타난 것을 보자 그에게 달려가려 했다. 그러나 사람들의 모습을 보자 두려운 표정으로 뒷걸음질 쳤다. 부로운이 침통하게 말했다.

“소가주, 나는 가주님으로부터 소가주를 잘 보필하라는 명을 받고 이곳에 왔소. 지금도 소가주가 바른 행동을 했다고 믿고 있소. 그러니 진실을 말해주시오. 그러지 않는다면 우리 을가의 명예는 땅에 떨어질 것이고 앞으로 십종가의 그 어떤 자리에도 참석할 수 없을 것이오. 정녕 삼부선경에 욕심이 나서 고진 도령을 모함하고 책을 빼앗은 것이오?”

을지경의 얼굴이 새하얗게 변했다. 사람들은 부로운의 시비를 가리는 공명정대한 모습을 보고 탄복했다. 그는 한 발자국씩 을지경에게 다가갔다.

“부… 부대주…….”

을지경은 부로운의 이런 모습을 처음 보았다. 을가에서는 언제나 묵묵히 자신의 말에 따르는 모습만을 보았던 것이다.

“소가주가 고진과 대 낭자의 모습을 본 것이 정녕 사실이오?”

그건 모든 사람들이 궁금해하는 의문이었다. 대소녀는 을지경이 거짓말을 했다고 말했지만 그건 아무도 알 수 없는 일이었다. 대소녀는 얼굴이 새파랗게 질려서 소리쳤다.

“저자의 말을 어떻게 믿을 수 있겠어요?”

“너는 가만히 있거라.”

미호랑이 대소녀를 진정시켰다.

"나는… 나는… 내가 본 것은……."

을지경은 다가오는 부로운을 잡기 위해 한 팔을 뻗으며 중얼거렸다.

"고진과 만난 사람은……."

그의 목소리에서 힘이 빠졌다. 부로운은 을지경이 피를 너무 많이 흘려 그런 것이라 생각했다. 그러나 부로운의 손을 잡고 쓰러진 을지경의 온몸은 푸른색으로 변해 있었다.

"중독이다."

부로운이 놀라 소리쳤다. 을지경의 뒷목에 어느새 작은 침이 박혀 있었던 것이다.

"중독이라고?"

사람들이 몰려왔다. 부로운의 말대로 을지경은 온몸에 푸른 반점에 뒤덮인 채 입과 코에서 검은 피를 쏟아내며 즉사하고 말았다. 부릅떠진 눈에서 핏물이 주르륵 흘러내렸다.

"흉기는 이것이오."

부로운이 을지경의 목에서 침을 빼내려 하자 금지성이 만류했다.

"만지지 마십시오. 아직 독이 남아 있을지 모릅니다."

금지성은 고 노파를 노려보며 말했다. 그는 을지경의 목에 독침을 꽂을 수 있는 사람은 이 자리에서 고 노파밖에 없다고 추리했던 것이다.

"당신은 어째서 살인멸구한 것이오?"

그의 예상은 들어맞았다. 고 노파는 주위가 어두워 아무도 자신의 수법을 알아차리지 못할 만큼 신속하게 독침을 발출했으나 금지성은 그것을 알아본 것이다.

"켈켈. 내가 누구를 죽이고 싶으면 죽이는 것이지 이유가 어디 있느냐?"

고 노파는 주름을 실룩거리며 웃었다. 부로운이 성큼성큼 일어나 흑풍계 쪽으로 다가갔다.

고 노파가 다시 웃으며 소매를 떨치자 그녀의 꼬질꼬질한 옷소매에서 반짝이는 빛 수십 개가 폭사되었다. 바로 을지경의 목숨을 빼앗은 독침이었다. 수십 개의 독침은 폭우처럼 부로운의 전신을 찔러갔다. 그러나 부로운이 들고 있던 칼을 크게 휘둘러 원을 그리자 모두 튕겨 나가고 말았다.

"과연 재주가 비상한 자로구나."

고 노파는 안색이 살짝 변했다. 사람들은 부로운의 무예가 을지경과는 비교도 되지 않을 만큼 고강하다는 것을 알았다.

"누구냐?"

고옥은 숲 속에서 인기척이 들리는 것을 깨닫고 쏜살같이 그쪽으로 움직였다.

"아니, 다들 이곳에 모여 있었군."

나타난 사람은 다름 아닌 이화성이었다. 유개칠성의 싸움을 보다가 비명 소리를 듣고 달려온 것이다. 물론 그가 들은 것은 을지경이 팔을 잘릴 때 내지른 비명이었다. 이화성은 미처 상황을 파악하지 못하고 다가왔다. 그의 안력으로도 어두운 밤에 수많은 사람이 모여 웅성거리고 있다는 것만 알아볼 수 있을 뿐이었다.

"이 밤중에 무슨 일이 벌어진 것이오?"

그는 운철 쪽박을 휘휘 휘두르며 다가오다가 멀리 떨어진 곳에 있는 흑풍계를 발견했다.

"반 형?"

이화성은 반무재를 발견하고 반가움에 소리쳤지만 반무재 앞에 앉아 있는 어린아이를 보자 어리둥절할 수밖에 없었다. 절대로 어울릴 수 없는 두 사람이 함께 있었던 것이다.

"가까이 가지 말게."

금지성이 이화성에게 말했다. 금지성은 이곳에 도착하는 순간 흑풍계를 알아보았고, 그 위에 타고 있는 세 사람의 모습도 보았다. 지금 금지성이 반무재와 아는 척한다면 십종가 사람들은 모두 금지성을 의심할 것이다.

이화성은 금지성과 반무재를 번갈아 쳐다보았다.

"켈켈켈, 오입쟁이 놈이로구나."

"고 노파까지? 어떻게 세 사람이 함께 있게 되었소?"

"미친놈, 그럼 내가 네놈한테 허락이라도 받아야 하느냐?"

반무재의 뒤에서 고 노파가 얼굴을 내밀고 욕을 하기 시작했다. 그녀가 욕을 하자 여자들은 모두 얼굴이 새빨개지고 말았다.

"네가 바로 십전동자냐?"

고옥이 우팔을 향해 싸늘한 어조로 물었다.

"다들 날 그렇게 부르긴 하지만 난 그 이름이 마음에 들지 않아. 난 우팔이에요."

우팔이 해맑게 웃으며 말했다. 그 웃음은 어린아이의 천진함을 모두 담고 있었다. 직접 보지 않았다면 누구도 우팔이 십전동자라는 것을 몰랐을 것이다. 이화성 외에는…….

고옥은 우팔이 들고 있는 것이 바로 만마혈서라는 것을 알았다.

"그건 너 같은 어린아이에게는 너무도 위험한 물건이다."

"위험하다구요? 이 책이 귀신이라도 된단 말이에요?"

우팔은 책장을 펼쳐 팔랑거려 보였다. 사람들은 그 책에 무엇이 쓰여져 있는지 보려고 필사적이었지만 한 글자도 알아볼 수 없었다. 그 책에 쓰여진 것은 지렁이가 기어가는 듯한 이상한 글자였다.

"에이, 뭐예요? 이건 읽을 수 없잖아요."

우팔은 시시하다는 듯이 말했다.

"그건 세상에 나와서는 안 되는 것이다. 그러니 어서 돌려다오."

고옥이 다시 정중히 말했다.

"그럼 불태워 버리면 되겠네요."

"안 돼!"

고옥이 당황하여 소리쳤다.

"그건 선조가 남기신 소중한 유산이다. 절대로 파손해서는 안 되는 것이다."

"켈켈, 귀신 씨나락 까먹는 소리를 다 들어보는구나. 어린것들아, 잘 듣거라. 이건 흑전의 경전이다."

고 노파가 징글맞게 웃었다.

"흑전의 경전?"

"이 만마혈서는 흑전의 초대 전주님께서 직접 쓰신 것이다. 그 후에 여러 마두들이 이 혈서의 힘을 이용해 천하를 손에 넣으려 했었다. 그러나 오백 년 전 만마혈서를 갖고 있던 마왕은 안타깝게도 무림의 한 고수에 패해 혈서를 빼앗기고 말았지."

사람들은 그 고수가 동명고가의 선조라는 것을 이미 알고 있었다.

"만마혈서가 제 주인을 찾아가려는데 누가 감히 그것을 막겠다고 하느냐? 켈켈켈."

고 노파의 눈이 사악하게 빛나고 있었다.

"당신은 대체 누구십니까?"

금지성은 고 노파가 유천도방에서 돈을 빌려주거나 술을 팔거나 한다는 걸 알고 있을 뿐이었다. 고 노파의 짓무른 눈에 자랑스러운 기운이 찼다.

"켈켈켈, 내가 바로 흑전의 사대마왕 중 한 명인 손말명이다."

고 노파가 음침하게 말했다. 그녀는 자신이 흑전의 사대고수 중 한 명이라는 것을 말하면 다들 두려워 벌벌 떨 것이라 예상했다. 하지만 그곳에 모인 사람들은 그녀의 명성을 들어본 적이 없었고 오직 이화성만이 그녀의 말에 반응을 보였다.

"하하하하하, 고 노파가 손말명이라니, 그럼 처녀귀신이란 말이오?"

이화성은 부채를 두드리며 웃었다. 손말명은 처녀귀신을 말하는 것이다. 그는 고 노파가 평양의 관기였다는 사실을 알고 있기에 손말명이라는 소리에 웃지 않을 수 없었던 것이다. 고 노파의 얼굴이 더욱더 험상궂게 변했다.

"대체 어떤 처녀귀신이 원한에 싸여 고 노파에게 붙은 것이오?"

이화성은 진심으로 궁금하다는 듯이 말했다. 하지만 고 노파는 웃지 않았다. 대신 지팡이를 들어 땅을 후려치며 말했다.

"삼세 삼천 흑암의 족속들은 속히 나와 내 명을 받들라."

고 노파의 말이 끝나기가 무섭게 사방에서 검은 옷을 입은 괴한 수백 명이 튀어나왔다. 십종가 사람들은 당황했다. 숲 속에 이처럼 많은 괴한이 숨어 있는 것을 조금도 느끼지 못했기 때문이다. 사람이라면 누구나 기를 내뿜고 수련을 한 자라면 의당 이 기를 느낄 수 있었다. 숨은 자가 고도의 수련을 거친 자라면 자신의 기를 숨길 수 있지만 수백 명이라면 얘기가 달랐다.

설마 흑전에는 기를 숨길 수 있는 고수들이 구름처럼 많단 말인가?

"오늘 네놈들이 이곳을 살아 돌아갈 수 있다면 십종가의 무위를 인정해 주마. 켈켈켈."

고 노파가 흉측하게 말했다. 그녀의 손에 들린 지팡이가 빠르게 회전하며 황색의 구름 먼지를 일으켰다. 사람들은 갑작스러운 돌풍에 눈을 뜨지 못했다. 눈을 떴을 때는 이미 흑풍계를 탄 세 사람은 사라진 뒤였다. 그리고 앞에는 수백 명의 괴한들이 살기를 뿜어내며 포위망을 좁혀왔다.

"조심하십시오. 저자들은 사람이 아닙니다."

금지성이 단호하게 말했다. 무릎 위에서 졸고 있던 백일각이 온몸의 털을 세우며 낮은 울음을 토해냈다.

"사람이 아니면 저들이 귀신이란 말이로군."

이화성은 품속에서 구미청호가 고개를 내밀었다. 아까부터 나오고 싶어 안달이 난 눈치였다.

"좀 기다려라. 곧 배불리 먹게 해줄 테니……."

이화성의 중얼거리며 앞쪽을 쏘아보았다.

"불측한 무리들이로구나."

고옥은 한 자루의 눈부신 백검을 꺼내 들었다. 사방에 빛이 뻗어 사람들은 눈이 멀 지경이었다. 괴한들은 우우 소리를 내며 검이 내뿜는 빛을 피하기 위해 움직였다.

금지성이 감탄한 듯이 말했다.

"과연 보검이로구나. 저게 바로 동명고가의 신물인 해모수의 용광백검(龍光白劍)이로군."

용광백검은 해모수가 하늘에서 가지고 내려왔다는 전설의 보검이었다. 어떤 사람들은 그것이 환웅이 세상에 내려올 때 지니고 있었던 세 가지 보물 중 하나라고 말하기도 했다.

용광백검에서는 뻗쳐 나온 흰빛은 그 길이가 삼 장에 육박했다. 고옥이 검을 한 번 휘두를 때마다 괴인들의 검은 기운이 뭉텅뭉텅 잘려져 나갔다.

"나도 질 수 없지."

이번에는 연추림이 허리에서 검을 빼 들었다. 고옥의 백검과 달리 연추림의 검은 검집은 물론이고 검 전체가 새빨간 것으로 보기만 해도 공포스러웠다.

"헉! 저건 바로 혈주삼흉검(血朱三凶劍)!"

이화성은 기물에 대한 금지성의 해박한 지식과 아래적의 보물에 대한 지식은 가히 그 우열을 가릴 수 없다고 생각했다.

"그건 또 뭔가?"

이화성이 궁금한 듯 물었다.

"연가의 신물이네. 선조인 연개소문(淵蓋蘇文)의 보검이었지. 전설에는 은나라의 폭군 주왕에게 가족을 잃은 사람들이 주왕을 저주하기 위해 자신들이 피를 섞어 만든 검이라고 하더군. 피를 아주 좋아해서 당나라 사람 수천 명의 피를 먹었다고 하지."

과연 연추림이 검집에서 검을 빼자마자 주변에 혈향이 가득 퍼졌다. 괴한들이 두려운 듯 연추림의 주위에서 조금씩 물러났다.

"먹보검이로군."

이화성은 섭발계가 들고 있는 거대한 창을 가리켰다.

"저 창은?"

이화성은 그 창에도 굉장한 내력이 있을 것이라 기대했다.

"보면 모르나? 저건 그냥 창일세."

금지성의 말에 이화성은 맥이 빠져 버렸다.

"이런 상황에서 농담을 하다니… 변했군."

이화성은 빤히 금지성의 얼굴을 들여다보았다.

"장난이네."

금지성은 앞을 보며 담담하게 말했다.

"저 두 분의 신위만으로도 흑전의 마귀들이 꿈짝도 하지 못하는군."

금지성의 말대로 용광백검과 혈주삼흉검이 움직일 때마다 마귀 무리들이 검은 연기처럼 스러져 갔다. 이화성은 부채를 들어 골똘히 생각하더니 금지성을 향해 새끼손가락을 펼쳐 보였다.

"사내가 농담을 하는 이유는 여자를 웃게 하기 위해서지……."

"그게 무슨 뜻인가?"

금지성은 무슨 뜻인지 몰라 되물었다.

"다 알면서 그러는군. 누군가? 나한테만 살짝 말해보게?"

"무슨 소리를 하는 거야?"

금지성이 눈살을 찌푸렸다.

"자네 나이도 약관을 지났으니 곧 장가를 들어야 할 것 아닌가. 나한테만 살짝 말해보게. 십종가의 아리따운 낭자들 중 한 명이겠지?"

"싱거운 소리 하려거든 난 이만 내려가겠네."

금지성이 수레를 빙글 돌렸다.

"혹시 보화림의 송화는 아니겠지? 그렇다면 마음 접으라고, 그녀의 생보단은 내가 벌써 먹었단 말일세."

"그 얘기를 홍 초관에게 해주면 아주 흥미로워하겠군."

금지성의 수레는 이미 움직이고 있었다.

"헉, 자, 자네, 진심으로 하는 말인가?"

이화성은 얼굴이 시뻘게져서 수레 곁으로 바짝 다가왔다.

"내가 허튼소리를 안 하는 사람이라는 건 자네가 더 잘 알지 않나."

"알았네, 알았어. 내가 괜한 소리를 했어. 잊어주게."

"노력은 해봄세."

"그런데 자네의 신물은 뭔가?"

금지성은 무슨 소리냐는 듯 이화성을 쳐다보았다.

"아니, 다른 가문은 용광보검이니 혈주삼흉검이니 하는데 소호금가의 신물은 뭔지 궁금해서 하는 말일세."

이화성은 금지성이 무예를 펼치는 것을 한 번도 본 적이 없었다.

"우리 가문의 신물은… 천관검(天官劍)일세."

"천관검? 그건 어떤 내력이 있는 보검이지?"

"김유신 장군이 하늘로부터 받은 바로 그 보검일세."

"오오, 그 검도 위력이 대단하겠군."

이화성은 천관검에도 어떤 위력이 있는지 보고 싶었다.

“나는 태어나서 한 번도 천관검을 만져 본 적이 없다네.”

금지성의 목소리가 조금 흔들렸다.

“어째서?”

“소호금가의 가주는 무예를 익힐 수 없네. 천관검은 내력을 익혀야만 만질 수 있다네.”

“그게 사실인가? 그럼 비무대회는?”

이제 얼마 남지 않은 흑전의 마귀들이 앞쪽에서 우우 하는 소리를 내며 덮쳐왔다.

픽—

달려드는 괴한을 운철 쪽박으로 물리치며 이화성이 물었다.

“취옹의 쪽박을 어째서 자네가 가지고 있는가?”

질문을 질문으로 되받아치는 것은 금지성의 특기였다. 그는 대답할 수 없을 때는 언제나 질문했고, 이화성은 금방 다른 생각에 빠졌다.

“아! 이거?”

이화성은 머리 위로 운철 쪽박을 휘휘 돌리며 환하게 웃었다. 지금쯤은 유개칠성 중에서 누가 단주가 되었을지 결판이 났을 것이다.

“그럴 만한 사정이 있었지.”

“어떤 사정인지 별로 듣고 싶지는 않군.”

고 노파가 불러낸 흑전의 마귀들은 그녀의 기대를 충족시켜 주지는 못했다. 얼마 시간이 지나지 않아 마치 여명에 닿은 먼지처럼 부옇게 흩어져 버렸다. 그건 아직 흑전의 힘이 완전하게 돌아오지 못했기 때문이다. 하지만 고 노파가 비록 형체에 불과한 약한 존재들일망정 마귀들을 불러냈다는 것은 흑전이 예전보다 훨씬 강해졌다는 것을 의미했다.

"동이 트는군. 귀신들은 새벽을 무서워한다더니 그 말이 사실이었네."

이화성은 숲 한쪽이 환해지는 것을 보며 말했다.

"아직 시간이 이른데?"

금지성이 고개를 갸웃했다. 아직 해가 뜰 시각이 아니었다. 그런데 천지가 마치 대낮처럼 순식간에 밝아졌던 것이다. 숲 전체가 불타오르는 듯 눈부신 빛을 뿜어냈다.

"저쪽이다."

가장 먼저 도착한 것은 이화성이었다. 그가 본 것은 빛으로 둘러싸인 하나의 거대한 원이었다. 빛은 사방으로 튀어나갈 듯이 일렁거렸고, 주위의 숲은 온통 황금빛으로 물들어 있었다. 그리고 그 중앙에 한 사람이 있었다.

"홍 형!"

바로 홍세영이었다. 이화성은 크게 놀라서 빛 안으로 뛰어들어갔다. 혹시나 홍세영이 다친 것이 아닌가 걱정되어 심장이 터질 것 같았다. 이화성이 다가간 순간, 빛은 순식간에 꺼졌다.

"무슨 일이오? 어디 다친 것이오? 누구와 싸운 것이오? 일어설 수 있겠소?"

이화성은 홍세영의 신변에 이상이 없는지 살폈다. 주변에 수상한 무리는 보이지 않았다.

"아무 일도 없으니 호들갑 떨지 마시오."

홍세영은 담담하게 말하며 몸을 일으켰다.

"정말 괜찮소?"

이화성은 잔뜩 걱정스러운 어조로 물었다.

"괜찮다고 했지 않소?"

홍세영은 왜 자꾸 물어보냐는 듯 눈을 흘겼다.

"좀 전에 그 서광은 뭐였습니까?"

뒤따라온 금지성이 물었다.

"나도… 모릅니다."

금지성의 맑은 눈이 홍세영을 보았다. 이화성은 홍세영의 몸에서 뿜어져 나오는 빛을 보았기 때문에 아무 말도 할 수 없었다.

"어린 새를 주웠을 뿐입니다."

홍세영은 모으고 있던 손을 펼쳐 그 안에 있는 작은 새를 보여주었다. 온몸이 불타는 듯 새빨간 모습에 초롱초롱하고 까만 두 눈이 귀여웠다.

"둥지에서 떨어진 모양이네요."

금지성이 별거 아니라는 듯이 말했다. 모여든 사람들은 금지성의 말에 되돌아갔다. 그들에게는 더 큰 문제가 남아 있었다. 고진과 을지경의 시체를 수습하고 사라진 연씨 삼형제와 석가 자매의 행적을 찾아야 했다.

"정말 둥지에서 떨어진 거요?"

이화성이 귓전에 속삭이자 홍세영의 얼굴이 확 붉어졌다.

"뭐 하는 거요, 간지럽게?"

"나는 봤단 말이오. 분명 홍 형의 몸에서 나온 빛이었소."

"내가 아니라 이 녀석이오."

홍세영은 다시 작은 새를 보여주었다.

"이 녀석의 이름은 여의주작(如意朱雀)이오. 아무래도 구미청호처럼 사령 중 하나인 것 같소."

"여의주작, 그런데 금가가 어째서 몰라보았지?"

이화성은 금지성의 뒤통수를 보았다.

"십종가의 사람들이 있으니 그런 것이지 왜겠소?"

홍세영은 그 정도도 생각 못하냐는 듯 면박을 주었다. 하지만 정작 정말 놀란 것은 자신이었다. 여의항이 깨지자마자 오색 서광이 어리더니 천지가 온통 불바다가 된 것처럼 환해졌다. 그 안에서 나온 것은 온몸이 핏빛의 붉은 털로 뒤덮인 한 마리의 새였다.

"자, 그럼 이제 얘기를 해보시오."

이화성이 다시 물었다.

"무엇을 말하라는 거요?"

"여의주작을 어떻게 얻게 된 것이오?"

"이 형이 구미청호를 얻게 된 것과 비슷하오."

"호요주를 얻었단 말이오?"

"여의항에서 나왔소."

"여의항? 홍 형도 여의항을 삼켰소?"

이화성은 여의항이 삼키기에는 너무 크다고 생각했다.

"멍청한 상상은 하지 마시오. 여의항은 하나의 알이 되었고, 이건 그 알을 깨고 나왔다는 거요."

여의주작은 작을 날개를 파닥이며 부지런히 홍세영의 주변을 맴돌고 있었다. 알에서 깨어난 뒤 잠시도 쉬지 않았다.

"그 녀석은 꽤 바쁘군."

이화성은 늘 잠을 자는 구미청호와 백일각을 떠올렸다. 도문의 사령 중에서 제 구실을 하는 것은 흑풍계뿐인 듯했다.

"그런데 어떻게 반무재가 십전동자와 고 노파와 함께 있게 된 것일까?"

홍세영이 이화성의 이야기를 듣고 난 후 말했다.

"틀림없이 곡절이 있을 거요. 반 형은 절대로 흑전에 들어갈 사람이 아니오."

"절대로라는 말은 함부로 쓰는 게 아니오. 사람은 누구나 변하오. 아름다운 낭자는 고 노파처럼 주름투성이의 할머니가 되기 마련이고 여인을 사랑하는 마음은 차갑게 식어 그녀의 심장에 비수를 꽂게 되겠지."

"이상하군."

이화성은 콧등에 주름을 잡았다.

"무엇이 이상하오?"

"오늘따라 금가와 홍 형이 모두 사랑에 빠진 듯한 말을 하니 하는 말이오."

홍세영은 이화성을 향해 하얗게 눈을 흘긴 뒤 다른 사람들이 있는 쪽으로 가버렸다.

"당신이 내 심장에 비수를 꽂기 전에 차라리 송화원에 가는 것이 낫겠군."

2

사람들은 금가장으로 돌아왔다. 다들 침통한 표정이었으며 금가장은 초상집처럼 변했다. 어제는 즐겁게 웃고 떠들던 아홉 명의 젊은이가 다치거나 죽거나 사라져 버렸던 것이다. 사람들이 인근을 샅샅이 수색했으나 고유리와 연씨 형제, 석가 자매의 행방은 묘연했다.

고진의 시신을 앞에 두고 기절했던 부여후는 깨어나 고유리마저 행방불명된 사실을 알고는 세 번이나 실신했다가 깨어났다. 졸지에 두 남매를 모두 잃게 된 부여후의 안색은 마치 밀랍을 씌운 것처럼 창백했다.

고옥은 미간을 찌푸린 채 그 앞에 서 있었다. 용광백검을 들고 신위를 떨치던 동명고가의 국자랑이 지금은 한 마리 순한 양이 된 것처럼 기조차 감히 못 펴고 있는 것이다.

부여후는 아름다웠던 한 쌍의 눈에는 이제 붉은 핏줄이 가득하여 보는 이마저 섬뜩하게 했다. 그녀는 국자랑을 노려보며 얼음보다도 더 차가운 목소리로 말했다.

"석타로를 찾지 못했다구요?"

"네."

고옥이 대답했다.

"유리가 어디 있는지 모른다구요?"

"예."

고옥의 머리가 더욱 푹 숙여졌다. 부여후의 목에서 어미 사자의 분노한 포효 소리가 터져 나왔다.

"지금 그게 말이나 되는 소리입니까? 석가의 여우 같은 년이 내 아들을 죽이고 내 딸은 어디서 헤매고 있는지 모르는데 국자랑께서는 여기서 무엇을 하고 있는 겁니까?"

부여후는 실성한 사람처럼 소리를 지르다 의자에서 내려와 고옥에게 걸어오더니 그의 뺨을 대여섯 차례나 후려갈겼다. 사람들은 갑자기 벌어진 의외의 사태에 놀라 웅성거렸다. 국자랑 고옥은 동명고가에서도 가장 신분이 높은 자가 아닌가. 병으로 누워 있는 고단궁을 제외하고는 어느 누구도 그의 말에 복종하지 않을 수 없는 위치였다. 하물며 부여후는 그의 친모도 아니었다.

고옥의 얼굴에는 금세 새빨간 손자국이 새겨지고 입가에는 선혈이 흘렀다. 그러나 그는 조금도 화를 내거나 아픈 표정을 짓지 않았다. 사람들은 그때서야 동명고가의 실질적인 권세를 가지고 있는 사람은 고옥이 아니라 부여후라는 것을 알았다.

부여후는 숨을 몰아쉬고 난 후 그를 노려보며 화난 소리로 말했다.

"나타난 자들이 흑전이라고 했습니까?"

"네."

"흑전의 본거지가 어디입니까?"

이 말은 모든 사람들에게 물은 것이었으나 그녀의 눈은 한 사람에 쏠려 있었다. 금지성이 천천히 앞으로 나왔다.

"고 노파의 술법은 사람들의 눈을 혼란시키는 것이니 그리 멀리 가지는 못했을 것입니다. 분명 화성 인근에 근거지가 있을 것입니다."

"그럼, 유리와 사라진 젊은이들도 모두 거기 있겠군요?"

부여후의 꽉 다문 입술에서는 피가 배어 나오는 것 같았다.

"삼부선경과 만마혈서도 말이죠."

미호랑의 목소리였다.

"흑전이 삼부선경과 만마혈서를 모두 가지고 있으면 어떻게 됩니까?"

연추림이 조심스레 물었다.

"그 두 개의 책은 봉인된 이래 아무도 그 책을 본 사람이 없습니다. 내용이 어떤 것인지 아는 사람도 당연히 없지요."

고옥이 말했다.

"진국대가와 동명고가의 사람들은 알고 있겠지요."

부여후가 다시 고옥을 쳐다보았다.

"하지만 나는 그 같은 사실을 처음 알았습니다."

"후 언니, 그건 나도 마찬가지예요. 진국대가에 삼부선경이라는 책이 있는 줄은 도난당한 후에야 알았어요. 그건 대대로 가주에게만 전해 내려오는 비밀이었다는군요."

미호랑이 말했다. 국자랑 고옥은 이미 몇 년 전부터 가주 대리를 하고 있으니 그가 만마혈서에 대해 아는 것은 당연했다. 그러나 부여후는 고단궁이 자신에게조차 만마혈서에 대한 것을 숨긴 것에 대해 기분이 좋지 않았다. 고옥은 이미 세상을 뜬 첫째 부인의 아들이었고 다음 대의 가주가 될 자였다. 그에 비해 자신은 비록 고옥의 윗사람이라고는 하나 고단궁이 죽으면 어찌 될지 알 수 없는 풍전등화의 위치였다. 고옥은 그녀를 언제나 어머니를 예로써 대한다고 하지만 사람 마음은 모르는 것이 아닌가.

그녀의 마음 한구석에는 늘 고진이 국자랑이 되었으면 하는 바람이 있었던 것이다. 혹시 이번 일은 고옥이 고진을 해치기 위해 을지경을 사주한 것이 아닐까? 부여후의 마음에 의심의 불꽃이 일었다. 그녀는 평소 매우 사리판단이 정확한 사람이었지만 지금 두 남매를 모두 잃을 지경이 되자 아무도 믿지 못하고 모든 사람을 의심하게 되었던 것이다.

"천하에서 발이 가장 빠른 자는 누구인가요?"

부여후가 난데없이 물었다. 십종가 사람들의 경공술은 모두 수위를 다투기 어려웠다. 누가 가장 빠른지는 달려보지 않고는 알 수 없는 것이었다. 하지만 금지성과 홍세영은 동시에 한 사람을 떠올렸다. 이화성만큼 빠른 사람을 두 사람은 지금껏 본 적이 없었다.

"나보다 더 빠른 자가 있다는 걸 나는 절대로 인정할 수 없습니다."

갑자기 먼 곳에서 소리가 들리는가 싶더니 마지막 말을 할 때는 이미 사람들의 눈앞에 그자가 서 있었다. 그자는 윗입술에 염소수염을 기르고 금부도사의 복장을 한 자였다.

그곳에서 오직 두 사람만이 그가 누구인지 알 수 있었다. 하지만 금지성과 홍세영도 그가 어째서 이곳에 나타난 것인지는 알지 못했다.

"당신은 누구지요?"

부여후가 물었다.

"나는 천하에서 제일 빠른 사람이지요. 방금 전에 찾지 않으셨습니까? 나는 그 소문을 듣고 온 것입니다."

사람들은 부여후의 말이 떨어지기가 무섭게 그가 나타난 것이 신기했다.

"당신의 실력을 누가 증명할 수 있지요?"

부여후가 물었다. 금부도사의 복장을 한 자는 당연히 아래적이었다.

아래적은 번개같이 부여후의 머리 장식 하나를 빼서 열려진 문밖으로 힘껏 던졌다. 팔 힘이 어찌나 대단한지 머리 장식은 금세 사람들의 눈앞에서 사라졌다. 그러나 사람들이 눈 한 번 깜빡이고 다시 떴을 때는 어느새 아래적의 손에 그 머리 장식이 들려 있었다.

부여후는 등골이 서늘해졌다. 만일 그가 자신의 목숨을 취한다 하더라도 아무도 막을 수 없을 것이 분명했다. 그녀는 고개를 끄덕였다.

"과연 천하에서 가장 빠르다고 자부할 만하군요."

“그럼 이제 찾으신 이유를 말해보시지요.”

“당신은 날 위해 지금 당장 압록강으로 가세요. 그곳의 역관을 샅샅이 뒤져 고진과 만난 낭자가 누구인지 알아내어 내게 알려주면 됩니다.”

이 말을 할 때 부여후의 시선은 대소녀에게 고정되어 있었다.

“당신은 내 말을 믿지 않는군요.”

대소녀의 표정이 창백해졌다.

“나는 너뿐만이 아니라 아무도 믿을 수가 없다.”

부여후가 냉랭하게 말했다.

“나는 정말로 그를 몰라요.”

대소녀가 참지 못하고 밖으로 뛰어나갔다.

“후 언니, 너무하는군요.”

미호랑이 서운한 듯 말했다.”

“나는 아들과 딸을 동시에 잃었다. 누가 나에게 감히 너무하다는 말을 하겠느냐.”

아무도 그 말에 대답을 하지 못했다.

“당신은 어서 압록강으로 가지 않고 무엇을 하고 있나요?”

부여후는 아래적을 향해 말했고, 아래적의 모습은 사람들의 눈앞에서 번쩍하더니 이내 모습을 감춰 버렸다.

“저자가 빠르기는 하지만 비차(飛車)의 사람은 아니로군요. 나는 혹시 그가 비차문의 제자가 아닐까 했어요.”

부여후의 말에 사람들은 비차가 무엇인지 궁금해했다.

"혹시 사문(四門)에 대해 알고 있나요?"

부여후가 사람들에게 물었지만 아무도 대답하는 이가 없었다.

"백두문과 금강문, 구산선문과 비선야차문을 일컬어 사문이라 하지요. 세상에는 많은 문파가 있고 대륙 또한 수백 개의 방파가 있지만 고대로부터 지금까지 내려오는 문파는 그리 많지 않습니다. 비차는 사문 중에서도 비선야차문(飛仙野次門)의 문주를 일컫는 말입니다. 부인께서는 어째서 그가 비차라고 생각하셨습니까?"

금지성이 사람들에게 사문에 대해 말해주었다.

"소호금가의 사람들은 모르는 것이 없다더니 정말 그렇군요."

부여후가 비로소 미소를 띠었다.

"비선야차문이 어디에 있는지도 아나요?"

"비선야차문은 구만 팔천 리 밖의 곤륜산 꼭대기에 있다고 합니다."

부여후가 다시 고개를 끄덕이며 말했다.

"곤륜산은 땅에서도 구만 팔천 리 위에 있다고 전해지지요. 그래서 그들의 신법은 매우 독특하답니다. 천하에서 가장 빠를 뿐만 아니라 새처럼 마음대로 날아다닐 수도 있습니다. 비선야차문의 신법에는 개(開), 등(等), 학(學), 주(走), 교(敎), 비(飛), 선(仙) 등, 총 일곱 가지가 있는데 그중에서 '개차(開次)'나 '등차(登次)'는 처음 입문하는 신법으로 물 위에서 각

각 세 발짝, 일곱 발짝을 뗄 수 있습니다. '학차(學次)'에 이르면 물 위에 설 수 있고 '주차(走次)'에 이르면 물 위를 달릴 수 있습니다. '교차(敎次)'에 이르면 마음과 몸이 하나가 되어 생각만으로도 이동할 수 있지만 먼 거리는 불가능합니다. '비차(飛次)'에 이르면 하늘을 마치 새처럼 날 수도 있고 폭발적인 힘을 응축했다가 한순간에 뿜어낼 수도 있다고 하지요. 그 위력은 땅과 하늘을 뒤집어놓을 만큼 강력하답니다. 비차의 다음 단계가 바로 비선야차입니다. 최고 절기로 치는 신법입니다만 지금까지 아무도 익히지 못했답니다. 비차의 단계에 오른 인물도 고금을 통틀어 세 명밖에 없었다고 하네요."

"신선 같은 얘기로군요."

사람들은 한숨을 내쉬었다.

"호호호, 나는 비선야차문이 있는 곤륜산이 조선의 하늘에 있다고 들어서 혹시나 한 것뿐입니다. 하지만 비선야차문은 구름 위에서 노닐 뿐 더 이상 속세의 일에 관여하지 않는다는 소문이 돌더군요."

사람들은 부여후의 말이 단지 전설일 뿐일 거라고 생각했다. 그때, 또다시 문이 열리며 이화성이 들어왔다. 그는 송화원으로 가겠다며 금가장으로 오지 않았었다. 그의 표정은 웃지도 울지도 않는 것이 매우 해괴했다.

"이 형은 여기 왜 왔소?"

"자네는 웬일인가?"

홍세영과 금지성이 동시에 말했다.

"쫓겨났소."

"어디서 쫓겨났다는 말이오?"

"어디겠소?"

이화성은 울상을 지었다.

"여자의 마음은 갈대라더니……."

그 말은 그가 곧 송화원에서 문전박대를 당했다는 말이었
다.

"송화원에서 쫓겨났다면 다른 전각으로 가면 될 것이 아니
오."

홍세영이 싸늘하게 말했다.

"그럴 수 없으니 이리 온 것이오."

"보화림에는 팔 기녀 말고도 수십 명의 기녀가 있고, 그녀들
은 모두 당신을 주인으로 모시려고 안달이 나 있을 텐데 그걸
믿으라는 거요?"

"보화림에는 여덟 개의 전각과 스물여덟 개의 기방, 백팔 개
의 객실이 있소."

사람들은 보화림의 규모가 그토록 큰 것에 놀랐다.

"하지만 오늘은 그 모두에 손님이 들었다는군."

이화성은 부채로 뒤통수를 긁었다. 그가 화성에 온 이래 처
음 겪는 일이었다.

"대체 얼마나 많은 사람들이 보화림에 기거한단 말이오?"

홍세영은 화성에 그토록 많은 사람들이 들어왔는데도 장용

영에서 이를 알지 못한다면 문제가 크다고 생각했다.

"많은 사람들이 아니라 단 한 사람이라고 했소."

"단 한 사람?"

"한 사람, 그것도 여자라는군."

"한 명의 여자가 보화림을 통째로 빌렸다는 말이오?"

"바로 그거요."

부여후는 이화성을 손짓으로 불렀다.

"그 한 명의 여자가 누구인지 알고 있나요?"

"황금 영감의 말로는 해어화라고 하더군."

이화성의 그 말이 떨어지기가 무섭게 부여후와 미호랑이 몸을 부르르 떨었다.

"당신의 말이 사실인가요?"

"황금 영감이 그리 말했으니 사실이겠지요."

부여후와 미호랑의 안색은 더욱더 새파래졌다.

"해어화가 아직 죽지 않았단 말인가……."

부여후가 신음처럼 중얼거렸다. 그녀의 음성에는 긴장과 경악이 가득했다.

"두 분께서는 무엇 때문에 그러시는 것인지요?"

금지성은 두 사람이 두려움에 떨고 있다는 사실을 눈치 챘다. 미호랑은 공포심마저 느끼고 있는 것 같았다.

"그녀는 유화단의 단주예요."

금지성은 유화단이 천하의 기녀들이 모인 곳이라는 것을 알고 있었다. 그런데 그 기녀들이 모인 곳을 부여후와 미호랑은 왜 이렇게 두려워하는 것일까?

"유화단은 기녀들을 관리하는 집단으로 유개단과 더불어 이류(二柳)라고 불리는 곳이 아닙니까?"

"그건 단지 표면적인 모습일 뿐입니다. 유화단은 아주 뿌리가 깊은 조직이에요."

"그건 저도 알고 있습니다. 유화단은 고대의 신녀가 만들었다고 하더군요."

"유화단은 내당과 외당으로 나누어져 있어요. 사람들이 흔히 알고 있는 유화단은 외당을 말하는 것이에요. 해어화는 내당의 단주이지요.

미호랑이 떨리는 목소리로 말했다.

"두 분은 그런 사실을 어떻게 알고 있습니까?"

부여후와 미호랑은 서로를 보았다. 미호랑이 이윽고 가볍게 한숨을 내쉬며 말했다.

"우리는 아주 어릴 적에 유화단의 내당에서 교육을 받은 적이 있어요."

사람들은 모두 깜짝 놀랐다.

"유화단의 내당은 여자들한테만 전해 내려오는 아주 특별한 교육을 하는 곳이었지요. 왕족의 여자들은 물론이고 고관대작의 아가씨들조차 유화단에서 교육을 받는 것이 유행이었어요."

이화성은 그것이 어떤 교육을 말하는 것인지 알 것 같았다. 여자는 시집을 가기 전 보통 신부 수업을 받았다. 이 같은 교육을 전담하는 곳이 바로 유화단이었던 것이다. 그렇지 않았다면 누가 그녀들에게 남녀의 오묘한 일을 설명해 줄 수 있을 것인가?

"우리가 아주 어렸을 때 본 해어화는 불과 십오륙 세로 보였어요. 마치 천상의 선녀 같았지요. 나는 세상에 태어나서 그처럼 아름다운 여자들을 본 적이 없었어요. 그런데 삼십 년 전에도 그녀는 여전히 그 모습이었다고 하더군요."

"할머니가 유화단에서 교육을 받을 때도 그녀의 나이는 십오 세에 불과했으며 얼굴 또한 조금도 변하지 않았다고 해요. 마치 세월이 오직 그녀만을 비켜가는 것처럼 말이에요."

부여후와 미호랑의 말은 절대로 거짓처럼 들리지 않았다. 여자들은 절대로 다른 여자의 외모를 칭찬하지 않는다. 겉으로는 아름답다고 말해도 속으로는 질투심에 가득 차 반드시 단점을 찾아내었다. 부여후와 미호랑이 만나자마자 서로를 향해 손톱을 세웠지만 이때는 한마음으로 해어화의 미모를 칭송했다. 사람들은 시들지 않는 꽃이 있다는 말을 믿을 수 없었다.

"나는 그 해어화를 직접 본 적이 있습니다."

지금껏 조용히 있던 명림도수의 말이었다.

"직접 보았을 뿐 아니라 겨루어보기도 했습니다.

사람들은 명림도수가 고옥의 사부이며 동명고가에서 가장 무예가 고강하다는 것을 알고 있었다. 당연히 결과가 궁금했다.

"그녀의 무예는 나보다 훨씬 훌륭했습니다. 단지 세 번 손을 흔들었을 뿐인데 나는 무릎을 꿇지 않을 수 없었습니다."

"해어화의 무예가 천하제일이라는 말이오?"

이화성이 말했다.

"만일 또 한 명의 천하제일인이 있어 그녀와 겨룬다고 해도 백 초 안에는 그녀를 이길 수 없을 거라고 감히 말할 수 있습니다."

명림도수가 말했다.

"그토록 무서운 무예를 지닌 여자가 어째서 세상에 알려지지 않았습니까?"

금지성이 조용히 말했다.

"무슨 이유인지 유화단은 오십 년 전 봉문을 하고 말았어요. 그 후로는 아무도 유화단에서 교육을 받을 수 없었지요."

그 말을 듣고 이화성은 이제 겨우 삼십대 초반으로 보이는 부여후와 미호랑의 나이가 이미 환갑을 넘겼다는 사실에 충격을 받았다.

"그 말이 사실이라면 나는 무슨 수를 써서라도 보화림에 들어가 시들지 않는 꽃을 보고야 말겠소."

이화성은 성큼성큼 밖으로 걸어나갔다.

3

해는 중천을 향해 가고 있었다. 이화성은 보화림의 문을 두

들겼으나 화노도 황금 영감도 나오지 않았다. 문은 열려 있었다. 그는 평소와 다름없이 그 안으로 걸어 들어갔다. 보화림은 그의 집이나 마찬가지였으므로 그는 해어화가 어느 곳에 있을지 누구보다 잘 알고 있었다. 보화림에서도 가장 안쪽에 있는 전각, 송화원은 어제와 달리 적막감에 싸여 있었다.

"송화 있소?"

그는 목청을 높였다. 안에서는 아무 소리도 들리지 않았다. 문을 열고 방으로 들어갔으나 사람의 흔적은 보이지 않았다. 그러나 그가 되돌아 나오려고 할 때, 문 앞에서 한 명의 여자가 서 있는 것이 보였다. 바로 송화였다. 반가운 마음에 한발을 내디뎠을 때 이화성은 자신의 뒤에도 누군가 있다는 사실을 알아차렸다. 그가 뒤돌아보고 경악했다. 뒤에 또 한 명의 송화가 있었던 것이다. 마치 지난날 두 명의 소국을 보았을 때처럼.

갑자기 목 뒤에 따끔한 감촉이 느껴졌다.

"당신은 이곳에 다시 오지 말아야 했어요."

송화의 목소리가 멀리서 들려왔다.

이화성은 화성에서도 가장 화려하고 은밀한 곳에 누워 있었다. 그의 등 아래에는 비단금침이 깔려 있고 머리는 얌전히 원앙침을 베고 있었다. 그는 보화림에서 이렇게 누워 있는 것을 좋아했다. 그가 누워 있고자 한다면 아무도 그를 막을 수 없었다. 하지만 오늘 그는 누워 있고 싶은 마음이 조금도 없었다. 이화성은 혼자서 누워 있는 것을 별로 좋아하지 않았다. 사내들은 대개 다 혼자서 눕는 것을 좋아하지 않는다. 더구나 밤이 깊었을 때는 더욱 그랬다.

그는 어제도 이곳에 있었지만 송화와 함께 있지는 못했다. 오늘도 역시 송화원에 있었지만 송화는 없었다. 송화원에서 이틀이나 머물렀는데도 송화가 그의 옆에 없다는 것이 이상할 뿐이었다.

이화성의 곁에 있는 것은 송화가 아니라 다른 여자들이었다. 평소의 그였다면 그는 한 여자의 무릎을 베고 다른 여자로 하여금 귀를 파게 했을 것이나 지금은 아무것도 할 수 없었다. 코를 닦고 침을 삼키기는커녕 눈을 깜빡거릴 수조차 없었다.

그는 눈동자를 굴려 두 명의 여자가 방 안을 왔다 갔다 하는 것만을 볼 수 있을 뿐이었다.

문이 열리고 영준하게 생긴 한 사내가 들어오자 두 미녀 중 한 명이 일어나 그의 품에 안겼다.

"이곳은 오늘부터 저승림이라고 불러야겠네요."

석타로의 웃음소리가 영롱한 방울 소리처럼 울려 퍼졌다.

"저승림이 아니라 환상림이겠지."

이렇게 말한 사람은 다른 아닌 고진이었다. 모두의 앞에서 석타로의 칼에 찔려 죽었던 그가 어떻게 이곳에 나타난 것일까?

"타로랑의 환상술은 정말이지 교묘하더군. 다들 깜빡 속아 넘어가던걸?"

고진은 탁자에서 붉은색의 포도주를 따라 맛을 음미했다.

"그거야말로 우리 석가문의 비전무예로 아무도 눈치 챌 수 없는 게 당연하지요. 나와 당신이 짜고 완벽한 연극을 했으니 그 누가 알아차릴 수 있겠어요? 설령 십종가의 늙은이들이라 하더라도 말이에요. 하지만 당신의 어머니조차 당신이 정말 죽었다고 믿게 할 줄은 몰랐어요. 당신의 그 숨을 멈추는 무공은 천하제일이라 할 만해요."

석수로가 의기양양하게 말했다.

"사람들은 지금쯤 대소녀를 의심하고 있을 거예요. 믿기 싫더라도 말이죠."

"당신의 어머니가 압록강으로 사람을 보냈다는군요. 당신이 만난 여자가 누군지 알아내려고요."

두 명의 여자가 번갈아가며 말했다.

"대소녀는 부인하면 부인할수록 점점 수렁에 빠지게 될 거예요. 당신이 만난 사람은 대소녀가 틀림없으니까."

석타로는 박수를 치며 깔깔 웃었다.

"대소녀로 변한 타로랑이겠지."

"사람들은 자신의 눈으로 본 걸 절대로 의심하지 않는 버릇이 있죠. 그 멍청한 을지경처럼요."

"을지경이 아니었다면 우리가 어떻게 삼부선경과 만마혈서를 손에 넣을 수 있었겠소."

고진이 비열하게 웃으며 품속에서 두 권의 책을 꺼내었다.

"흑전은 지금쯤 자신들이 가져간 책이 그저 냄새나는 평범한 책에 불과하다는 걸 알아차리고 길길이 날뛰고 있겠군요."

"흑전과 십종가가 서로에게 칼을 겨누는 사이 우리는 유유히 화성을 빠져나가면 되는 것이오."

고진의 눈빛이 흉흉하게 빛났다.

"삼부선경과 만마혈서의 무예만 익힌다면 천하가 바로 우리 발밑에 있는 것이나 다름없지요. 당신은 동명고가의 국자랑이 되어 천하를 발밑에 둘 것이고 나는 국자랑의 어여쁜 부인이 될 거예요."

석타로가 달콤하게 말하며 고진의 가슴에 얼굴을 묻었다.

"나는 당신들 석가 자매의 계책이 이토록 간악하리라고는 생각 못했소. 만일 당신들 두 사람이 내게 이번 일을 먼저 의논하지 않고 다른 가문에 갔더라면 죽은 사람은 을지경이 아니라 내가 되었을 것이오."

고진은 몸서리를 쳤다.

"호호호, 그러니까 우리에게 잘 보여야 할 거예요. 그러지 않았다간 연씨 형제들 꼴이 되고 말 거예요."

고진은 지하실에 갇혀 있는 연씨 삼형제를 떠올렸다. 그들은 석가 자매의 술수에 걸려 미약에 중독된 채 사로잡히고 말았던 것이다.

"사람들은 그들을 잡아간 것이 흑전이라 생각할 거예요."

"당신들 두 자매가 일을 꾸민 것은 단지 삼부선경과 만마혈서를 얻기 위해서요?"

고진은 문득 궁금하다는 듯이 물었다.

"그건 아니에요."

그때, 한 명의 여자가 다시 방으로 들어왔다. 석가 자매는 그녀를 보자 크게 반가워하며 고진의 품에서 몸을 일으켰다.

"큰언니!"

이화성은 석가 자매가 송화를 큰언라 부르자 놀라지 않을 수 없었다.

"송화 당신이야말로 석가문의 대원화였군."

고진 역시도 송화가 석가문 사람이라는 것을 처음 알았다.

"호호호호, 그걸 이제 알았어요? 사실 이 모든 계획을 세운 것은 바로 우리 큰언니예요. 우리는 큰언니가 시키는 대로 한 것뿐이에요."

석타로가 자랑스럽게 말했다.

"어째서 그녀가 그토록 요술을 잘 부릴 수 있는지 의심했어야 했어. 세상에서 오직 석가문의 여자들만이 그런 신기한 요술을 부릴 수 있지."

고진이 탄복한 듯 말했다.

"그런데 알 수 없는 것이 있소."

세 여자는 일제히 고진을 쳐다보았고, 고진은 멀뚱히 쓰러져 있는 이화성을 보았다.

"당신은 어째서 이자를 범인으로 몰았다가 다시 그의 누명을 풀어주었던 거요?"

그 말에 송화는 살짝 미소를 머금었다.

"저자의 얘기는 꺼내지도 마세요."

석타로가 입을 삐죽 내밀었다.

"세상에 그처럼 방탕한 사내가 있다니 정말 못된 사내예요. 저자는 보화림에 그토록 오래 머물면서 단 한 번도 언니를 찾지 않았다지 뭐예요?"

"그건 송화 당신이 지명하지 않았기 때문이 아니오?"

"언니가 지명하지 않았더라도 그는 언니를 찾아와야 했어요."

석수로가 조용히 말했다. 고진은 점점 영문을 알 수 없게 되었다.

"그가 언니의 발밑에 몸을 던져 애정을 구걸하는 꼴을 언니는 꼭 보고 싶어했어요."

"나는 그저 그가 괘씸하다고 생각했을 뿐이에요."

송화가 영롱한 목소리로 말했다. 고진은 여자들의 속을 알 수 없다고 생각했다. 그는 평생이 가도 여자를 이해할 수 없을 것이다. 여자들은 자기가 먼저 좋아한다 하더라도 절대로 말하지 않으며, 사내로 하여금 열렬히 그녀를 원하게 하고 싶어한다는 걸 그가 어떻게 알 수 있으랴.

"그렇다면 그를 모함한 것은 무슨 이유요?"

"언니는 저자가 언니를 먼저 찾아오지 않자 화가 났어요. 그래서 죽여 버리기로 결심했지만 두 손에 피를 묻히기는 싫었죠."

"그래서 내게 그 청동부절을 준 것이군. 진국대가의 손을 빌려 저자를 해치우려고. 그런데 왜 마음이 바뀌었소?"

"그를 좀 더 살려둬야 할 일이 생겼기 때문이에요. 그래서 그의 누명을 풀어줘야만 했어요."

송화가 웃으며 말했다.

"나는 한 사람을 사랑했는데 그에게는 병약한 부인이 있어요. 그는 그 부인보다 나를 더 사랑했지요. 하지만 이번에 내가 생보단을 이화성에게 주었는데도 그는 질투하지 않았어요. 나는 그가 틀림없이 질투할 거라 생각했는데도 말이에요. 그러자 나는 그가 더 이상 나를 사랑하지 않는다는 걸 알았고, 나는 그를 사랑한다는 걸 깨달았죠. 나는 그 사람이 진심으로 질투를 하기를 바랐어요. 그래서 그 자리에서 이화성을 죽여 버리고 그 생보단을 차지하는 것을 보고 싶었지요."

고진은 점점 더 머리가 아파왔다.

"그게 을지경을 택한 이유요?"

"을지경이 이 아이와 당신을 우연히 본 것이 그의 목숨을 앗아간 것이죠. 그가 그 얘기를 다른 사람에게 한 순간 그의 운명은 이미 결정되었어요."

고진은 세 여자의 변덕에 따라 사내들의 목숨이 왔다 갔다 한 사실을 알고 등골이 오싹했다.

"정말 억울하군."

그때 들려온 목소리에 네 명의 남녀는 혼백이 나갈 것처럼 놀라고 말았다. 쓰러져 있던 이화성이 몸을 툭툭 털며 일어나 앉았다.

"당신은 중독되지 않았나요?"

송화가 미간을 찡그렸다. 그녀의 은침은 사람을 죽이지는 않았으나 사흘 동안은 꼼짝도 할 수 없을 만큼 강력한 마비산이었다.

"당신이 숨을 제대로 들이마시거나 내쉬거나 할 수 있다면 당연히 기도 그렇게 할 수 있을 것이고, 몸 안을 돌아다니는 피도 그렇게 할 수 있다는 것을 알게 될 거요."

그는 마비산의 독이 그의 핏속을 돌아다니지 못하도록 한곳에 모아둘 수 있었을 뿐 아니라 손톱 끝으로 그것을 빼낼 수도 있었다. 물론 시간이 조금 걸리는 일이었다.

"송화 당신이 내게 미리 말했더라면 일을 이렇게 복잡하게 만들지 않아도 됐을 텐데… 나는 아름다운 여자를 위해서라면 기꺼이 도적이 되어줄 수도 있소. 자랑은 아니지만 저 고진 도령보다 훨씬 더 잘 훔칠 수 있었을 거요. 누구도 날 볼 수 없었을 거요."

이화성이 그럴 수 있다는 것은 아래적도 인정한 사실이었다. 그는 왕년의 유명한 도적 '야래향'이었으니까.

"나는 당신을 과소평가했어요. 하지만 요 며칠 당신이 어떤 사람인지 똑똑히 알게 되었어요. 그러니 당신은 애석해할 필요 없어요. 날 위해 다른 일을 해줄 수 있으니까요."

송화는 이화성이 모든 사실을 알게 되었는데도 당황하는 기색이 전혀 없었다.

"내가 무엇 때문에 당신을 위해 그 일을 해줄 거라고 생각하오?"

이화성은 느긋하게 말했다.

"나는 사랑에 빠진 남자는 여자를 위해서 그 어떤 일이라도 할 수 있다는 것을 알고 있기 때문이지요."

송화는 어떤 사내의 마음이라도 녹여 버릴 만큼 유혹적인 미소를 띠었다. 하지만 이화성은 냉담했다.

"하하하, 송화 당신은 아름답긴 하지만 사랑스럽지는 않지. 사람을 죽이고도 태연한 여자라면 그 어떤 미녀라도 사랑스럽지 않는 법이오."

이화성은 특유의 능글거리는 표정을 지었다.

"누가 나라고 했나요?"

이화성은 얼떨떨해졌다. 송화가 아니라면 누구란 말인가? 그는 아직 자신이 한 사람을 만나지 못했다는 것을 알았다. 이화성은 그녀가 말하는 사람이 해어화라고 생각했다.

"해어화가 정말로 이곳에 있소?"

"그녀가 해어화인지는 아닌지는 아무도 모르지만 매우 아름다운 여자이긴 하죠."

"화성에서 가장 아름다운 여자는 지금 내 눈앞에 있는 세 명이오. 안타까운 것은 마음은 그렇지 못하는 거지. 그래도 당신들보다 더 아름다운 여자가 있다는 건 믿을 수 없소."

"그녀를 보면 믿게 될 거예요."

송화는 묘한 미소를 머금었다.

"그녀는 어디에 있소?"

"당신 뒤에 있는 벽장 속에요."

"내가 등을 보이면 이번에는 또 무엇으로 찌를 생각이오?"

“아무것으로도 당신을 찌르지 않겠어요.”

“그 말을 믿는 내가 바보처럼 느껴지는군.”

이화성은 등을 돌려 벽장 문을 활짝 열어젖혔다. 그리고 다음 순간, 자신의 눈을 의심했다. 벽장 속에 있는 여자는 송화의 말대로 그가 알고 있는 여자들 중에서 가장 아름다웠을 뿐만 아니라 그가 가장 사랑하고 있는 여자기도 했다. 이화성은 머리가 아찔해서 저도 모르게 비틀거리며 뒤로 물러났다.

“홍 형이 여기 어떻게……?”

벽장 속에 있는 것은 틀림없이 홍세영이었다. 머리를 틀어올리고 여자의 옷을 입었지만 이화성이 그녀를 몰라볼 리 없었다. 짙은 눈썹과 끝이 가늘고 긴 아름다운 눈이 그를 노려보고 있었다. 새빨간 입술은 금방이라도 이화성을 향해 멍청이라고 말할 것 같았다.

이화성은 손을 내밀어 그녀를 만지려 했으나 벽장의 문이 쾅 소리를 내며 닫혔다. 그가 다시 벽장 문을 열었을 때는 그곳에 아무도 없었다. 이화성은 자신의 볼을 힘껏 때렸다.

“정말로 그녀가 홍세영이요? 나는 믿을 수 없소.”

“당신이 그렇게 말할 줄 알았어요.”

송화는 탁자에 놓여 있던 붉은 보자기를 열어 금으로 만든 하나의 새장을 보여주었다. 그 안에는 한 마리의 작고 붉은 새가 파다닥거리며 날고 있었다. 바로 여의주작이었다.

“당신은 이 새가 누구의 것인지 알아볼 수 있겠지요?”

이화성은 다리에 힘이 풀려 탁자에 털썩 주저앉고 말았다.

“당신들은 그녀에게 무슨 짓을 한 것이요?”

“아무 짓도 하지 않았어요, 그녀는 움직이지 못하는 것뿐 아주 건강하답니다.”

“당신들은… 그녀가 여자라는 걸 어떻게 알았소?”

사실 이화성의 이런 질문은 어리석은 것이었다. 세 명의 여자가 까르륵거리며 웃었다.

“그녀가 아무리 남장을 한다 하더라도 유화단의 눈을 속일 수는 없어요. 유화단이야말로 여자에 대해 모든 것을 다 알고 있는 곳이니까요.”

송화의 눈이 반달처럼 기울어졌다.

“나는 아직도 믿을 수 없소.”

“당신이 정 믿지 못하겠다면 이곳을 나가도 좋아요.”

송화는 순순히 그를 내보내 주었다.

“내가 여기서 나가면 당신들의 계획을 십종가 사람들이 모두 알게 될 것이오.”

이화성은 협박하듯 말했다.

“당신이 나가자마자 우리는 곧 이곳을 떠날 테니 상관없어요. 하지만 당신은 살아서는 두 번 다시 홍세영과 만나지 못할 거예요.”

두 번 다시 살아서 만나지 못한다. 송화의 입에서 그 말이 떨어졌을 때 이화성은 자신이 아득한 나락으로 추락하는 기분을 맛보았다. 그의 두 눈에는 어느새 그렁그렁 눈물이 고였다.

“그것만은 절대로 안 될 일이오.”

그의 목소리는 깊게 잠겨 있었다.

“안 되는지 되는지는 두고 보면 알 거예요.”

“나는, 나는 그녀가 홍 형이라는 것을 믿을 수 없소.”

“당신이 이곳을 나가서 그녀와 만날 수 있다면 벽장 속의 여자는 당연히 홍세영이 아니겠지요.”

이화성은 그 말을 듣자마자 쏜살같이 보화림을 빠져나갔다.

“저자가 금가장에 가서 다 털어놓으면 어쩌려고 그러오?”

고진이 못마땅하다는 듯이 말했다.

“그럴 리 없어요. 이화성은 정에 약한 것이 단점이지요. 그의 무예는 대단할지 모르지만 여자를 대하는 그의 마음은 더욱 훌륭하지요. 보화림의 기녀들이 그를 좋아하는 이유는 그가 언제나 진심으로 그녀들을 대하기 때문이에요. 이화성은 반드시 되돌아올 거예요.”

송화의 말대로 이화성은 금방 되돌아왔다. 그는 그 짧은 시간에 금가장과 장용영을 비롯하여 화성의 모든 곳을 찾아보았던 것이다. 하지만 송화의 말대로 홍세영의 모습은 어디에도 보이지 않았다.

“내가 무엇을 하면 되겠소?”

이화성은 풀 죽은 목소리로 말했다. 그는 송화가 시키는 일이 결코 쉽지 않으리라는 것을 알 수 있었다. 설사 저승에 가서 염라대왕을 만나라고 한들 그는 가지 않을 수 없었다.

"원하는 것이 뭐요?"

삼부선경과 만마혈서마저 가지고 있는 송화는 대체 그에게 무슨 일을 시키려고 하는 것일까? 송화의 눈이 기이한 빛으로 반짝거렸다.

"매화선옥으로 가서 설규의 부인을 죽여주세요."

第二十七章
음모와 계략

華城

1

　화성의 남쪽 문인 팔달문을 지나면 온통 매화 향기에 휩싸인 한 채의 초옥이 나온다. 초옥 앞으로는 작은 냇물이 졸졸졸 소리를 내며 흐르고 그 앞에 부드러운 풀밭이 펼쳐져 있었다. 작은 모옥 뒤에는 커다란 매화나무가 수십 그루나 있어 집 전체가 매화나무 속에 들어가 있는 듯했다.

　설규는 나직한 목소리로 책을 읽었다. 그의 곁에는 하영이 달빛을 받으며 머리를 빗고 있었다. 그녀는 설규가 책을 읽어 주는 것을 무척 좋아했다.

　"이제 그만 합시다. 밤바람이 차오."

　설규가 책을 덮으며 말했다.

　"당신은 유모의 잔소리를 듣게 될까 봐 걱정하는군요."

하영이 작게 웃었다.

"그것도 걱정이지만 당신의 병이 깊어지지 않을까 걱정하는 거요."

하영은 빗에 엉켜 있는 한 움큼의 머리카락을 설규가 볼 수 없도록 살며시 빼내어 창밖으로 던져 버렸다. 요즘 들어 부쩍 머리카락이 많이 빠진다는 것을 알면 설규가 더욱 걱정할 것이기 때문이었다.

그녀는 자신의 신세가 비록 처량하지만 남편의 사랑을 받으니 외롭지만은 않다고 생각했다. 세상에는 사내에게 버림받은 불쌍한 여자가 얼마나 많은가?

문득 따스한 손이 어깨에 느껴졌다. 어느새 설규가 다가와 있었던 것이다.

"요즘에 부쩍 피곤해 보여요."

"피곤하지 않소."

"장용영의 일이 많이 바쁜가요?"

"아니 그 때문이 아니오."

"그럼 다른 일이 있나요?"

설규는 하영이 무서워할까 봐 말하고 싶지 않았다. 하지만 그녀가 몇 번이나 물어보자 말하지 않을 수 없었다.

"장용영이 아니라 십전동자 때문이오."

"유모가 그러는데 화성에 근래 들어 이상한 사람들이 많이 출몰한다더군요."

"흑전이라는 무리와 십종가 사람들이라오."

설규는 간략하게 하영에게 설명해 주었다.

"그 혹전이라는 곳이 행여 아버님께 누가 되는 것이 아닌지 걱정이에요."

하영이 근심스럽게 말했다.

"내가 그렇게 두지 않겠소."

"요새는 자꾸만 이상한 꿈을 꿔요."

"심신이 허약해져서 그런 거요."

설규는 하영의 작은 어깨를 부드럽게 쓸어주었다.

"당신이 걱정할 것은 아무것도 없소. 내가 곁에 있는 한 아무도 당신을 위험에 빠뜨리게 하지 않을 거요."

"꿈에서 나는 아주 작고 약하고 보잘것없는 존재예요."

그녀는 설규의 어깨에 기댄 채 속삭였다.

"당신은 이미 나한테 더할 수 없이 큰 의미요."

"나는 죽어가고 있는데 갑자기 커다랗고 하얀 뱀이 나타났어요."

"뱀 꿈은 좋은 거라지 않소."

"그 뱀이… 뱀이… 날 삼켰어요."

하영은 부들부들 떨었다. 설규는 살며시 그녀를 안아주었다.

"뱀은 아들을 낳는 태몽이라지 않소."

"아들……."

"왜? 평생 내게 아이를 낳아주지 않을 작정이오?"

설규가 장난스럽게 말하며 하영의 눈을 자신에게 향하도록 했다.

"정말 내가 아이를 가질 수 있을까요?"

"그럼 가질 수 없단 말이오?"

하영이 웃었다.

"당신을 닮은 귀여운 아들을 낳고 싶어요.

"난 사실 아들보다는 당신을 닮은 딸을 하나 갖는 게 소원이라오."

"나 하나로는 부족하군요."

하영이 짐짓 토라진 척했다.

"이 집에 두 아름다운 공주님이 산다면 나는 세상에서 가장 행복한 사내가 될 거요."

설규가 하하 웃으면서 말했다.

"그런데 십종가 사람들은 정말 그렇게 무예가 훌륭한가요?"

"제대로 보지 못했소."

"그들이 이 나라를 도와 부강하게 한다면 아버님도 기뻐하시겠죠?"

"그렇겠지만 이미 나라와 민족을 떠나서 살고 있으니 쉽지는 않을 테지."

"세외의 가문들이란 말씀이군요."

설규는 하영의 머리를 조심스레 쓰다듬었다.

"당신은 아무것도 염려하지 않아도 되오. 아버님도 당신도 다 내가 지킬 것이오."

"나는 이대로도 상관없어요. 당신만 내 곁에 있어준다면 다른 일은 어떻게 돼도 좋아요."

그때, 설규의 귀에 미세한 인기척이 들려왔다. 누군가 지붕을 밟는 소리였다. 그는 하영을 번쩍 안아 들어 방으로 데려갔다.

"밤이 깊었으니 이만 잠을 자는 게 좋겠소. 내일 다시 이야기해 주리다."

설규는 하영의 방을 나와 지붕 위로 올라갔다. 그곳에는 한 사람이 서 있었다. 그의 얼굴은 마치 죽은 사람처럼 창백했다.

"자네가 이 야심한 시간에 어쩐 일인가?"

설규는 나직하게 물었다. 하영이 깰까 봐 걱정하고 있는 것이다.

"나는 당신에게 원한이 없소."

"무슨 소리를 하는 거지?"

"하지만 내게는 반드시 당신과 싸울 이유가 있소."

"그 이유가 무엇인가?"

"그건 사랑하는 여자 때문이지."

설규의 눈썹이 하늘로 치켜 올라갔다.

"지금 그 말은 송화 때문에 하는 말이냐? 그렇다면 신경 쓸 거 없다. 그녀는 이미 너를 지명하지 않았느냐?"

이화성은 깊은 한숨을 내쉬었다.

"만일 그녀가 송화였다면 나는 이토록 괴롭지도 않을 것이오."

"홍 초관은 어디에 있나?"

설규는 이상한 생각이 들어 물었다.

"그는… 벽장 속에 있소."

"누가 그를 벽장 속에 넣었지?"

"해어화요."

설규는 아무 말도 하지 않았다.

"당신은 이미 알고 있었군."

이화성이 말했다.

"너는 그 같은 사실을 어떻게 알았느냐?"

"나는 해어화의 얼굴이 오십 년 전이나 백 년 전이나 똑같다는 것을 알고 송화의 얼굴을 그려 부여후와 미호랑을 찾아갔소."

"그들이 송화가 해어화라고 말하던가?"

"두 여자뿐만 아니라 명림도수도 그 얼굴이 틀림없이 해어화라고 증명해 주었소."

"그렇군. 더 할 말이 있나?"

"해어화는 또 산동석가장의 큰언니기도 하오."

"그렇군."

"해어화의 얼굴이 몇십 년이 지나도 똑같을 수 있었던 것은 그녀가 역용술의 천재였기 때문이오. 그런 역용술은 천하에서 오직 산동석가장만이 할 수 있는 것이오. 유화단과 석가장은 바로 같은 곳이었소."

이화성은 더더욱 깊은 한숨을 내쉬었다.

"왜 한숨을 쉬는 건가?"

"나는 오늘 십종가의 많은 비밀을 알게 되었고 이것을 모두 당신에게 말해주어야 하기 때문이오."

"어떤 비밀이지?"

"고진이 살아 있소."

"그는 석타로의 손에 의해 죽지 않았나."

"그와 석타로는 한 편의 연극을 펼친 것이오. 물론 삼부선경과 만마혈서를 차지하기 위해서였소."

"사람들이 그 두 권의 비급을 가져간 것이 흑전이라고 믿게 하려고 그랬던 거였군."

설규는 바로 진실을 꿰뚫어 보았다.

"바로 그거요."

"자네는 이 같은 일들을 어찌 알게 되었나?"

"그들이 내게 말해주었소."

"자네가 이런 비밀을 알고 있는데도 살려주었단 말인가?"

설규의 음성이 날카로워졌다.

"그렇소."

"그들은 정녕 자네가 다른 사람에게 이 말을 하지 않을 것이라 생각하고 있나 보군."

"아마 걱정하지 않을 것이오."

"어째서지?"

"그 말을 들은 사람은 모두 죽어야 하니까요."

설규의 눈썹이 꿈틀 움직였다.

"감히 하극상을 저지르겠다는 건가?"

　설규가 호통을 쳤으나 이화성은 표정의 변함이 없었다. 그는 하극상이라는 말이 맞지 않는다고 생각하고 있었다. 자신은 한 번도 설규가 자신의 상관이라고 생각해 본 적이 없기 때문이었다.

　"송하는 원래 당신 부인의 생명과 홍세영의 목숨을 맞바꾸자고 했소."

　설규의 안색이 새파래졌다.

　"송하가 어째서 하영의 목숨을 취하려 한단 말이냐?"

　"그건 당신이 그녀에게 무심해졌기 때문이지."

　"나는 한 번도 그녀를 사랑한 적이 없었다."

　"그녀는 늘 당신을 사랑했소. 만일 두 명의 남녀가 있는데 여자만이 남자를 깊게 사랑하게 된다면 그 여자는 매우 불행하다는 생각이 들 거요."

　설규는 아무 말도 하지 않았다. 그는 건강한 사내였고 하영은 병약하여 누워 있는 날이 많았다. 그가 송화원에 간 것은 오직 그 이유 때문이었다.

　"송하는 당신 옆에는 오직 자기만 있어야 한다고 생각했소."

　"그래서 너는 나를 먼저 죽여야 한다고 생각하는 거로군."

　"어쩔 수 없소. 당신을 죽이지 않고 어떻게 당신 부인에게 다가갈 수 있겠소?"

　"그 말이 옳다. 내가 있는 한 세상에 그 어느 누구도 그녀에게 손가락 하나 댈 수 없다. 심지어 그녀를 쳐다볼 수조차 없을 것이다.”

두 사람은 깊은 침묵 속에서 서로를 마주 보았다. 달빛은 여전히 고왔지만 매화선옥은 짙은 살기에 휩싸여 있었다. 설규는 이화성이 부채만 들고 있다는 것을 알았다.

“너는 검을 쓰지 않느냐?”

“나는 한 번도 사람에게 검을 써본 적이 없소.”

설규는 차고 있던 환도를 풀어 한쪽으로 던졌다.

“무기를 들고 있지 않는 사람을 상대로 칼을 뽑을 수는 없지.”

“당신은 내가 배운 무예에 대해 알고 있소?”

“양계삼불의 선조공은 훌륭한 무예지.”

설규는 이화성의 내력을 알고 있었다.

“하지만 나는 또 다른 무예도 알고 있소.”

이화성은 자신의 몸을 흘러가는 도도한 기운을 느끼며 말했다. 지금까지 아무도 눈치 챌 수 없도록 단전 깊숙한 곳에 눌러 두었던 기운이 이화성의 사지백해에 골고루 퍼져 가고 있었다. 그가 구산선문에게서 받은 무예는 날이 갈수록 강해져 그 자신도 위력을 알 수 없을 정도가 되었다. 주변의 매화나무들이 이화성의 엄청난 기운을 이기지 못하고 마치 썩은 가지처럼 투두둑 부러져 나갔다. 그러나 설규는 놀라는 기색이 없었다.

“나는 네가 구산선문의 진전을 이은 것을 알고 있다.”

설규의 이 말은 이화성의 의표를 찌른 것이었다. 그는 지금까지 한 번도 구산선문에 대해 언급한 적이 없었기 때문이다. 심지어 홍세영에게조차 말한 적이 없었다. 그런데 설규의 입에서 그 말이 나온 것이다.

이화성은 문득 설규에 대해 잘 모르고 있다는 생각이 들었다.

"당신은 누구요?"

"구산선문의 후예가 어찌 삼성(三星)은 모르느냐?"

설규가 차갑게 웃었다. 이화성은 뒤통수를 얻어맞은 느낌이었다. 왜 생각하지 못했을까? 삼성사문십종가……. 자신이 구산선문의 진전을 이은 것처럼 다른 곳도 분명 제자를 두었을 것이다. 특히 삼성은 일맥전승의 원칙만을 지켜 내려오고 있었다.

"내 사부는 태백진인(太白眞人)이셨다."

태백진인은 바로 양계삼불의 윗대 고수가 아닌가.

"당신은 태백성(太白星)의 전인이었군."

이화성은 어쩐지 안도하는 듯 말했다.

"나는 내가 당신을 죽이게 될까 봐 걱정했었는데 이제는 내 목숨을 걱정해야 하겠군요."

달빛은 구름 속으로 숨어버렸고, 두 사람의 손에는 무기가 보이지 않았다. 그런데도 이화성과 설규의 주위에는 날카로운 기운이 흘러 주위를 압박했다. 만일 무예에 대해 조금이라도 아는 사람들이 이 광경을 보았다면 자신의 눈을 의심했을 것이다. 매화선옥 주변에는 두 사람이 뿜어대는 내력으로 인해 엄청난 소용돌이가 생겨났다. 무예에 조금이라도 관심이 있는 사람이라면 이 일전을 보기 위해 천금을 들여도 아깝지 않다고 생각할 것이다.

오랜 시간이 흘러갔다. 하지만 두 사람 중 누구도 움직일 생각을 하지 않았다. 두 사람은 점점 몰아지경의 상태로 가고 있었다. 마음을 비우고 나 자신을 잊고 오직 상대만이 보일 수 있도록 온몸의 신경을 집중했다. 그리고 빈틈이 생길 때를 기다렸다.

고수들의 싸움은 단 한 수로 결정되는 것이다. 이런 순간에 마음을 흐트러뜨려서는 안 되는 것이다. 이화성은 홍세영에 대한 걱정으로 마음을 졸이고 있었으나 설규와 마주 서자 그 같은 걱정을 어느 틈에 잊게 되었다. 설규는 그가 처음 만나 보는 고수였다.

설규 역시 조금도 방심할 수 없었다. 생사의 결전에서 방심이란 곧 죽음으로 이어졌다. 사람의 복잡한 감정은 종종 그 사람의 목숨을 앗아가는 가장 흉악한 무기가 될 수 있었다.

두 사람을 움직이게 만든 것은 다른 것이었다. 방문이 덜컹 열리더니 가녀린 그림자가 나타났다.

"누가 왔나요?"

그 순간, 숲 속에서부터 번개처럼 검은 그림자 하나가 튀어나와 하영을 향해 달려들었다.

"꺄아아아악!"

하영은 비명을 질렀고, 설규는 눈 깜짝할 새에 지붕에서 뛰

어내려 괴한에게 연거푸 십여 장을 발출했다. 펑 하는 소리가
들리며 괴한의 몸이 날아가 바위에 처박혔다.

"하영!"

설규는 괴한의 정체보다 하영이 놀랄 것이 더 걱정스러웠
다. 그러나 그가 하영에게 다가갔을 때 본 것은 다른 것이었
다. 그녀의 가슴에는 어느새 시퍼런 비수가 한 자루 꽂혀 있었
다. 그녀가 즐겨 입던 흰옷은 핏물로 새빨갛게 변해 있었다.
그녀는 고통스러운 듯한 표정으로 설규를 향해 한 손을 내밀
었다.

"여…보……."

설규는 자신의 눈을 믿을 수가 없었다. 이건 꿈이야. 꿈을
꾸는 거야. 하영이 요즘 나쁜 꿈을 꾼다더니 나도 하영처럼 악
몽을 꾸는 거야. 그는 조심스레 하영의 손을 잡았다. 얼음처럼
차가웠다.

하영은 설규의 손을 힘주어 잡았다가 이내 그 손을 툭 떨어
뜨리고 말았다. 동시에 그녀의 고개 역시 힘을 잃고 바닥으로
툭 떨어졌다.

"아니야… 이건 꿈이야… 말도 안 돼! 이럴 수는 없어… 눈
을 떠봐… 눈을 뜨라고……!"

설규의 고통스러운 절규가 매화선옥을 뒤흔들었다. 이화성
은 머리가 터질 듯하여 귀를 틀어막았다. 설규의 공력은 그의
상상을 훨씬 초월했다. 그 처참한 절규는 화성 전체를 뒤흔들
만큼 엄청나 화성 사람들은 왜병이 쳐들어왔다고 생각하고 피

란을 가는 사람이 있을 정도였다. 그는 한쪽 바닥에 널브러진 괴한을 보았다. 설규의 공격으로 이미 오장육부가 상했는지 꿈틀거리기만 할 뿐 일어서지 못하고 있었다. 이화성은 그 괴한이 누군지 보려고 했다. 그러나 푸른 그림자가 슥— 하고 나타나 그 앞을 가로막았다.

"너는… 누구냐?"

하영의 시신을 품에 안은 설규였다. 구름 속에 숨었던 달빛이 드러나자 찢어진 복면 사이로 송화의 얼굴이 드러났다. 그녀는 설규의 공격으로 뼈가 부러지고 내장이 찢어지는 중상을 입어 피를 토하고 있었다. 설규의 눈이 크게 떠졌다. 그는 자신이 보고 있는 것이 사실이 아니길 바랐다.

"송화… 정말로 너란 말이냐?"

설규가 믿을 수 없다는 듯 중얼거렸다.

"그래요… 나예요. 나는 이화성이 그녀를 죽이지 못할 것이라는 걸 알고 있었어요. 그는 여자를 죽일 만한 사내가 못 되니까요. 당신이 있는 한 아무도 그녀를 죽일 수 없어요."

송화가 악독하게 말했다.

"그래서… 그래서 너는 나로 하여금 이화성을 상대하게 하고 하영을 해친 것이냐?"

"그녀는 반드시 죽어야 했어요."

"어째서? 하영이 네게 무슨 잘못을 저질렀기에?"

설규는 우는 듯 말했다. 그의 얼굴에는 땀인지 눈물인지 모를 물기가 가득했다. 하영의 피로 전신이 젖어들어 마치 그가 피를 흘리는 것 같았다.

"당신의 사랑을 독차지한 것이 그녀의 죄예요."

송화는 설규의 품에 안긴 하영의 시신을 저주스럽게 노려보았다.

"그녀는 죽어서도 당신을 놓지 않는군요!"

송화는 제정신이 아닌 것처럼 소리쳤다. 마치 귀신의 울음소리 같은 호곡성이 그녀의 입에서 터져 나왔다. 송화는 왼손을 매의 발톱처럼 쫙 펴고 하영의 시신을 그의 품에서 떼어놓으려 했다. 설규는 가볍게 그녀의 공격을 피하며 말했다.

"너의 그 무예는 바로 내가 알려준 것이구나."

그녀가 펼치는 무예는 설규가 가르쳐 준 해어화무 열 가지 초식 중 하나였던 것이다.

"당신이 이 한 수의 녹수불망명(綠水不忘鳴)을 가르쳐 줄 때만 해도 내가 당신을 잊지 못해 우는 날이 계속 될 줄은 몰랐어요."

설규는 송화가 자신에게 그처럼 깊은 마음을 품고 있다는 것을 알지 못했다. 그녀는 기녀였지만 오직 설규 한 사람만을 알았고 사랑했다.

"나는 너를… 사랑할 수 없었다……."

설규가 힘들게 입을 열었다.

"더 이상 말하지 말아요. 나는 이제야 당신이 더 이상 나를 보지 않으리라는 것을 알았어요. 당신은 더 일찍 내게 말해주어야 했어요. 그랬다면 나는 생보단을 만들지 않았을 거예요.

그 한 알의 생보단은 오직 당신을 위해서만 만든 것이었어
요."

이화성은 자신이 먹은 생보단 한 알 때문에 이 같은 일이 벌
어지게 될 줄은 정말 몰랐다. 그는 자신의 뱃속을 손으로 문질
렀다. 할 수만 있다면 생보단을 도로 토해내고 싶었다.

송화는 말을 하면서도 연거푸 손을 휘둘렀다. 뼈가 부러진
것조차 그녀에게는 아무런 장애가 되지 못했다.

"당신이 내 앞에서 이 한 수의 철적취옥지(鐵笛吹玉指)를
연마할 때 나는 은대수처럼 피리를 불었지요. 홍랑송절류(紅
浪送節柳)를 펼칠 때는 가슴이 덜컹했어요. 그러나 홍랑처럼
버드나무를 꺾어 당신에게 보내는 일은 없을 거라 생각했어
요."

해어화무는 모두 유명한 기녀들의 이름을 따서 운치가 있었
지만 위력은 나무를 쪼개고 바위를 부수는 것이었다. 그러나
송화의 무예는 설규에게 아무런 상처도 입히지 못했다.

설규는 그녀의 공격을 피하며 품 안의 하영을 내려다보았
다. 별빛이 창밖에서부터 들어와 그녀의 얼굴을 비추었다. 그
녀의 얼굴은 죽은 사람이라고는 믿기 어려울 만큼 생생했다.
한 줌의 혈색도 없다는 것만 빼면 지금 당장이라도 눈을 뜰 것
만 같았다. 그녀의 얼굴은 온통 눈물투성이였다. 이것은 설규
가 자신도 모르게 흘린 눈물이 그녀의 얼굴에 떨어진 때문이
었다.

설규의 마음은 칼로 도려내는 것처럼 아팠다. 그 모습을 보

는 송화는 더욱더 악독한 마음에 사로잡혔다. 만일 그녀가 이처럼 증오심에 사로잡히지 않았다면 설규의 눈에 어린 동정과 연민을 알아볼 수도 있었을 것이다.

그러나 그녀는 영원히 설규의 마음을 알 수 없었다. 오직 하영이 죽도록 미울 뿐이었다. 이미 죽은 후에도.

2

"여기서 잠시 기다리시오."

설규는 하영의 시신을 안은 채 송화를 상대할 수 없다는 것을 깨달았다. 그는 송화의 검을 피해 하영을 매화선옥에 눕힌 뒤 마당으로 나왔다. 송화가 아무리 그를 사랑한다 하더라도 그녀를 용서할 수는 없었다. 하영은 그에게 목숨보다 더 소중한 여자가 아니었던가? 그녀를 지키기 위해 자신의 꿈마저 포기하지 않았던가?

그는 이를 악물었다.

"너는 내게서 가장 소중한 것을 빼앗았다."

"내겐 당신이 가장 소중했어요."

"그녀는 나한테 네가 있다는 것을 이미 알고 있었다. 그런데도 너에 대해 한마디도 묻지 않았다. 그녀가 너한테 무엇을 잘못했더냐?"

설규는 냉랭한 어조로 말했다.

"그녀의 존재 자체가 제게는 잘못이에요. 당신이 그녀를 사

랑하도록 한 죄… 세상에 태어난 죄… 그녀는 세상에 태어나
지 말아야 했어요.”

송화의 마지막 말은 설규의 마지막 남은 한 가닥 이성마저
무너뜨리고 말았다. 그는 그 말을 듣자 넋 나간 사람처럼 중얼
거렸다.

“아무도… 아무도 하영에게 그런 말을 할 수 없어……. 그녀
자신이라 하더라도… 내가 인정하지 않으니까…….”

하영은 늘 입버릇처럼 말해왔던 것이다. 자신이 세상에 태
어나지 않았더라면 당신도 아버지도 자기 때문에 고통받지 않
았을 거라고…….

설규는 애처로운 표정으로 하영의 시신을 돌아보려 했다.
그런데 이게 어찌 된 일인가?

하영의 시신이 사라진 것이다. 설규는 그와 함께 이화성의
모습도 보이지 않는다는 것을 알았다. 그의 얼굴에 더할 수 없
이 잔혹한 빛이 나타났다. 송화는 설규에게서 뿜어지는 살기
때문에 숨조차 쉴 수 없었다. 그의 이마에는 푸른 핏줄이 돋아
나 마치 한 마리의 뱀처럼 꿈틀거렸다.

“이화성! 이 모든 일이 너로 인해 벌어졌다.”

그가 이화성 세 글자를 말할 때는 마치 그 자리에서 그를 씹
어먹을 듯 한자한자 이를 악물고 뱉어냈다. 만일 이화성이 그
를 찾아오지 않았더라면 하영은 죽지 않았을 것이다.

천하에서 오직 이화성만이 설규를 상대할 수 있었기에 송화
는 그를 끌어들인 것이었고, 그녀의 생각은 들어맞았다.

"그가 아니었다면 세상에 어느 누가 당신을 막을 수 있었…
헉!"

송화의 말이 끝나기도 전에 설규는 이미 그녀의 눈앞에 있
었다. 그는 태백성의 무예 중 가장 험악한 살초인 혈응조공(血
鷹爪功)을 펼쳐 왼손의 다섯 손가락으로 송화의 목줄기를 틀어
쥐었다. 그는 이 무예를 변형시켜 해어화무를 만들었다. 그러
나 해어화무와 혈응조공의 위력은 해와 반딧불의 차이만큼이
나 큰 것이었다. 그가 반 푼의 힘만 주어도 송화의 가늘고 연
약한 목은 꺾여 버릴 것이다.

"당신은… 당신은… 나를 정말… 죽일 생각이군요……."

송화는 눈물이 그렁그렁한 눈으로 말했다.

"너는 이 일을 벌이기 전에 알았어야 했다. 한 목숨은 오직
한 목숨으로밖에 갚을 수 없다는 것을……."

송화는 두 눈을 꼭 감았다. 그녀가 하영을 죽이기로 마음먹
었을 때 이미 그녀 자신의 목숨도 버린 뒤였다. 그러나 설규가
정말 자신을 죽이려 한다는 걸 알자 마음이 천 갈래 만 갈래로
찢어질 것만 같았다. 자신이 하영을 죽인 것은 잘못한 일이나
하영은 이 세상에 있어서는 안 되는 존재가 아닌가? 그걸 설규
가 모르는 것이 안타까웠다. 설규의 왼손에 점점 힘이 들어갔
다. 송화는 감은 눈 속에 오색의 빛이 아른거리는 것을 느끼며
서서히 정신을 잃어가고 있었다.

"손에 사정을 두세요."

어디선가 향기로운 바람이 불어오더니 한 가닥의 보라색 천

이 날아와 설규의 손목을 휘감았다.

"누구냐?"

그러나 누구도 송화의 운명을 바꾸지 못했다. 새로운 침입
자가 뛰어드는 그 순간에 설규의 손은 가차없이 송화의 목을
옥죄었다. 어떤 것도 그의 행동을 막을 수 없었다.

뿌드드득.

송화의 목에서 뼈가 부서지는 듯한 기이한 소리가 들리며
그녀의 목이 완전히 뒤로 넘어갔다.

"아……."

침입자는 안타까운 듯 탄식했다. 하지만 그 자신의 안위도
바람 앞에 한줄기 촛불 같기는 마찬가지였다. 설규의 오른쪽
다섯 손가락은 매의 발톱처럼 날카롭게 변해 왼쪽 손목을 휘
감은 천을 삽시간에 수천 조각으로 찢어버렸다.

"태백성의 혈응조공은 과연 무섭군요."

침입자는 여자였다.

"너도 좋지 않은 마음을 품고 온 것이 분명하다."

이미 송화에게 살수를 쓰고 나자 설규는 더욱더 악독한 마
음이 되었다. 여자는 설규의 악랄한 공격을 피하며 소리쳤다.

"당신과 싸우기 위해 온 것이 아니에요. 더 큰 재앙을 막기
위해 왔어요. 지금 이러고 있을 시간이 없어요."

"쓸데없는 소리!"

그는 한 손을 둥글게 말아 손등으로 여자의 공격을 막는 한
편 다른 손은 여전히 매처럼 펼쳐 그녀의 사혈을 노렸다.

"태백진인의 대력멸마수(大力滅魔手)! 칠십 년 전, 태백산에서 당신의 사부께서 고목괴인(古木怪人)을 쓰러뜨렸던 바로 그 수법이로군요."

설규는 달빛에 드러난 그녀의 나이가 이제 갓 십오륙 세 정도로로밖에 보이지 않는데 그가 펼치는 무공의 내력을 줄줄 말하자 놀라고 말았다.

"너는 누구냐?"

"나는 남해 무녀도 사람으로 채련이라고 해요."

"남해의 무녀도마저 이 일에 관련되었단 말인가?"

설규는 지금껏 모습을 드러내지 않았던 무녀도마저 나타나자 천하의 신비한 세력들이 모두 화성으로 모여들었다는 것을 알았다. 채련은 땅에 쓰러진 송하의 모습을 안타까운 듯 바라보았다.

"당신은 그녀에게 너무나 심한 짓을 했어요."

채련은 한숨을 쉬며 말했다. 설규는 얼음처럼 차가운 표정으로 말했다.

"그녀가 내게 한 짓에 비하면 죽음조차도 심하다고 하지 못할 것이다. 너는 사랑하는 사람을 잃고 평생을 지옥에서 살아가야 하는 심정을 아느냐?"

설규는 피를 토하는 듯한 심정으로 말을 이었다.

"그녀는 당신을 구하고자 했을 뿐이에요. 그녀가 아니었다면 당신의 목숨은 오늘 밤을 넘기지 못했을 거예요."

채련의 말에 설규는 더욱 무서운 표정이 되었다.

"간악한 거짓말로 나를 현혹시키지 마라. 내 반드시 이 일에 관련된 사람들을 전부 쳐 죽이고 나 또한 하영을 따라가리라."

채련은 어떤 말로도 설규의 마음을 돌릴 수 없다는 것을 알자 괴로웠다. 눈앞의 설규는 이미 이성을 잃어 올바른 판단을 할 수 없어 보였다. 그녀는 깊은 한숨을 내쉬었다.

"어머니 말씀이 천하의 비극은 모두 남녀의 정 때문이라고 하더니 그 말이 사실이었구나."

"천하의 비극은 모두 어리석은 여자의 질투심이 끌고 오는 것이다."

설규는 냉소하며 채련의 요혈을 노려 손을 뻗쳤다.

"당신은 지금 부인의 시신이 어디에 있는지 궁금하지 않은가요?"

채련은 그의 손을 피해 이리저리 몸을 움직이며 말했다. 그 순간 설규는 잊고 있던 사실을 떠올렸다.

"하영……."

이화성은 설규와 송화에게 정신이 팔려 석가의 두 자매가 하영의 시신을 관에 넣어 마차에 실을 때까지도 전혀 몰랐다. 그러나 마차가 바퀴를 움직일 때 그는 이 사실을 알았고, 즉시 마차 뒤를 따랐다.

마차는 야음을 뚫고 팔달문을 향해 달려갔다. 하지만 지나갈 수는 없었다. 이화성이 어느새 그 앞을 가로막았다.

"당신들 두 사악한 요녀는 그 시신으로 대체 무엇을 할 생각이지?"

　이화성이 여자를 대할 때는 언제나 미소를 잃지 않는다는 것을 석수로와 석타로도 알고 있었다. 그러나 지금 그의 얼굴은 한 점의 온기도 없이 냉랭했다. 누구든지 이화성의 이런 모습을 보았다면 그가 이화성이 아니라고 했을 것이다.

　"이 여자는 설규의 부인이 아니에요."

　석타로가 소리쳤다.

　"그럼 너희들의 부인이라도 된다는 것이냐?"

　이화성은 두 여자가 하는 말을 절대로 믿을 수 없었다. 이 두 여자는 이미 너무나 많은 거짓말을 했다.

　"당신들은 몰라요. 이 여자는 태어나기도 전에 어미의 뱃속에서 죽었어요. 태어날 때 이미 다른 존재가 몸속에 들어갔던 거예요."

　"다른 존재? 홍, 그녀가 귀신이라는 말이냐?

　"바로 맞혔어요. 그녀는 흑전의 사대마왕 중 한 명인 구망이에요."

　"닥치거라!"

　"왜 우리의 말을 믿지 않죠?"

　석타로가 슬픈 듯이 말했다. 석타로가 울상을 짓자 한 송이의 만개한 꽃이 빛을 잃은 듯 보는 이의 마음을 아프게 했다. 사내라면 누구든지 그녀를 다시 웃게 하기 위해 무슨 짓이든 하려고 할 것이다. 그러나 이화성의 마음은 여전히 얼음장 같았다.

　"홍세영은 어디 있느냐?"

"당신이 우리를 보내주면 홍세영은 내일 아침 당신의 이불 속에 있을 거예요."

이화성은 다시 코웃음을 쳤다.

"지금 당장 그녀를 풀어주고 화성을 떠나거라."

"그럴 수 없어요."

"저자는 내가 맡겠다. 너는 어서 빨리 이곳을 떠나라."

석수로는 고삐를 석타로에게 넘긴 뒤, 금륜을 휘두르며 이화성을 매섭게 공격해 들어왔다. 그녀가 손을 흔들자 금륜의 사방에 돋은 가시가 일제히 금륜을 떠나 이화성에게 날아왔다.

이화성은 곧장 허공으로 몸을 솟구치며 고풍권명연(高風捲瞑烟)의 수법을 펼쳐 냈다. 석수로는 별안간 일진광풍이 몰아쳐 자신의 암기를 모두 걷어내는 것을 보고는 입술을 깨물었다.

"큰언니가 당신의 무예가 무섭다고 했을 때 나는 그 말을 믿을 수가 없었어요. 하지만 지금 보니 과연 실력을 감추고 있었군요.

그사이 석타로는 마차의 방향을 돌려 그곳을 벗어나려 했다.

"거기 서라."

이화성이 긴 휘파람 소리와 함께 손을 뻗자 마차는 꼼짝도 하지 못했다. 말이 아무리 앞으로 가려 해도 이화성의 손에서 무시무시한 힘이 뻗어 나와 오히려 뒤로 주르륵 끌려왔다.

"그녀는 반드시 가야 해요."

뾰족한 외침과 함께 광망이 번쩍이더니 십여 개의 암기가 서너 개의 서로 다른 방향에서부터 나뉘어 쏟아져 왔다.

이화성은 한 손으로는 고풍권명연을 펼쳐 암기를 걷어내는 한편, 다른 손에 펼쳐 들었던 부채를 접어 승심석상천(僧尋石上泉) 일초로 석수로의 목의 요혈을 노렸다. 석수로는 이화성의 일 초를 피하기 위해 연거푸 몸을 뒤집었으나 그의 부채는 단 한 순간도 그녀의 목에서 떨어지지 않았다. 마침내 일곱 차례나 재주를 넘은 뒤, 석수로는 순순히 멈춰 섰다.

"당신은 천하를 위해서 우리를 보내줘야만 해요."

이화성은 어이가 없었다.

"내가 너희들을 이대로 보낸다면 설규가 내 살과 뼈를 분리해 개의 먹이로 줄 것이다."

"설규도 사실을 알게 되면 당신을 원망하지 못할 거예요."

석수로는 여전히 알 수 없는 말을 했다.

"백 번을 양보해 그 말이 사실이라 해도 홍 형이 나를 가만두지 않을 것이다."

마차 위에서 빠져나갈 틈을 엿보고 있던 석타로는 무엇인가 생각하는 듯하더니 이화성을 향해 소리쳤다.

"이화성! 이곳을 보세요!"

그녀가 발로 마차의 어떤 한 부분을 세게 누르자 덜컹하는 소리가 나더니 마차 아래쪽에 숨겨진 문이 열리며 한 사람이 나타났다. 원래 이 마차는 위아래로 나뉘어져 있어서 아래쪽에 한 사람이 숨을 수 있도록 되어 있었다.

"홍 형!"

이화성은 나타난 사람이 홍세영이라는 사실을 알고 단숨에 그리로 달려갔다. 그녀의 무사한 모습을 보자 이화성의 가슴은 터질 것 같았으며 다른 생각은 아무것도 할 수가 없었다.

"다친 데는 없소? 말은 할 수 있소?"

"어서 날 꺼내주시오."

홍세영이 그에게 눈을 흘기며 한마디 했을 때에야 비로소 그의 마음은 평온을 되찾았다. 홍세영은 어젯밤 두 명의 여자에게 납치된 뒤, 혈도를 짚여 움직일 수 없었을 뿐 아니라 좁은 마차 아래 공간에 오래 갇혀 있었기 때문에 제대로 몸을 가눌 수가 없었다.

그녀는 이화성에게 기대서야 간신히 몸을 지탱할 수가 있었다. 이화성은 홍세영의 몸에서 풍기는 야릇한 냄새 때문에 정신을 차릴 수가 없었다. 홍세영 자신은 의식하지 못했지만 그녀는 여전히 여자 차림이었던 것이다.

"움직일 수 있겠소?"

이화성은 조심스레 그녀를 부축하며 물었다.

"이 형이 하룻밤 동안 벽장 속이나 마차 안에 갇혀 있어 보고 난 후에 말해주겠소."

이화성은 홍세영이 전과 다름없이 그를 대하자 눈물이 날 만큼 기뻤다.

"도대체 어떻게 된 일이오? 홍 형은 어쩌다가 저 두 요녀에게 잡히게 된 것이오?"

홍세영은 분노에 찬 표정으로 석가 자매를 노려보았다.

"나는 분명 내 집에서 잠이 들었는데 깨어나 보니 벽장이었소. 게다가 그런 꼴로……."

홍세영은 그제야 자신이 아직도 여자 복장이라는 것을 깨닫고 참혹한 표정이 되었다. 이화성은 눈치를 채고 재빨리 말했다.

"홍 형이 아무리 여자 옷을 입는다 해도 내 눈은 속일 수 없소. 당신은 장용영의 홍 초관이지 절대로 보화림의 홍화는 될 수 없다는 걸 나는 잘 알고 있거든."

그의 이 말은 홍세영을 위로하기 위한 것이었다. 세상 모든 사람들이 그녀가 여자라는 걸 알게 되더라도 그녀 자신은 절대로 인정하지 않을 것이라는 걸 알고 있기 때문이었다. 홍세영이 인정하지 않는 한 이화성은 언제까지나 그녀의 비밀에 대해 모르는 척할 것이다. 하지만 그의 이 같은 생각은 잘못된 것이었다.

홍세영은 이미 많은 사람들이 자신이 여자라는 것을 알고 있다고 생각했다. 앞으로 더 이상은 사내 행세를 할 수 없을 것이다. 그런데도 이화성 저 바보는 자신이 사내라고 굳건히 믿고 있는 것이다. 그러자 화가 났다.

"날 보고 기녀가 되라는 것이오?"

홍세영이 쌀쌀맞게 말하자 이화성은 허둥거리기 시작했다.

"아니, 내가 보화림의 홍화라고 말한 것은 홍 형이 절대로 그리될 수 없다는 걸 말하려고 했던 거요. 세상 모든 남자들이 여자가 될 수는 있어도 홍 형만은 그리되지 않는다고 말하는 거요."

이화성은 홍세영의 속도 모르고 점점 더 깊은 구렁텅이로 빠져들었다.

"호호호, 우리가 두 분은 위해 애써 자리를 마련했으니 남은 회포를 푸시기 바래요. 우리는 바빠서 이만 가보겠어요."

석타로의 간드러진 목소리가 울려 퍼지며 마차 바퀴가 구르는 소리가 들렸다.

"어림없는 소리! 당신들은 아무 곳에도 갈 수 없소."

이화성은 마차를 가로막으려 했다. 그런데 그 순간, 온몸에 힘이 쭉 빠지더니 무릎이 툭 꺾였다. 안고 있던 홍세영의 몸이 한없이 무겁게 느껴졌다. 옆을 보니 홍세영이 완전히 그에게 몸을 기대오고 있었다. 그녀의 얼굴이 묘하게 상기되어 있었다. 이화성은 심장이 두근거리고 몸에 열이 나기 시작했다.

"나는 어쩐지… 걸을 수가 없소……."

홍세영이 힘겹게 입을 열었다. 그녀가 입을 열 때마다 입술에서 달콤한 향기가 풍겨와 이화성의 몸을 점점 뜨겁게 만들었다. 이런 일에 경험이 많은 이화성은 금방 어떤 약에 중독된 것인지 알 수 있었다. 그는 당황하고 말았다. 이 같은 약은 평소 그가 보화림에서 기꺼이 사용하기를 마다하지 않았으나 지금 이런 상황에서는 절대로 사용해서는 안 되는 것이었다. 그는 이를 악물고 땀이 배인 손으로 홍세영의 손을 힘껏 잡았다.

마차는 이미 두 사람의 시야를 벗어나 팔달문을 지나 사라졌다. 석타로의 방울 같은 웃음소리만이 오래도록 밤하늘을 울렸다.

3

깊은 밤, 지나는 사람은 없고 초봄의 바람은 매화 향기를 머금고 달콤하기만 했다.

"문을 지키는 군사들을 매수한 모양이오……."

홍세영이 마차가 사라진 방향을 쳐다보며 말했다. 그녀의 말대로 주변에는 번(番)을 서는 군사들의 모습은커녕 평소라면 먹이를 찾기 위해 화성의 여기저기를 어슬렁거렸을 들개마저도 보이지 않았다. 그녀는 자신이 미혼약에 중독되어 한동안 몸을 움직일 수 없으며 이화성 또한 같을 것이라 생각했다. 홍세영은 그녀가 이화성에게 안길 때 자신의 몸에서 풍기는 향기로 인해 그가 어떤 상태가 되었는지는 꿈에도 모르고 있었다. 석가 자매가 홍세영의 몸에 살짝 뿌려둔 가루는 사내가 여자를 간절히 원하도록 하는 유화단의 비약이었다. 이화성이 홍세영을 걱정해 그녀의 몸을 안아 들었을 때 이 가루는 고스란히 그의 콧속으로 들어갔다.

"음……."

이화성의 낮은 목소리는 그가 지금 얼마나 이 상황을 참기 어려워하는지 잘 나타내고 있었다. 그는 근본적으로 사내였으며 그것도 여자를 아주 좋아하는 사내였다. 홍세영을 알게 된 후에 그는 보화림의 기녀들에게 시큰둥한 마음이 들어 한동안 기녀들의 원성을 들어야 했다. 여자에게 진심으로 마음을 빼앗긴 남자라면 그녀 외에는 어느 누구도 안고 싶은 생각이 들지 않는 게 당연했다. 그는 연화루에 열흘이나 머무르는 동안에도 한 번도 연화의 몸에 손을 대지 않았다.

그런 이화성에게 지금 이 상황은 참기 힘든 유혹이었다. 꿈에 그리던 홍세영이, 여자의 복장을 한 그녀가 자신의 품에 안겨 있는 것이다. 그것도 손가락 하나 꼼짝할 수 없는 상태로. 게다가 그를 보는 표정은 왜 이렇게 유혹적이란 말인가? 이화성은 홍세영의 입술이 벌어질 때마다 이성을 잃고 그녀에게 달려드는 상상을 수십 번이나 했다. 하지만 그런 짓을 했다간 홍세영이 그를 죽이려 할 것이다. 그는 피가 나도록 자신의 입술을 깨물었다.

"이 형, 어디가 불편하오?"

홍세영은 이화성의 입술에서 선혈이 흐르는 것을 보고 그가 독에 중독된 것이 아닌가 생각했다. 그의 상태를 보기 위해 그녀가 몸을 움직일 때마다 이화성은 고통에 찬 신음 소리를 내뱉었다.

"헉… 아니… 흐윽… 가만히… 좀 가만있으시오… 안 돼! 움, 움직이지 마시오."

마침내 이화성은 학질에 걸린 사람처럼 부들부들 떨기 시작했다.

"왜 그러시오? 정말 중독된 것이오?"

홍세영은 근심스러운 표정으로 이화성의 이마를 짚었다. 이마가 뜨거웠다. 아니, 이마뿐만이 아니라 온몸이 불덩어리같았 뜨거웠다. 이화성은 얼굴에 붉은 핏줄이 툭툭 불거지고 땀이 비 오듯 쏟아졌다. 그는 더 이상 참을 수 없으리란 걸 알았다. 더 참다간 심맥이 터져 죽을 것이다. 이화성은 드디어 모든 것을 체념하기로 했다. 심맥이 터져 죽으나 홍세영에게 맞아 죽으나 죽기는 매일반 아닌가? 그럴 바에야…….

"세영……."

그의 머릿속에서 이성의 끈이 툭 끊어지는 소리가 들렸다. 그는 홍세영의 몸을 온 힘을 다해 꽉 끌어안았다. 홍세영은 중독된 줄로만 알았던 이화성이 굉장한 힘으로 자신을 안자 얼굴이 핼쑥해졌다.

"이 형?"

이화성의 눈빛은 평소와 달리 기이한 빛을 담고 있었다.

"홍 형… 나, 나는… 더 이상……."

이화성은 부들부들 떨며 무서운 힘으로 홍세영을 눕히고 자신을 그 위에 실었다.

"노, 놓으시오! 이게 무슨 짓……?"

"나도… 어쩔 수 없소……."

이화성이 그녀의 하얀 목덜미에 얼굴을 마구 비비기 시작하자 홍세영은 얼굴이 새하얗게 변하고 말았다.

"이화성! 정녕 내 손에 죽고 싶단 말이군! 당장 떨어지시오!"

그녀가 고함을 빽 질렀다.

"나도… 나도 그러고 싶지만… 손이 말을 듣지 않는단 말이오."

"다시 한 번 말하겠소! 당장 떨어지시오!"

이번에는 이를 악물고 한자한자 씹어 내뱉듯이 말했다. 그러나 이미 너무 늦었다. 이화성은 홍세영의 얼굴을 보지 않기 위해 눈을 질끈 감았다.

"홍 형… 용서하……."

그때였다.

쐐애애애애액.

"피하시오!"

홍세영이 소리치며 이화성의 몸을 안고 땅바닥을 굴렀다. 그녀는 일어날 수는 없어도 구를 수는 있었던 것이다. 두 사람은 한 덩어리가 되어 연거푸 땅바닥을 굴렀다.

파바박.

두 사람이 있던 자리에는 보기에도 섬뜩한 표창이 대여섯 개나 박혀 있었다. 누워 있는 두 사람의 머리 위로 달빛을 가리며 한 사람의 모습이 드러났다.

"하영은 어디 있느냐?"

이를 부드득 갈며 말한 사람은 다름 아닌 설규였다. 그의 눈에는 홍세영의 모습도 보이지 않았다. 그는 그 여자가 홍세영이라고는 전혀 생각하지 못했으며 이화성이 이곳에서 여자를 데리고 놀고 있다고밖에 생각할 수 없었다.

이화성은 중요한 순간에 설규가 나타나 뜻을 이룰 수 없게 되자 기혈이 뒤틀려 울컥 피를 토했다. 그의 몸은 지금 정상이 아니었다. 유화단의 비약은 보화림의 춘약 따위에 비할 바가 아니었다. 유화단 천 년 방중술의 정화라고 해도 과언이 아닌 것이다. 그의 눈에는 설규조차도 보이지 않았다. 오직 홍세영만이 그의 갈증을 풀어줄 수 있을 것 같았다. 그는 끈질기게 홍세영의 몸을 더듬으려 했다.

"이 형, 대체 왜 이러는 것이오?"

설규는 이화성이 자신은 안중에도 없고 여자의 몸을 더듬는 것을 보자 눈이 뒤집혔다.

"네놈은 정녕 사람이 아니로구나. 한 마리 짐승도 너처럼 추하지는 않을 것이다."

설규는 손가락을 쫙 펼쳐 이화성의 뒤통수를 향해 내려쳤다. 홍세영은 마음이 급했다. 자신은 일어설 수 없고 이화성의 상태는 위중하니 꼼짝없이 이화성의 머리통에 다섯 개의 구멍이 뚫릴 판이었다.

"기다리세요."

설규를 따라온 채련은 일이 급박하게 돌아가는 것을 보자 설명할 겨를도 없이 설규를 향해 쌍수검법을 펼쳤다. 하나는 길고 하나는 짧은 두 개의 쌍검은 칼자루와 칼이 분리된 것으로 움직일 때마다 챙챙 소리가 났다. 채련은 허공 중에 큰 원과 작은 원을 잇달아 그려냈다. 칼의 궤적은 날카롭고 매서웠으며 그 방향을 예측할 수 없었다.

"날 방해한다면 남해 무녀도도 무사하지는 못할 것이다."

설규는 할 수 없이 뒤로 물러나며 소리쳤다.

"당신은 오해하고 있어요. 내 말 좀 들어보세요."

홍세영은 그 쌍수검법이 묘하게 낯익다고 생각했다. 알고 보니 그녀는 바로 채련이 아닌가?

"채련!"

홍세영은 반가운 마음에 그녀를 불렀다.

"지금은 설명할 시간이 없어요. 그는 유화단의 비약에 중독되어 한시가 급하니 어서 이 해독약을 복용시키세요."

채련은 품에서 한 알의 단약을 꺼내어 홍세영에게 던졌다.

"유화단과 무녀도는 어째서 날 핍박하는 것이냐? 나와 하영이 너희들에게 무슨 죄를 지었다고 이러는 것이냐?"

설규는 울부짖으며 무섭게 채련을 공격해 들어갔다. 사실 설규의 무공은 채련이 막을 수 있는 것이 아니었다. 하지만 이미 이화성과 내력을 겨루며 기를 소진했고, 하영의 죽음으로 상심한 나머지 마음에 깊은 상처를 입었다. 또한 분노에 휩싸여 송화를 죽였다. 이것은 그가 태어나서 처음으로 경험한 살인이었다. 송화의 목에서 팔딱팔딱 뛰는 맥을 느끼면서도 그는 손에 힘을 주어 그녀의 숨을 멈추도록 했다. 그를 사랑했던 두 명의 여자가 하룻밤 사이에 죽어버렸고, 그중 한 명은 그 자신의 손으로 죽인 것이다. 그의 머리는 여러 가지 감정이 얽혀 혼란스러웠고 마음은 어지러웠다. 그러다 보니 손발도 어지러울 수밖에 없었다.

무예를 펼칠 때 이런 감정의 혼란스러움은 종종 죽음으로 연결되는 것이다. 하여 고수들은 이를 극도로 경계했고, 평정심을 잃지 않기 위해 오랫동안 수양을 했으며, 싸움을 할 때도 그런 마음을 지키기 위해 부단히 노력했다.

설규 역시 늘 이를 위해 노력해 왔지만 이제 와서는 그 모든 노력이 물거품이 되고 말았다.

"당신이 아는 하영은 이미 죽었어요."

채련은 그의 공격을 피하며 설명을 하기 위해 안간힘을 썼다.

"네 말이 맞다. 그녀는 죽었지. 바로 저 이화성이란 놈 때문이다."

설규가 또다시 이화성을 향해 맹렬히 돌진해 갔다. 채련은 그 뒤에 대고 악착같이 소리를 질렀다.

"원빈 홍씨의 아이는 이미 사산된 상태였어요. 그 태 속에 흑전의 사대마왕 중 한 명인 구망이 들어간 거예요. 그래서 지금까지 살 수 있었던 거예요."

채련은 숨을 헉헉거렸다. 그녀의 힘으로는 설규의 매서운 공격을 막아내기가 점점 벅찼다.

홍세영은 구망이라는 소리에 정신이 번쩍 들었다. 자신이 쪽박산에서 본 환상, 초지와 무당, 구망 할미와 연… 여의주 작… 그 모든 것이 한꺼번에 떠올랐다. 그때 당집을 떠난 구망 할미는 죽지 않았단 말인가?

"구망은 자신의 수명이 다한 것을 알고 육신을 벗고 혼만을 남겨 원빈 홍씨의 태로 들어갔어요. 십칠 년이 지나면 모든 기억을 되찾고 구망으로 새롭게 태어날 수 있도록 말이에요. 그녀가 태어났을 때 태백진인이 있었기에 그녀가 죽지 않았다고 생각했겠지만 그건 사실이 아니에요. 구망은 자신마저 완벽하게 속였고 태백진인은 다른 존재가 그녀의 탈을 쓰고 있다는 것을 알았지만 도를 닦는 사람으로 살생을 할 수 없었을 뿐이에요. 그리고 당신의 사부는 한 가지 오판을 했어요. 그녀가 열 살을 넘기지 못할 것이라 생각한 거죠. 하지만 그녀는 열일곱 살까지 살 수 있도록 안배되어 있었어요. 열일곱 살이 되면 모든 걸 각성하고 구망으로 새롭게 태어나도록요. 오늘 밤이 바로 그날이에요. 만일 송화가 하영을 죽이지 않았다면 하영은 구망으로 각성하여 당신을 죽였을 거예요."

설규는 채련의 말을 믿지 않았다.

"누구든지 하영을 모함한다면 내가 가만두지 않을 것이다."

그의 손이 수십 개로 늘어나는가 싶더니 삽시간에 채련의 쌍검을 빼앗아 땅에 팽개쳤다. 그리고 그대로 손을 뒤집어 채련의 몸에 맹렬히 일장을 퍼부었다.

채련의 몸은 마치 종잇장처럼 칠팔 장이나 날아가 땅에 처박혔다.

"쿨럭, 쿨럭… 내 말은 다 사실이에요. 흑전은 이백 년 전, 비선야차문과의 일전으로 완전히 궤멸되어 버렸어요. 흑전주와 비선야차는 동시에 사라졌고, 흑전의 사대마왕도 뿔뿔이 흩어졌지요. 흑전은 이 땅에서 완전히 사라진 것 같았어요. 하지만 사대마왕은 남아 있었죠. 그들은 다시 흑전을 이 땅에 세워 천하를 지배하려는 거예요. 그렇게 된다면 이 세상은 무서운 악의 구렁텅이가 되고 말 거예요. 무녀도와 유화단은 흑전의 발호를 막아야만 했어요.”

설규는 천천히 채련의 앞으로 날아 내렸다. 채련은 마치 호랑이를 만난 토끼처럼 꼼짝도 할 수가 없었다. 설규의 무시무시한 기는 채련의 몸을 칭칭 얽매여 그녀가 손가락을 움직이는 것조차 허용하지 않았다. 그가 마음만 먹는다면 채련을 죽이는 것은 송화를 죽일 때보다 더 쉬워 보였다. 채련은 그가 이토록 무서운 무예를 지녔다는 것을 알게 되자 더욱더 두려웠다. 어떻게든 설규를 설득해야 했다.

“흑전은 반드시 막아야만 할 악이에요. 그것이 세상에 나오면 커다란 재앙이 올 거예요.”

설규는 단조로운 목소리로 말했다.

“흑전! 흑전! 모든 것이 흑전 때문이라는 거군. 누가 옳다는 것이냐? 너희는 선인을 위해 악인을 멸한다지만 악인의 입장에서 본다면 너희가 적이요, 악이 아니냐. 자신의 목숨을 보호하기 위해 싸우는 것이 정당한 일이다. 작은 짐승을 먹는 맹수가 악하다고 누가 말할 수 있느냐? 세상에 어느 누가 감히 선과 악을 정할 수 있다는 말이냐? 너희가 옳고 흑전이 그르다고 누가 정했단 말이냐? 너희들이 단지 그 이유 때문에 하영을 죽였다면 나는 흑전에 들어가 너희들과 싸울 것이다.”

설규는 단호했다. 그의 마음에는 오직 한 가지 생각밖에 없었다. 하영의 원수를 갚을 것이다. 그것이 사람이라면 찢어 죽일 것이고, 천하라면 뒤집어엎을 것이다.

그의 붉은 눈이 이화성과 홍세영에게 향했다. 이화성은 아직 정신을 차리지 못하고 있었다. 설규는 천천히 오른손을 들어 손바닥을 위로 향하게 했다.

"태백성검(太白星劍)!"

홍세영은 그의 손바닥을 뚫고 하나의 빛이 서서히 검의 형태를 이루어가는 것을 보고 있었다.

채련은 그가 이미 태백진인의 진전을 모두 이어받았다는 것을 알았다. 태백성의 성검이야말로 태백진인의 신물이 아닌가.

"가랏!"

설규의 입에서 날카로운 음성이 터져 나왔다.

"안 돼욧!"

채련은 그것이 어디로 향하는가를 알고 비명을 질렀다.

홍세영은 날카로운 검끝이 자신의 심장을 노리고 빛살처럼 달려드는 것을 멍하니 보고 있었다.

"으으으… 머리야… 무슨 일이 일어난 거지?"

이화성은 깨질 것처럼 아픈 머리를 부여잡고 몸을 일으키려 했다.

푸우욱.

"헉!"

홍세영의 입에서 짧은 신음 소리가 터졌다. 이화성을 보는

순간, 심장이 욱신 하더니 온몸이 부서지는 것처럼 참을 수 없
는 고통이 느껴졌다.
　"홍 형……?"

『화성』 4권에 계속

초등학생이 반드시 읽어야 할 좋은 책 49권

각 학년별로 초등학생이 반드시 읽어야할 좋은 책을
선정하여 통합논술의 기본이 되는 '올바른 독서법'을
일깨워 줍니다.

교과서와 함께하는 초등학교 통합논술

초등1학년 | 값 12,000원 | 초등2학년 | 값 9,500원 | 초등3학년 | 값 11,000원 | 초등4학년 | 값 9,500원 | 초등5학년 | 값 9,500원 | 초등6학년 | 값 11,000원

♣ 혼자 할 수 있어요.

엄마가 책 읽는 방법을 가르쳐 주어도 좋아요.
독서지도하는 선생님이 가르쳐 주어도 좋답니다.
"초등 교과서와 함께하는 **통합논술 시리즈**"는
아이 스스로 독서할 수 있도록 꾸며진 책이에요.
엄마와 선생님은 요령만 가르쳐 주시면 된답니다.

♣ 교과서의 중요한 내용이 총정리되어 있어요.

각 학년별로 중요한 교과 내용이 함께 수록되어 있어요.
초등학생은 교과서 내용을 충실하게 공부해야 합니다.
아울러 그와 병행한 독서가 대단히 중요하지요.
"초등 교과서와 함께하는 **통합논술 시리즈**"는
두가지 방법 모두 알려준답니다.

♣ 이 책은 훌륭하신 선생님들이 함께 쓰신 책이랍니다.

동화작가 선생님들이 쓰셨어요. 소설가 선생님도 쓰셨답니다.
국어 논술독서지도 선생님들도 함께 쓰셨지요.
"초등 교과서와 함께하는 **통합논술 시리즈**"는
엄마의 마음으로 모든 선생님들이 함께 꾸민 책이랍니다.

입소문을 통해 아는 분은 다 알고 계십니다!
올 한해 공인중개사 최고의 화제작!

1~2권 합본 | 이용훈 지음
3~4권 합본 | 이용훈 지음
5~6권 합본 | 이용훈 지음
용어해설 | 이용훈 지음

수험생 기본 필독서
만화 공인중개사

제목 : 만화공인중개사 쓰신 분에게 감사드립니다.

학원을 두 달 다녔어요. 근데 과연 그 숫자 외우기 그런 게 몇 문제나 나올까 생각을 했어요.
아니라는 생각이 드네요. 학원강의를 뒤로하고 서점을 갔어요. 내 머리에 가장 이해될 수 있는
책이 없나 하구요. 거기서 만화를 발견했어요. 무조건 세 번 봤어요. 3개월 걸렸어요. 문제집을 보라고
했는데 그건 시행을 못했어요. 근데 합격을 했네요.
어떻게 감사의 말을 해야 될지……
도서관에서 만화책 들고 다니니까 사람들이 비웃더라구요. 만화책으로 공인중개사를 공부한다고
미친 사람처럼 보더라구요. 근데 그거 다 감수하고 했던 내가 자랑스럽습니다.
어떻게 감사의 말을 해야 할지… 정말 감사합니다.
부디 행복하세요. 제 나이 41살에 좋은 스승을 만난 것 같습니다.
엎드려 감사드립니다.

－본사 홈페이지에 독자분이 올린 메일 中에서 발췌－